나쁜 엄마

BAD ~~Good~~
Mother

에일렛 월드먼 지음 | 김진아 옮김

도서출판 프리뷰

지나친 기대감으로 눈이 멀면
아이들이 보여주는 기적 같은 일들을
제대로 보지 못하게 된다.

에일렛 월드먼

최선을 다했는데도 나중에 보면

그렇고 그런 정도에 불과할 수 있겠지만,

그래도 그것에 만족하는 엄마가

좋은 엄마다.

| 차례 |

좋은 엄마가 되는 데 따르는
위험과 기쁨에 대하여

결혼식 이튿날 아침 새신랑이 된 마이클과 나는 버클리에서 가장 오래된 호텔의 스위트룸에 놓인 무지막지하게 큰 침대에 누워 신혼부부들이 전통적으로 하는 낭만적인 일거리에 몰두하고 있었다. 바로 축의금을 세는 일이었다. 수표로 들어온 돈을 한 장씩 넘기며 내가 물었다. "왜 하나같이 18의 배수야? 54달러, 90달러, 우와, 여기 180달러짜리도 있네."

"삶이지." 새신랑 남편이 말했다.

"삶?"

"알잖아, 하이chai라는 말. 당신 생일 때 18의 배수로 돈을 받지 않았어?"

내 기억에 어떤 할머니는 항상 5달러짜리 새 지폐를 생일 카드에 붙여서 보내주셨다. 또 한 할머니는 유대의 상징이 새겨진 목걸이 시리즈를 하나씩 골라서 선물해 주셨다. 13번째쯤부터 나는 싫증이 나서 목걸이를 받는 즉시 속옷 서랍에 넣어 버리고 다시는 꺼내 보지도 않았다.

　남편은 이렇게 설명했다. "그건 게마트리아라는 거야. 고대 유대인들의 숫자 상징 시스템이지. 헤브라이어는 글자마다 그것이 나타내는 숫자가 있어. 삶이라는 뜻의 '하이'라는 단어는 8을 뜻하는 '헤트'와 10을 뜻하는 '요드'가 합쳐진 거야. 헤트와 요드, 8과 10. 그러니 18은 삶을 뜻하는 숫자야."

　내 속옷 서랍에는 '하이'가 새겨진 금은 목걸이가 여러 개 뒤엉킨 채 들어 있다. 어떤 목걸이는 글자 길이가 거의 2인치나 되는데 중학교 2학년 기념 앨범에 보면 내 초록색 스웨터의 목을 장식하고 있다. 나는 하이가 행운의 상징이라는 건 알고 있었지만 18이라는 숫자가 삶을 뜻한다는 것은 몰랐다.

　나는 15년 전 생일날 아침부터 제법 많은 액수의 수표를 18의 배수로 받았다. 삶과 행운을 상징하는 표시들이었다. 아이들이 생겨나면 18은 특별한 마법의 힘을 가진 숫자가 된다. 18은 성년이 되는 나이다. 선거권을 갖게 되고, 고등학교를 졸업하고 대학에 들어가는 나이다. 18살이면 법적으로 어른이다. 내가 그 나이에 엄마에게 했던 말이 지금도 생각난다. "이제 이래라 저래라 하지 마세요." 18살이 되면 법적으로는 부모의 책임에서 벗어난다.

　이 책은 툭하면 나쁜 엄마라는 생각이 들게끔 만드는 요즘 같은 세상에서 좋은 엄마가 되는 데 따르는 위험과 기쁨에 대해 쓴 것이다. 나의 이야기이고, 엄마로서 내가 겪은 일들에 관한 이야기이기 때문에 이 책은 내게 일어난 최고로 행복한 일들, 다시 말해 네 명의 아이와 남편에 대한 이야기를 적은 것이다. 그래서 우리의 이야기를 18장으로 나누어서 이야기하는 것이 적합하다고 생각했다. 나는 내 아이들에 대한 이야기를 털어놓는 게 잘하는 일인지 잠시 망설이지 않을 수 없었다. 아이들에 대한 이야기를 쓰는 것 자체가 내가 나쁜 엄마라는 뜻이 아닌가?

아이들은 이 책을 써도 좋다고 허락해 주었다. 쓴 내용은 미리 아이들에게 보여주었다. 아이들이 거북한 기분이 들지 않고, 사람들 앞에 까발려진다는 느낌을 받지 않도록 거듭 확인했다. 나는 18장을 쓰는 동안 우리 아이들을 배신한 적은 한번도 없다고 자신한다. 하지만 아이들 모두 18살 미만이며 한 아이는 아직 읽을 줄도 모른다. 아이들의 허락을 얻었다는 것만으로 책을 쓰는 일이 정당화되지는 않는다.

책을 쓰는 이유를 굳이 이야기하자면 모성애에 대한 나의 생각, 거창하게 말하면 나의 철학을 구체적으로 나타내 보이고 싶어서다. 나는 엄마들이 진실을 말해야 한다고 믿는다. 아무리 그 진실이 말하기 어려운 것이라 해도 마찬가지다. 그저 잘했고, 앞으로도 계속 그렇게 하면 된다는 식으로 아이들의 기를 살려 주기는 쉽다. 하지만 숨김은 결국 부끄러움을 낳고, 모든 고통 중에서 제일 견디기 힘든 게 바로 부끄러움이다. 문제는 그것을 인정하고 정면으로 맞서서 대항하고, 밝은 데로 끌어내 드러낼 때 비로소 극복 가능해진다.

오늘날 많은 엄마들이 가장 부끄럽게 여기는 일 가운데 하나가 바로 나쁜 엄마가 된다는 것이다. 아이들을 잘못 키우고, 자신이 품은 이상에도 한참 뒤처진 엄마가 되는 것이다. 나는 여기에 쓰는 18개의 장을 통해 이 두려움의 정체를 파헤치려고 한다.

우리 앞에 놓여 있는 돌들을 하나하나 뒤집어 보고, 돌 밑에 숨겨진 거미집 하나도 빠뜨리지 않고 살펴볼 것이다. 엄마로서 경험한 이야기들을 충실하고 솔직하게 적어 나감으로써 독자들과 우리 아이들 모두에게 진실이 가장 큰 무기라는 사실을 입증해 보이고 싶다. 아무리 큰 잘못을 저질렀다 해도 진실은 그것을 벌충해 줄 수 있다.

책을 쓰는 지금 소피는 열세 살, 지크(에제키엘)는 막 열한 살이 되었으며, 로지(로즈)는 일곱 살, 에이브라고 편하게 부르는 에이브러햄은 겨우 다섯 살이다. 모두 합해 36살, 바로 18의 배수다.

나의 행운, 나의 사랑, 나의 '하이'들.

1 나쁜 엄마 선언문

우리는 엄마 노릇을 제대로 못하지만 그렇다고
자신을 좋은 엄마라고 우기지도 않는다. 그냥
"좋아, 우리는 나쁜 엄마야. 그게 어쨌다고?" 이렇게 나갈 것이다.

나는 1994년 봄에 처음으로 나쁜 엄마를 샌프란시스코의
무니 열차에서 마주쳐 그 자리에서 한 방 먹여 주었다.
그 여자는 좌석 끝에 걸터앉아 있었고, 어린 딸이 엄마의 두 다리
사이에 서 있었다. 엄마는 입에 머리핀 두 개를 꽉 문 채였고, 한쪽
손가락에 머리 고무줄 하나가 둘러져 있었다. 다른 손으로는 딸의
길고 검은 머리카락을 한데 모아 예쁜 꽁지머리로 묶으려고 애쓰
고 있었는데 머리카락이 자꾸 미끄러져 나갔다. 열차가 수시로 덜
컹거렸고 그럴 때마다 여자아이는 중심을 잃고 비틀거렸다. 그러
다 열차가 급커브를 도는 바람에 아이가 앞으로 넘어질 뻔했고, 아
이 엄마는 겨우 모아서 잡고 있던 머리카락을 또 놓치고 말았다.

그러자 엄마는 신경질적으로 혀를 탁 차는 동시에 여자애의 머리카락을 확 잡아당기며 "가만히 서 있어!"라고 소리쳤다.

그걸 보고 나는 분개해서 나중에 내 아이는 절대로 저렇게 못되게 다루지 않을 것이라고 다짐했다. 그리고 앉은 자리에서 몸을 앞으로 내밀고 그 여자의 눈을 똑바로 마주보면서 열차에 탄 사람들에게 모두 들리도록 큰소리로 이렇게 말했다. "부인, 사람들이 모두 보고 있어요!"

이처럼 우리는 보고 있다. 나쁜 엄마를 잡는 경찰은 항상 오렌지급 경계태세를 갖추고 지켜보고 있다. 우리를 놀라게 만드는 끔찍한 모성 범죄들은 도처에 널려 있다. 예를 들면 욕실에서 아이 다섯을 물에 빠뜨려 죽인 안드레아 예이츠는 정신질환이 있는 것으로 판명되어 무죄선고를 받았다. 새러토가 스프링스에 사는 웬디 쿡이라는 윤락여성은 아기한테 젖을 빨리면서 아기 배 위에 코카인을 올려놓고 흡입했다.

얼마 전에는 팝계의 미친 별 브리트니 스피어스가 악덕 모성 범죄자로 떠올랐다. 이 여자의 나쁜 엄마 전과기록은 길고도 다양하다. 정신병원에 입원하고, 법원에서 지시한 마약 검사 자료 제출을 하지 않아 자녀 접근권을 박탈당했다. 자잘한 잘못까지 따지자면 한두 가지가 아니다. 끊임없이 파티를 벌이고 돈을 헤프게 쓰며(한 달 용돈 73만 7000달러!) 무엇보다 고약한 것은 속옷을 입지 않는다는 것이다. 무늬 열차에서 딸의 머리를 거칠게 잡아당긴 여자보다 훨씬 더 죄질이 나쁜 엄마다.

보통 사람들의 눈에는 나도 '나쁜 엄마'의 범주에 든다. 아침 토

크쇼와 잡담 블로그의 소재가 되었고, 모성 불신의 한 본보기가 되었으며, 경멸과 비웃음의 대상이 되었다. 무슨 죄로? 뉴욕타임스의 스타일 섹션에다가 내 아이들보다 남편을 더 사랑한다고 고백하는 글을 쓴 것 때문이다.

나는 그 에세이에서 내가 아는 많은 여성들이 남편과 성관계를 하지 않는 것에 대해 썼다. 나는 지금도 남편과 성관계를 한다. 나와 달리 많은 여성들이 자신의 열정을 남편이나 파트너가 아니라 아이들에게로 옮겼기 때문이라는 게 내가 내린 결론이었다. "한때 품었던 욕정의 리비도는 사라지고, 그 자리에 모든 것을 다 바치는 열성적인 모성 욕구가 자리잡았다"라고 나는 썼다. 그러고 나서 나 자신은 무엇이 잘못되었기에 그렇게 되지 않는지에 대해 잠시 생각해 보았다. 좋은 엄마들에게 자연스럽게 일어나는 에로틱한 욕정의 방향전환이 왜 내게는 일어나지 않는 것일까? 나는 이렇게 썼다. "만약에 남편을 포함하여 이 세상의 그 어떤 존재보다도 자식을 더 사랑하는 게 좋은 엄마라고 한다면, 나는 나쁜 엄마다. 왜냐하면 나는 남편을 자식보다 더 사랑하기 때문이다."

나쁜 엄마를 잡는 경찰이 순식간에 현장에 나타났다. 그들은 내가 미쳤다고 주장했고, 블로그 코멘트 섹션의 진흙 구덩이로 나를 끌어내려 미친 여자, 사악한 여자, 위험한 여자라고 욕했다. 아이들을 내게 맡겨 놓으면 안 된다는 소리까지 했다. 그런 다음에는 나를 오프라 윈프리쇼에 불러내 반대심문까지 했다. 나쁜 엄마를 잡는 뉴욕시 특수기동대SWAT라 할 수 있는 어번베이비닷컴 UrbanBaby.com의 엘리트 여전사들은 날카로운 앞니로 내 발목을 찔러대는 것처럼 비난을 퍼부었다.

나는 자신이 나쁜 엄마라는 유죄 판결을 받아서 그런지 몰라도, 지금의 나쁜 엄마 비판에는 지나치게 히스테리컬한 면이 있다는 느낌을 지울 수가 없다. 나쁜 엄마임이 새롭게 드러나는 여자들의 수가 늘어나는 것은 현모양처라는 모성상이 무너지는 일반적인 현상 때문만은 아닌 것 같다. 어번베이비닷컴 게시판에 올라 있는 비난의 글들을 보면 지금의 미국 사회가 정숙하고 교양 있다고 보기 힘들다는 점은 인정한다. 그렇다 해도 이런 비난들은 사회적으로 광범위하게 퍼져 있는 나쁜 엄마에 대한 집착현상을 집약적으로 보여주는 것만 같다.

나쁜 엄마에 대한 비난에 대해 사회정치학적으로 분석한 흥미로운 이론이 하나 있는데, 여권옹호 학자인 린 펠트로가 내게 말해 준 것이다. 그녀는 우리가 나쁜 엄마에 몰두하게 된 것은 우리의 시선을 진실에서 떼어 놓으려는 더 큰 정치적 기도의 일환이라고 주장했다. 진짜 잘못은 우리 엄마들에게 있는 게 아니라 정부에 있다는 것이다. 가부장 제도와 가부장적인 정치, 가부장적인 언론 등이 나서서 우리로 하여금 나쁜 엄마들을 속죄양으로 삼아 번갈아 욕하도록 만든다고 했다.

나는 펠트로의 의견이 설득력이 있다고 보기는 하지만, 나쁜 엄마에 대한 사회적인 집착의 주원인을 가부장제도 탓으로 돌리는 데는 거부감이 없지 않다. 나쁜 엄마와 육아라는 문제에 대해 많은 사람들을 흥분시키는 비난의 소리는 가부장제를 지지하는 사람들로부터 나오는 것이 아니라 대부분 여성들 자신의 입에서 나온다.

역사적으로 볼 때 여성들은 주로 기존의 사회적 규범을 따르는 쪽이었다. 그것이 여자들 자신에게 피해를 입히는 결과를 가져오더라도 그랬다(세일럼Salem 마녀재판의 주고소인 애비게일 윌리엄스도 여성이었다). 많은 엄마들이 참여하는 블로그를 한두 시간만 읽어 보면 이 말이 사실임을 알 것이다. 우리 엄마들을 짓누르는 주범은 바로 엄마들 자신이다. 나쁜 엄마를 제일 무섭게 잡아내는 경찰이 바로 여성들인 것이다.

과학적인 조사는 아니지만 내가 친척과 친구들을 상대로 샘플링 조사를 해봤더니 사람들은 좋은 아버지가 어떤 것인지 설명하는 데 별 어려움을 나타내 보이지 않았다. 좋은 아버지란 그냥 자신의 존재를 나타내 보이기만 해도 되는 것이었다. 그저 모습만 나타내면 된다. 분만실, 저녁식사 시간(사정이 허락하는 한), 그리고 학교 학예회와 운동경기에 나타나 주기만 하면 좋은 아버지가 된다.

그러나 나의 샘플링 조사 응답자들은 좋은 엄마에 대해 솔직하게 설명하는 데 어려움을 나타냈다. 은연중에 자기학대의 징조도 엿보였다.

"현재에 만족하고 살며, 온전히 자기 아이들을 위해 사는 여자."

"무한한 인내력을 가진 여자."

"아침에 과일을 내오고, 항상 명랑하고, 절대로 소리 지르는 법이 없으며, 아무리 신경질이 나고 못마땅한 것이 있어도 그것을 아이들에게 발산하지 않는 여자, 활발하고 사랑스러운 태도로 커뮤니티에 봉사하는 여자, 아이들과 그림 그리기를 함께 하고, 신나게 같이 놀아주는 여자. 그러면서 섹스를 절대로 마다하지 않는 여자.

이런 여자가 좋은 엄마다."

"나와 정반대인 여자."

응답에 나타난 공통적인 요소들은 준 클리버(1950년대 미국의 인기 텔레비전 시트콤 '비버는 해결사' Leave it to Beaver 에 등장하는 전형적인 현모양처)가 보여준 고전적인 어머니상을 보여준다.

전통적인 모성상의 결정판은 자신을 희생하는 것이다. 아이들에게 필요한 것이 우선이고, 엄마의 첫째 관심사는 아이들의 건강과 행복이다. 엄마의 마음속에는 온통 아이들 생각뿐이며, 엄마의 하루 일과는 아이들에게 맞춰 짜여진다. 그리고 엄마가 하는 모든 일은 아이들을 위한 것이다. 엄마는 아이들과 관련 있는 것만 필요로 하고, 갖고 싶어 한다. 어떤 여자는 내게 이런 말을 했다. "좋은 엄마는 몸매 관리를 하고 집 바깥에서 일을 할 때도 아이들에게 모범이 되기 위해서 그렇게 합니다."

좋은 아빠가 되는 것은 합리적이고 실현 가능한 목표이다. 그냥 제자리를 지키고 아이들에게 의지가 되어 주면 된다. 그러나 좋은 엄마가 되는 것은 불가능한 목표다. 엄마들이 자기 입으로 말하는 좋은 엄마의 정의를 보면 그렇다. 샘플링 조사 응답자들은 좋은 엄마의 예로 준 클리버와 '작은 아씨들' Little Women 의 '마미'를 꼽았다. 이 두 여성은 가공인물인데, 따지고 보면 가공인물일 수밖에 없다. 좋은 엄마라는 것은 현실에 없으며 과거에도 없었다. '비버는 해결사'를 만든 제작자들이 1950년대 후반, 1960년대 초반 엄마들의 정확한 모습을 보여주려고 했더라면, 준 클리버는 립스틱 자국이 난 담배를 이빨로 깨물고, 한 손에는 진토닉 잔을 들고 있었을 것이다. 그러나 샘플링 조사에 응한 엄마들은 가공의 인물 준 클리버를 좋은 엄마의 모델로 설정해 놓고, 그렇게 살지 못하는 자신들을 나쁜 엄마라고 자책했다. 이것은 수영선수 트레이시 콜킨스가 올림픽에서 금메달 3개를 따고, 세계기록 5개를 세우고서도 인어공주보다 느리다고 자책하는 꼴이다.

내가 아는 엄마들은 예외 없이 자신들이 엄마로서 자격 미달이라고 느끼는 것 같았다. 주디스 워너는 '완벽한 광기: 불안시대의 모성'Perfect Madness:Motherhood in the Age of Anxiety이라는 책에서 이렇게 웅변적으로 썼다. "이처럼 죄책감과 불안, 후회, 두려움이 칵테일처럼 뒤섞인 감정이 광범위하게 유포되어 우리의 목을 죄며… 모성을 망쳐놓고 있다."

나는 이러한 모성의 두려움에 시달리기 시작한 첫날부터 그 이유가 무엇일까 곰곰이 생각해 보았다. 놀이터에 앉아, 그리고 서류 가방 대신 기저귀 가방을 손에 잡으면서 나의 모든 관심은 아기와 나 자신에게로 좁혀졌다. 그러면서 내가 품고 있던 열망은 분노로 굳어지는 것 같았는데, 그것은 절망에 가까운 것이었다. 나는 항상 열심히 일했고, 능력을 인정받고 싶은 열망으로 넘쳤다. 하지만 밤 늦게까지 일하고, 몇 년, 몇 십 년, 혹은 평생을 감옥에서 썩어야 할지도 모를 불쌍한 사람들을 도우며 하루하루를 지내다 보니 내 아이를 위해 해줄 게 하나도 남지 않았다. 마이클처럼 집에서 일하는 작가가 부러웠다. 남편은 딸과 많은 시간을 보낼 수 있었으며, 새 옷을 사서 예쁘게 입혀 주었고, 아이를 태우고 유아원에서 도서관을 왔다갔다 했다. 그래서 나는 어느 날 그냥 짐을 쌌고, 액자에 넣어 걸어놓았던 변호사 자격증을 다락방에 던져 넣어 버리고는 집에 처박혀 전업 엄마가 되었다.

그러고는 그동안 원했던 생활을 시작했다. 유아원에 가고, 동화책 읽어 주는 시간에 맞춰 아이를 도서관에 데려가고, 아기 운동 시간에 맞춰 체육관에 데려가고, 전업주부인 친구들과 함께 유모차를 밀며 산책했다. 그 다음날도 마찬가지로 유아원에 가고, 도서관에 가고, 체육관에 데려가고, 전업주부 친구들과 유모차 산책을 했다. 그 다음 날, 그리고 그 다음 날도 마찬가지였다.

그렇게 일주일이 지나자 나는 미쳐 버릴 것 같았다.

아이의 삶에 내가 제일 중요한 사람이 되었다는 사실에 대해 어느 정도 만족감을 느꼈지만 너무 지루하고 비참한 기분이 들었다. 그리고 그런 사실에 겁이 덜컥 났다. 좋은 엄마라면 지루하다는 말을 하면 안 되지 않을까? 그리고 좋은 엄마라면 비참한 기분이 들어서도 안 되지. 좋은 엄마는 책을 읽다가도 멈추고 아이가 그린 그림을 봐 준다. 그런 일에 불평하지 않는다. 좋은 엄마는 음악 학원에서 시계를 보며 4학년짜리 아이처럼 끝나는 종이 언제 치나 안달하지 않는다. 좋은 엄마는 나중에 치우기 귀찮다고 아이의 핑거 페인팅 그림물감을 숨겨놓지 않는다. 아이와 함께 있는 시간이 즐겁지 않다면 나는 좋은 엄마가 아니라, 그 반대로 나쁜 엄마였다.

나를 비롯해 내가 아는 많은 여자들이 갖고 있는 나쁜 엄마가 된다는 극심한 불안감은 언론인 페기 오렌스틴이 저서 '변화: 성관계, 직장, 사랑, 아이들, 그리고 반쯤 변한 세상에서 여성들의 삶' Flux:Women on Sex,Work,Love,Kids,and Life in a Half-Changed World에서

"여성 운동가 베티 프리단 이후에 살며 베티 프리단 이전 시대의 사고방식을 고수하는 것"이라고 한 것과 무관하지 않다. 우리가 어릴 때인 1960년대 후반과 1970년대에는 여자아이들 가운데 나중에 커서 가정주부나 전업 엄마가 되겠다고 한 아이는 한 명도 없었다. 모두가 집과 가정의 울타리를 벗어날 것이란 욕망을 갖고 있었다. 일을 하고, 경력을 쌓고, 전문 직업을 갖고 싶어 했다. 그러나 우리들 가운데 많은 이들이 직장과 가정에서 느끼는 현실의 벽에 부딪혀서 좌절하거나, 아니면 품었던 기대들을 대폭 수정할 수밖에 없었다. 직장에서 성공하려면 주당 60시간 내지 70시간을 죽자 사자 일해야만 하는데, 어린이 맡기는 데 드는 돈이 월급과 비슷하든지 더 많든지 하고, 그래서 투잡은 해야 그나마 입에 풀칠을 할 수가 있다. 일과 가정을 병행한다는 것은 어려운 게 아니라 불가능했다. 결국 부부 가운데 한 명은 직장을 어느 정도 희생할 수밖에 없는데, 남자가 1달러를 받을 때 여자는 똑같은 일을 하더라도 70센트밖에 못 받는 세상이기 때문에 희생을 감수해야 하는 그 한 명은 거의 언제나 엄마 쪽이다.

그래서 우리들은 집에 들어앉든지, 아니면 심각한 직업적 타협을 해야만 아이들과 더 많은 시간을 보낼 수 있게 된다. 그런 희생을 감수하지 않겠다면 나쁜 엄마라는 자책감에서 벗어날 방법이 없다. 물론 아무런 후회도 없이 자신의 모든 욕망과 정력을 집에서 샌드위치를 만들고, 유아원의 모금 캠페인에 앞장서며, 5학년 학부모회 간부를 맡아 이리저리 뛰는 데 쏟는 엄마도 있을 것이라고 상상은 해보지만, 실제로 그런 엄마를 만나 본 적은 없다. 내가 아는

19

대부분의 여자들은 마음속 깊은 곳에 실망과 초조감을 안은 채 속 앓이를 하고 있다.

이처럼 채워지지 않는 상실감 때문에 우리는 정말 고약한 기분을 안고 산다. 불만족, 지루함, 그리고 불행한 감정은 우리에게 불쾌한 느낌을 안겨 준다. 하지만 정말로 무서운 것은 이러한 불만, 지루함, 불행을 느낀다는 사실 자체다. 엄마라는 사실에 만족하지 못하는 엄마, 아이들과 함께 시간을 보내는 것 외에 다른 일을 더 하고 싶어 하는 엄마, 다른 일을 꿈꾸는 엄마는 이기적인 엄마다. 좋은 엄마의 특성이 자기 희생이라면 나쁜 엄마를 규정하는 가장 큰 특징은 이기심이다.

수전 스미스라는 여성이 두 아이를 차에 태운 채 호수로 뛰어들었는데 정말 끔찍한 사건이었다. 언론에서는 그녀가 이러한 짓을 한 이유가 당시 만나던 남자가 아이들을 좋아하지 않기 때문이었다는 뉴스를 반복해서 내보냈다. 사고 당시 그 여자는 분명히 제정신이 아니었다. 그런데 언론에서는 그녀가 애인과의 쾌락을 위해서, 애인의 재산이 탐나고, 애인의 사랑을 차지하기 위해서 아이들을 죽였다는 식으로 보도한 것이다. 언론이 범죄를 저지른 여자의 심리를 제대로 분석하는 대신 애인의 사랑을 차지하려고 자기 아이들을 죽였다는 식의 보도만 계속해 댄 것이다. 이기적인 미친 년이라고.

얼마 전에 리처드 피비어와 라리사 볼로콘스키가 훌륭하게 새로 번역한 안나 카레니나를 다시 읽었다. 소설 속에 정말 가슴이 아플 정도로 슬픈 장면이 나오는데, 연인을 따라가기 위해 남편과 사랑하는 아들을 버린 안나가 상상할 수 있는 최악의 모욕을 자신에게 퍼붓는 장면이다. 그녀는 타고난 좋은 엄마가 못된다. 타고난 좋은 엄마는 자신의 행복 따위는 대수롭지 않게 생각하기 때문에 절대로 그러한 행동을 하지 않는다. 대부분의 우리 엄마들은 안나처럼 기차 바퀴 밑으로 몸을 던질 정도는 아니지만, 나쁜 엄마가 된다는 것에 대한 두려움은 익히 알고 있다. 우리는 아이들을 위해 단순히 희생만 하면 되는 게 아니라, 기쁜 마음으로 즐겁게 희생해야 하며, 그것에 대해 절대로 후회해서도 안 된다. 하지만 그렇게 하기란 거의 불가능한데, 그러면 죄책감과 수치심에 시달리게 된다.

이런 의문이 생긴다. 이러한 낭패감과 죄책감을 당하면 어떻게 위안을 구할 수 있을까? 한 가지 방법은 우리보다 훨씬 더 나쁜 엄마들을 어둠 속에서 찾아나서는 것이다. 우리는 이런 식으로 유명한 악귀 엄마들을 찾아내는 일에 몰두한다. 그렇게 해서 감히 흉내도 내지 못할 좋은 엄마의 기준에다 자신을 맞추는 대신, 사악한 나쁜 엄마와 비교한다. 좋은 엄마가 되기 위한 규정이 엄해질수록, 나쁜 엄마의 존재는 그만큼 더 절실해진다. 좋은 엄마를 찾는 대신 자신보다 더 형편없는 나쁜 엄마의 본보기들을 찾아나서는 것이다. 그래서 불만투성이가 되고 짜증을 부린다. 성폭행범이 어디 사는지 확인하고는 아이들을 바깥에 내보내기가 겁나서 집안에만 있게 하고, 하루 세 시간씩 텔레비전을 보게 만든다. 남편과 섹스를 한 지 2주년 기념식을 가질 수 있을 정도가 된다. 아이들의 생부와 이혼할 수도 있고, 아버지 없이 아이들을 키울 수도 있다. 딸의 머리를 묶다가 홱 잡아당길 수도 있다. 하지만 우리는 적어도 안드레아 예이츠나 수전 스미스 같은 엄마는 아니다. 그리고 웬디 쿡도 아니고, 브리트니 스피어스도 아니다. 젠장, 우리는 에일렛 월드먼도 아니다.

그렇다. 여러분은 그런 사람이 아니다.

우리 엄마들이 낭패감과 죄책감을 이겨낼 수 있는 또 하나의 대응 전략은 맞서 일어나서 우리가 두려워하는 그 존재 자체를 받아들이는 것이다. 나는 나쁜 엄마다라고 큰소리로 공표하는 것이다. 우리 나쁜 엄마들은 이렇게 서로 상반되는 두 감정을 자랑스럽게 소매 끝에 달고 다닌다. 그러면서 자신을 희생하는 엄마들을 칭찬하는 소리를 들으면 결사적으로 맞서서 저항한다. 그리고 대형 할인점에서 만나 서로 고생한 이야기를 주고받는다.

우리 나쁜 엄마들은 서로의 죄를 털어놓으면서 행복을 느낀다. 왜냐하면 절대로 자기 자신을 내세우지 않고, 희생적이고, 부드러운 말씨에, 참을성은 끝도 없는 것처럼 굴며 좋은 엄마 흉내를 내는 여자들이야말로 '진짜' 나쁜 엄마라고 우리는 확신하기 때문이다. 엄마가 자식이 최고라며 자신을 희생의 재물로 바치면 그 자식은 어떤 사람이 될까? 엄마가 자식의 욕망에 맞춰 자신의 모든 것을 포기한다면 그 자식은 어떻게 될까? 그 아이도 사려 깊고, 친절하고, 동정심이 많고, 자기 자신보다 다른 사람을 먼저 생각하는 사람이 될까? 아니면 자기 것만 생각하고, 자기 권리만 앞세우고, 주위 사람은 아랑곳하지 않는 사람이 될까?

우리 나쁜 엄마들은 세상을 향해, 우리가 자신을 향해 아직 남은 비난이 있으면 마저 해보라고 맞선다. 우리를 비판하는 자들과 상

대할 때는 선제공격이 단기적으로 효과적이다. 내가 쓴 책의 제목
이 '나쁜 엄마'인데 나를 나쁜 엄마라고 비난하면 그게 내게 얼마
나 상처를 줄 수 있다고 생각할까?

그러나 우리처럼 못된 여자들과 게으른 엄마들은 의식적인 모반
을 일으키는 와중에서도 나쁜 엄마의 원형에 관심을 두지 않을 수
가 없다. 그건 나쁜 엄마를 추적하는 민병대들도 마찬가지일 것이
다. 우리는 엄마 노릇을 제대로 못하지만 그렇다고 자신을 좋은 엄
마라고 우기지도 않는다. 그냥 "좋아, 우리는 나쁜 엄마야. 그게 어
쨌다고?" 이렇게 나갈 것이다.

이러한 방법은 효과가 있을지 모른다. 그리고 상대의 공격을 예
방하는 효과도 있을 수 있다. 하지만 그럼에도 불구하고 이런 식으
로 하면 스스로를 부정적인 모습으로 보이도록 만들 수가 있다. 하
지만 우리는 나쁜 엄마를 규정하는 일 자체에 의문을 갖는 것은 아
니고, 그냥 나쁜 엄마의 역할을 받아들일 뿐이다. 그래도 마지막에
는 뭔가 부족한 것 같은 느낌이 들 것이다. 해독제는 해독제일 뿐
영양을 공급해 주지는 못하기 때문이다.

엄마 노릇을 제대로 못하고, 이기적인 엄마라는 게 뭐가 잘못되
었느냐고 큰소리를 쳐보지만 그래도 여전히 죄책감을 떨쳐 버릴
수는 없다. 여전히 기분은 찜찜한 것이다. 저주받은 엄마들의 여왕
이라는 왕관을 내 손으로 머리에 쓰면서도, 마음 한구석에서는 아
직도 내 아이들은 현모양처 준 클리버 손에서 자라면 더 나을 텐데
하는 생각을 떨쳐 버리지 못한다.

인터넷 덕분에 우리는 이제 남을 평가하고 자기 자신에 대한 평

가를 내리는 일 모두 용이하게 되었다. 그렇다면 이제는 엄마 노릇에 대해 긍정적이고 인간적인 입장, 다시 말해 엄마와 아이들에게 모두 이득이 되는 입장을 만들어 낼 수는 없을까? 내가 너무 순진한 생각을 하는 것인가?

직장과 가정 사이에서 균형을 잡으려고 하다 보면 엄마가 피할 수 없이 저지르게 되는 잘못 때문에 아이들에게 영구적인 손상을 입힌다는 기분이 들지 않을 수가 없다. 흔들거리는 열차 안에서 주위 사람들의 시선을 의식하지 않고 태연스럽게 아이의 머리를 빗어 주는 것은 결코 쉬운 일이 아니다.

자신은 물론 다른 엄마들에게도 조금 느긋하게 대하는 여유를 가질 수는 없을까?

2 변호사에서 전업 엄마로

나는 단호하게 말했다. "집에서 아이와 함께 지낼 거예요.
짐보리도 같이 가고 동물원에도 데려갈 거예요. 낮잠도 재워 주고,
아이가 깰 때 곁에 있어 주고 싶어요. 항상 집에 있는
재택 전업 엄마가 될 겁니다."

아이들을 낳기 전부터 나는 자신이 어떤 엄마가 될지 정확하게 알고 있었다. 엄마가 내게 말해 주셨기 때문이다. 엄마는 1970년대 여성 의식화 운동을 지지한 페미니스트였다. 엄마의 꿈은 여자를 가정을 지키는 일 외에 다른 영역에서 보는 데 반대하는 사회 때문에, 그리고 경솔하게 한 결혼 때문에 좌절을 겪었다. 그래서 엄마는 내가 자신의 꿈을 대신 이루어 주기 바랐다. 그 꿈은 남성과 여성의 완전한 평등 실현이었다.

엄마는 대학원에 들어가기 전 해 여름에 아버지를 만났다. 아버지는 엄마보다 열다섯 살 위였고, 첫 번째 결혼에서 낳은 아이 넷이 딸려 있었다. 아버지의 큰아들은 엄마와 불과 열 살 차이였다.

엄마가 대학원에 입학해 집을 떠나자 외할아버지 내외는 그때야 안도의 한숨을 내쉬셨다. 그때 아버지는 전혀 자기답지 않은 낭만적인 문구로 엄마에게 이런 전보를 보냈다. "나 임신했어. 나랑 결혼해 줘요." 내가 보기에 그것은 아주 현실적인 필요성을 매력적인 문구와 유머로 위장한 것이었다. 몇 십 년이 지난 지금 생각해 봐도 전보의 숨은 뜻은 "아이들이 천방지축으로 설쳐 대는 바람에 미칠 지경이오. 아이들을 돌봐 줄 아내가 필요해요!"였다.

두 분은 결혼한 지 44년 됐다. 엄마는 두 사람의 약혼과 그 전보 이야기가 나오면 그건 한마디로 실수였다고 단언하셨다. 왜 나이 차이도 그렇게 많고, 아이가 넷이나 딸린, 안정된 수입도 없는 남자와 결혼했는지 물어보면 엄마는 사랑에 눈이 멀어서 그랬다고 한다. 그때 아버지는 멋있고, 매력 있고, 게다가 전쟁 영웅이었다고 했다. 스물두 살밖에 안 됐지만 그래도 노처녀가 될까 봐 두려운 생각이 없지 않았고, 또 엄마의 제일 친한 친구 한 명이 아이가 넷인 나이 든 남자와 결혼했기 때문에 그게 그렇게 별난 일이라는 생각은 안 들었다는 것이다. 하지만 엄마는 일이 잘못됐다는 사실을 곧바로 알았다는 말씀을 입버릇처럼 하셨다. 그러나 때는 늦어 그때는 이미 나를 가진 다음이었다.

내가 태어나고 얼마 뒤에 엄마는 베티 프리단을 알게 되었다. 그녀가 쓴 '여성의 신비' The Femine Mystique가 몇 년만 일찍 출간되었더라도 엄마의 삶이 달라졌을지 모른다. 좌절과 따분함만 안겨 주는 직장에서 계속 일하는 대신 무언가 만족할 만한 일을 찾았을지도 모른다. 아버지와 결혼하지 않았을 수도 있다. 미시간대에 계속 남아 미술사 전공 교수가 됐거나, 아니면 박물관 큐레이터가 되었을지도 모른다.

엄마는 자기보다 지적 능력이 떨어지고, 자격도 없는 남자들 밑에서 일했다. 그래서 평생 전문직 일자리를 구하려고 애를 쓰셨다. 엄마는 자기가 저지른 실수에 대해 화가 났고, 그건 지금도 그렇다. 그리고 딸은 자기와 같은 실수를 되풀이하지 않도록 만들겠다고 굳게 다짐했다. 엄마는 내게 무슨 일이든 할 능력이 있을 뿐 아니라, 반드시 성공해야 할 의무가 있다고 가르치셨다. 그것은 나 자신과 사회에 대한 의무이고, 무엇보다도 엄마에 대한 의무였다. 나의 미래는 한마디로 말해, 엄마가 품은 이데올로기를 실현하고, 엄마의 좌절된 사회적 삶과 개인적인 삶을 되찾는 것이었다.

자녀를 가져야 하는 것은 너무도 당연한 일이고 가장 중요한 것은 나의 출세였다. 가족은 그 다음인데, 그나마도 나의 삶에 아무 문제 없이 깨끗하게 흡수될 것이라고 생각했다. 엄마는 내가 좋은 엄마가 되어야 한다는 걸 당연하게 생각했다. 중요한 것은 일하는 엄마가 되라는 것이었다. 더 정확하게 말하면 아이도 여럿 딸린 성공적인 전문직 여성이 되라는 것이었다.

때때로 반항적인 행동을 하기는 했지만 나 역시 본심은 착한 유대인 소녀였고, 엄마를 기쁘게 해드리고 싶었다. 더욱이 나는 엄마가 내세우는 명분을 엄마 못지않게 열렬히 따랐다. 엄마를 따라 여성낙태권 지지 데모에 다녔고, 지역에 출마한 진보적인 민주당 후보의 선거 전단지 돌리는 일도 도왔다. 아이들이 '레이건을 지지하는 학생들'이라고 적힌 티셔츠를 입고 학교에 오면 질색을 하며 뭐라고 쏘아붙여 주기도 했다. 무엇보다도 중요한 것은 공부를 잘해서 좋은 대학에 들어갔다는 것이다. 엄마가 좋아하는 스워스모어에 들어가지는 못했지만, 내가 다닌 웨슬리언도 엄마가 자동차 뒷유리에 학교 스티커를 붙이고 다닐 정도로 좋은 대학이었다. 몇 년후 엄마가 모는 빨간색 아스펜 스테이션 왜건은 하느님의 전차인 양 의기양양한 자동차가 됐다. 스워스모어나 웨슬리언뿐만 아니라 모든 유대인 엄마들의 가장 강렬한 소망인 마술의 스티커를 부착하고 다녔기 때문이다. 바로 하버드 로스쿨 스티커였다.

학부 시절에 나는 내 나름대로 해석한 페미니즘을 지지했는데, 한동안 거기에는 열성적으로 섹스 실험을 하는 게 포함되어 있었다. 엄마는 그 시절, 그리고 그 이듬해에도 나를 너무나 자랑스러워 하셨다. 로스쿨을 졸업한 첫해에 내가 받은 월급이 아빠보다 더 많은 것을 보고 엄마가 지어 보인 그 순수한 기쁜 표정을 나는 영원히 잊지 못할 것이다.

엄마는 야망을 갖는 것은 옳은 일일 뿐 아니라 나의 의무라고 했다. 그리고 그 야망을 이루기 위해 삶을 아주 조직적으로 꾸려나가야 한다고 했다. 엄마가 내게 원하신 삶을 사는 데 매우 중요한 일 중 하나는 내가 평등한 남녀관계를 위해 싸우는 데 든든한 버팀목이 되어 줄 좋은 남자를 만나는 것이었다. 나의 직업을 자신의 직업처럼 가치 있게 여기고, 집안일과 육아도 반씩 나누어 해줄 남편이었다. 간단히 말해 아버지와 전혀 다른 남자를 만나야 한다는 것이었다.

아버지는 자신을 성차별주의자라고 생각하지 않으셨다. 솔직하게 말해 나도 그 말에 동감이다. 아버지는 1925년에 태어나셔서 더도 덜도 아닌 그 세대의 남자일 뿐이다. 아내의 직업이 자신의 직업 못지않게 중요하다는 것은 생각조차 못해 본 세대였다. 아버지는 엄마보다 돈을 더 많이 벌었기 때문에 자기 직장이 더 중요하다고 생각하셨다. 항상 돈에 쪼들렸기 때문에 두 분이 역할을 바꾼다는 것은 어리석은 짓이었다. 200마일 떨어진 곳에 아버지에게 더 좋은 직장이 생기면 우리는 이사를 가야 했다. 엄마가 아무리 자기가 좋아하는 직장에 다니고 있더라도 그건 문제가 안 되었다.

아버지 나이의 남자들 대부분이 그런 것처럼 아버지는 가장 기본적인 집안일조차 할 줄 몰랐다. 아버지는 청소를 안 하신다. 그리고 요리도 할 줄 모른다. 내 기억에 아버지가 저녁을 차렸던 유일한 때는 엄마가 수술하고 병원에 일주일 동안 입원했을 때였다. 아버지는 매일 저녁 살라미 소시지와 계란을 준비했다. 어쩌다 특별히 기분이 좋은 날이면 우리 점심 도시락까지 싸 주셨다. 하지만 남동생이나 나나 아버지가 만들어 준 땅콩버터와 버터를 바른 샌드위치는 도저히 삼킬 수가 없었다. 그래서 우리는 서둘러서 모든 걸 스스로 꾸려나가는 법을 배웠다. "네 아빠 같은 사람과는 결혼하지 말거라." 엄마는 이렇게 가르치셨다. 나는 엄마의 좌절과 두 분의 불화를 곁에서 지켜보았기 때문에 아버지를 끔찍이 사랑했음에도 불구하고, 엄마의 가르침에 기꺼이 따르기로 했다.

웨슬리언대의 남학생들은 여성학 강의시간에 내 옆자리에 앉아서 자기의 긴 포니테일 가닥을 만지작거리고, 버켄스톡 신발 끈 사이로 삐져나온 발가락을 흔들어 댔다. 그들은 또한 인종차별 반대

문구와 동물애호단체 페타PETA 회원임을 나타내는 문구가 적힌 티셔츠를 입고 다녔다. 엄마는 바로 이런 남자들과 결혼하라고 내게 가르쳤다.

유감스럽게도 나는 가죽 끈 샌들을 신고 졸라매는 바지를 입은 성실한 남자들에게 전혀 호감을 느끼지 못했다. 그런 남자들과 자보기도 했고 그들의 수동적이고, 조심스럽고, 지나치게 공손한 섹스를 받아들여 보려고 애썼다. 그러나 그들은 너무 지루했다.

나는 어딜 가든 책에 나오는 전형적인 보스 기질의 여자처럼 행동했다. 그리고 유대인 유머에 등장하는 남편처럼 심약하고, 내 맘대로 휘두를 수 있는 남자를 찾아다녔다. 어떤 남자 꼬마애가 학교에서 돌아와 제 엄마에게 "엄마, 엄마, 나 학교 연극에서 배역을 맡았어"라고 했다. "오, 자랑스러운 내 아들. 그래 어떤 역을 맡았니?" 엄마가 물었다. 아들은 주먹으로 자기 가슴을 탕 치며 자랑스럽게 말했다. "유대인 남편." 그러자 엄마는 깜짝 놀라며 이렇게 말했다. "뭐, 유대인 남편이라고? 얼른 학교로 도로 가서 대사 있는 배역을 달라고 해!"

말 없는 남편 역을 떠맡은 사람은 첫번째 남자친구였다. 착하고 마음이 여린 이스라엘 남자였는데 이름은 가명으로 엘런이라고 해두자. 엘런은 모든 걸 내게 맡겼다. 처음 데이트를 시작할 때 나는 그를 따라 이스라엘로 가겠다고 약속했다. 하지만 내가 그 약속을 지킬 마음이 없다는 것을 알고 그는 고분고분하게 내 뜻을 따라 케임브리지로 왔다. 내가 로스쿨에 다닐 때 그는 이삿짐 센터에 취직했다. 전자제품 사업에 관심이 없는 이스라엘 이민자들이 주로 찾아가는 신통치 않은 일자리였다. 우리 두 사람 모두 그의 돈벌이가 별로일 거라고 생각했다. 그래서 내가 변호사로 일하고 그는 아이들을 키우도록 하자는 게 우리의(사실은 나의) 계획이었다.

계획은 다 세워졌고, 성공할 것 같았다. 그런데 그 계획을 가능하게 만드는 요소가 없었다. 유약함과 개인적인 야망이 없는 엘런의 기질이 그것을 가로막은 것이다. 보스 기질의 아내는 내가 맡기에 자연스러운 역할이었지만, 그게 나를 행복하게 만들어 주지는 못했다. 그는 나를 행복하게 해주지 못했고, 나는 그를 비참하게 만들었다. 로스쿨에 들어가서 나는 생전 처음 여러 종류의 남자들에게 둘러싸였다. 그들도 가죽 끈 샌들을 신었지만 그건 풀브라이트 장학금으로 멕시코의 와하카에서 농부들을 데리고 일을 하고 돌아온 직후였기 때문이었다. 버락 오바마 같은 동급생 남자도 만났는데, 그는 그때도 빛나는 미래가 확연하게 보였다. 하버드 로스쿨에는 대통령이 되려고 하는 비밀스럽지 않은 욕망을 품은 남자들이 넘쳐났다.

결국 그 야망과 자신감이 얌전하게 모든 일을 부인에게 맡기는 것보다 훨씬 매력적인 것으로 드러났다. 나는 엘런과 헤어지고 그 야망 있는 남자들과 나의 앞날에 관심을 돌렸다. 그리고 어느 날 신심 깊은 가톨릭 신자인 남자친구가 내가 다음에 우리 아이들을 교회에 보내지 않을 것 같다며(그건 맞는 말이었다) 나를 차버렸다. 그러자 내 룸메이트의 제일 친한 친구가 자기 고등학교 동창과 소개팅을 해보라고 권했다. 존은 가톨릭 신자로부터 차인 이야기를 눈물 반 콧물 반 섞어서 한편의 드라마로 엮어내는 것을 듣고 난

31

다음 친절하게 웃으며 "내가 아는 유대인 중에 너와 데이트할 만한 남자가 있어"라고 했다.

그렇게 해서 존은 마이클에게 전화를 걸어 나에 대해서 이야기를 했는데, 마이클의 반응은 시큰둥했다.

"소개팅이라고?" 그는 이렇게 말했다. "나는 그런 거 필요 없어."

그 말에 존은 "그러면 후회할 텐데"라며 다른 이야기로 말을 돌렸다. 나중에 마이클은 그때 존의 그런 반응에 호기심이 불꽃처럼 튀었다고 했다. 그런데 존의 말을 들어 보면 그때 마이클의 호기심에 불을 댕긴 것은 가슴이 큰 여자라는 말이었다고 한다.(그때 내 가슴이야 대단했지! 턱밑에까지 차오른 그 당당한 가슴. 거만하게 튀어오른 유두. 부풀어오른 젖무덤과 계곡. 아이 넷을 젖으로 키웠고, 젖 먹인 기간이 꼬박 72개월이다. 내 가슴이 그나마 둥그스름한 모양을 갖출 수 있게 된 것은 MIT 교수들이 개발한 특수 속옷 덕분이다. 기적적인 공학기술의 산물인 걸쇠, 버클, 끈, 묶음을 모두 풀면 내 가슴은 마치 절벽에서 떨어진 거석 덩이들처럼 바닥에 덜렁 내려앉는다. 젖꼭지로 신발을 닦을 수도 있다.)

나는 여자친구들과 무슨 옷을 입을지에 대해 의논했다. 캐주얼하면서 섹시한 옷에 의견이 모아졌다. 한 친구는 완벽한 청바지를 빌려 주었는데, 허리는 꽉 조이고 엉덩이는 돋보이게 해주는 바지였다. (그때는 1992년이었고, 바지를 허리 밑으로 내려서 걸치고 다니기 훨씬 전이었다.) 또 한 친구는 완벽한 검은 가죽 벨트를 갖고 있었다. 흰색 면 블라우스를 새로 사고 행운의 검정색 부츠를 반짝거리게 닦았다. 그러고 나서 제일 중요한 딜레마와 마주했다. 존이 자랑했던 가슴을 아주 잘 포장해서 돋보이도록 하는 것이었다. 그러려면 새 브래지어가 필요했다. 레이스가 달린 흰색으로 가슴을 탄탄하게 받쳐 올려서 그의 평가가 옳았다는 것을 입증해 보여주어야 했다.

데이트 날 저녁에 나는 제멋대로 뻗친 머리를 겨우 손질해 숨을 죽이고, 적당하게 화장을 하고, 향수도 아주 살짝 뿌렸다. 그리고 기다렸다. 그리고 조금 더 기다렸다. 그런 후 또 한참 기다렸다. 약속 시간 45분이 지난 뒤, 모든 것을 포기하고 새로 사 입은 속옷을 찢어 버리고, 냉장고의 음식을 다 먹어치워 버리려고 할 찰나에 초인종이 울렸다.

그때 나는 뉴욕의 14번가 애비뉴 A에 살았는데, 그 뒤 유행의 첨단 지역으로 인기가 한참 치솟다가 지금은 다시 차분하게 안정을 찾은 곳이다. 그러나 그 당시에는 아침에 지하철을 타러 갈 때 빈 마약 병이 신발에 밟히고 밤중에는 총소리 때문에 잠이 깬 게 한두 번이 아니었다.

마이클이 아파트 안으로 들어올 수 있게 문을 열어 주려고 했지만 평소처럼 버저가 망가져 있었다. 조급한 마음에 엘리베이터를 기다리지 않고 그냥 계단으로 달려 내려갔다. 그는 입구 유리문 뒤에 서 있었다. 머리칼은 그의 책 커버 사진에서 본 것보다 더 더부룩하고 눈은 더 파랬고, 좀 바보스러운 웃음을 만면에 띠고 있었다. 종이 울린 것은 아니고, 천사들의 노랫소리가 들린 것도 아니지만 나는 정말 첫눈에 반해 버렸다. '이제는 소개팅 끝'이라는 생각이 뇌리를 휙 스쳤으니 반한 게 분명했다.

나는 냉소적이고 비관적인 성격을 갖고 있으며, 첫눈에 반하는 사랑 따윈 믿지 않는다. 누구를 사랑하려면 그 사람에 대해 알아야 하고, 좋은 면과 좋지 않은 면, 그리고 결점이 뭔지, 약점은 뭔지 알아야 된다고 생각한다. 나는 사랑은 키워가는 것이라고 믿으며, 첫눈에 누구에게 끌린다거나 흠뻑 빠지는 것은 현실적인 삶의 바탕이 될 수 없다고 생각하는 사람이다.

그런데 어찌된 영문인지 모르겠다.

이디시어로 '바스헤르트' 라는 단어가 있다. 번역하면 대충 '운명의 짝' 같은 뜻인데 하느님 혹은 운명이 짝지어 주신 사랑을 가리킨다. 이 말과 관련된 전설을 소개하자면 이렇다. 천사가 사람이 태어나기 전에 배 속에 있는 그의 영혼을 데리고 다니며 앞으로 그가 겪게 될 일생을 보여준다. 미래를 보여주는 것이다. 천사가 보여주는 것 가운데는 그 사람의 영혼의 동반자도 있다. 그 영혼의 동반자와는 운명적으로 인생을 함께하기로 되어 있다. 그런 다음 천사는 코와 윗입술 사이의 인중을 내리치는데, 그 때문에 얕은 골이 생기게 된 것이다. 그때 얻어맞은 충격 때문에 사람은 앞서 본 것을 잊어버린다. 그러나 기억의 흔적은 남는데, 보고 배운 것을 무의식 속에 어렴풋이 기억한다. 그러다 현실에서 우연히 자신의 바스헤르트를 만나게 되면 기억이 갑자기 되살아나 그 사람을 알아보게 된다고 한다.

우리는 저녁을 먹으러 연회장 같은 분위기에 어두컴컴하고 낭만적인 식당으로 갔다. 우리는 그날 연애기간 중 처음이자 마지막으로 와인 한 병을 다 비웠다.

식사와 와인을 끝낸 다음 우리는 바워리 쪽으로 걸었다. 스프링 가와 프린스가 사이 어디쯤에서 마이클이 내게 다가와서 키스했다. 우리는 십대들처럼 얼굴을 부딪치며 입술을 더듬는 키스를 했다. 그리고 계속 키스했다. 막스 피시라는 이름의 굉장히 멋지게 꾸며놓은 바에서, 베셀카라는 우크라이나 카페에서, 집앞 길모퉁이에서, 우표 딱지만 한 우리 집 로비에서, 엘리베이터 앞에서. 우리는 키스하고, 키스하고, 계속 키스했다. 그러고 나서 그는 갔다.

그래서 나는 그게 영원한 사랑이 될 것임을 알았다. 열다섯 살 이후 처음으로 그날 나는 첫 데이트한 남자와 자지 않았다. 만난 지 한 시간도 채 안 돼 그는 자기가 작가이며, 밤에 작업을 하기 때문에 낮에는 아내가 자기 일을 가질 수 있도록 자기가 아이들을 돌볼 것이라는 말을 했다.

그야말로 내가 그동안 찾아다녔던 남자가 틀림없었다. 엄마가 나를 세상에 내보내며 찾아서 집으로 데려오라고한 바로 그 남자였다. 재미있고, 똑똑하고, 성공한 유대인 남자였다. 그리고 내가 일하러 나가는 동안 자기가 애들을 돌보겠다고 하지 않는가. 아내를 동등한 부모로서, 동등한 파트너로 대하겠다는 것이다. 그러니 첫 데이트를 한 지 3주 만에 그에게 프러포즈한 것이 하나도 이상할 게 없지 않은가?

나와 결혼한 뒤 그는 처음에는 내가 판사 시보로 일하게 된 샌프란시스코로 따라왔고, 내가 항상 꿈꿔왔던 직장인 연방법원에서 공공 변호인으로 가난한 피고인을 대변하는 일을 할 때는 남캘리포니아로 따라왔다. 그의 직업은 장소에 관계없이 할 수 있는 일이었고, 내 직업은 그렇지 않았다. 그리고 더 중요한 것은 나의 야망도 그의 야망과 똑같이 중요하게 대우받는다는 사실이었다.

나는 내 일을 사랑했고, 일에 빠져들었다. 나는 타고난 변호사였으며 상대 변호사와의 전투를 즐겼다. 법정에서 변론하는 지적인 도전을 즐겼으며, 배심원들 앞에서 변론에 임하는 것은 생각만 해도 행복한 일이었다. 엄마가 내게 안겨주기 위해 그토록 애썼던 미래를 이루었던 것이다. 사랑하는 일과 사랑하는 남편을 가졌다. 모든 요리를 자기가 하고 집안일의 대부분을 하는 남자, 가족을 간절히 갖기 원하고, 가족의 제1차 보호자가 되고 싶어 하는 남자였다.

내 꿈이 이루어졌다는 느낌은 임신을 하고 난 다음에도, 그리고 임신한 순간부터 배 속의 아이가 일을 복잡하게 만들기 시작했어도 조금도 누그러지지 않았다. 한번은 옅은 하늘색 정장 차림에 파란색 하이힐을 맞춰 신고 법원 계단을 가볍게 뛰어 올라갔다. 그러다 갑자기 걸음을 멈추고는 헛구역질을 몇 번 한 다음 배 속에 들어 있는 내용물을 몽땅 바닥에 토해냈다. 법정 밖 난간에 기대어 개정을 기다리며 담배 한 개비를 얼른 피우고 있던 배심원들은 황당한 표정이 되었다. 나는 판사에게 내가 구역질한 이유가 내 의뢰인에 대한 역겨움 때문이 아니라 임신 때문이라는 사실을 배심원들에게 주지시켜 달라고 부탁해야 하나를 놓고 잠시 고민하기까지 했다. 판사도 아이 있는 엄마여서 내 안색이 초록빛으로 변하는 것을 보면 얼른 휴정을 선포했다.

반나절은 변기 앞에 쭈그리고 앉아서 보내고, 또 반나절은 흘러

내리는 임산부 바지 끌어올리느라 보내면서도 아이가 우리 엄마와 내가 설계해 놓은 내 인생 계획에 방해될 것이라는 생각은 들지 않았다. 오히려 그 반대로 나는 임신한 사실을 배심원과 판사들이 내 편을 들도록 만드는 데 뻔뻔하게 이용했다. 나는 의뢰인들에게 법정에서 내가 앉을 의자를 꺼내 주고, 무거운 몸으로 법정을 돌아다닐 때 내 한쪽 팔을 잡아 부축하라고 시켰다. 배심원들은 이러한 배려를 보고 내가 원하던 반응을 나타냈다. 그들은 문신투성이에 각성제 메탐페타민에 중독된 마약거래범들이 예쁘고 자그마한 임신부 변호사에게 친절을 베푸는 것을 보고는 이들이 검사가 말하는 것처럼 그렇게 나쁜 사람일 리가 없다고 판단했다.

나는 임신 말기까지 일을 계속했다. 두 발이 퉁퉁 부어서 구두를 신을 수가 없고, 불러 오른 배 때문에 자동차 운전석을 뒤로 빼서 발이 브레이크 페달에 안 닿을 정도가 될 때까지 일을 했다. 결국 그 지경에 이르러서 출산휴가를 받았고, 사무실 정리도 제대로 하지 않고 휴가를 떠났다. 왜냐하면 몇 달만 있으면 다시 돌아온다고 생각했기 때문이다.

그 기간 중에 어쩌다 젖을 안 물리는 사람들과 자리를 같이할 일이 생기면 나는 직장으로 돌아가는 게 얼마나 중요한지 거듭 깨달았다. 한번은 어느 파티에서 성공한 여성 영화제작자에게 "마이클 세이본의 부인"이라고 소개되었다. 나라는 존재를 나타내는 말이 그것뿐이라는 식이었다. 그 제작자는 나를 한번 흘끗 보고 난 다음, 퉁퉁 불어 모유를 찔끔찔끔 흘리는 가슴과 산후 부기로 흔들거리는 배를 쳐다봤다. 동정하는 미소로 그녀는 내 팔을 가볍게 치면서 "당신이 정말 부러워요. 나도 다 때려치우고 딸하고 집에만 있을 수 있다면 얼마나 좋을까요. 당신은 정말 운좋은 사람이에요!"라고 했다.

그래, 나는 운이 좋다. 나는 이렇게 생각했다. 당신이 사상 유래 없이 수입을 많이 낸 로맨틱 코미디 영화를 비롯해, 박스오피스 히트 시리즈를 만드느라 바쁠 때 나는 매일 아기의 장운동 횟수가 얼마인지 꼬박꼬박 따져보면서 보낸다. 당신이 박스오피스 매상고를 따질 때 나는 유축기로 뽑아낸 모유의 양이 얼마나 되는지 따진다. 그리고 당신이 영화를 만들기 위해 어떤 책이 좋을까 하며 저작권 몇 개를 놓고 저울질할 때 나는 하기스와 팸퍼스를 놓고 어떤 것이 좋을지 저울질한다. 사실이 그렇다. 그래 나는 행운아다. 행운아가 맞아.

나는 다시 일하러 나갔다.

하지만 오래 하지는 못했다.

내 손으로 작은 안내문을 하나 만들어 사무실 문에 붙여놓았다. '젖 짜는 중. 노크해 주세요.' 하루에 세 번 이 안내문을 걸어놓았는데 3분도 채 안 돼 문이 확 열리며 우편물실의 남자 직원이 우편물 한 꾸러미, 혹은 급한 팩스 용지를 들고 나타난다. 그러고는 "오, 이런. 제가 방해했나요?"라고 한다. 결국 생각해 보니 젊은 남자들이 여자의 맨 가슴에 대한 유혹을 견딜 수 없었던 것이다. 아무리 흔들흔들거리고 연푸른색 실핏줄이 돋아나 있어도 마찬가지였다. 처음 몇 번은 화들짝 놀라 뒤로 물러나며 블라우스를 끌어올리는 바람에 아까운 모유가 사방으로 튀었다. 그러나 그렇게 몇 번 하고 난 다음부터는 누가 들어오면 그냥 눈을 한번 굴리고는 젖꼭지를 유축기 컵 속으로 더 깊게 눌렀다. 투명한 플라스틱 컵이 가슴을 가려 주는 것이 아닌데도 말이다. 그 안내문을 왜 계속 문에 걸었는지 모르겠다. 아마도 성선설性善說 에 대한 믿음을 포기하고 싶지 않아서인지도 모르겠다.

그러면서 나는 여러 가지 일을 동시에 하는 멀티태스킹 multitasking 기술을 연마했다. 모유를 짜면서 나는 무슨 일이든 할 수 있었다. 재정신청을 검토하고, 영장과 탄원서를 검토했다. 전화기를 통해서는 유축기 소리가 들리지 않을거라고 생각하며 의뢰인들로부터 걸려오는 콜렉트콜 전화까지 받았다. 그 사람들이 무슨 소리냐고 물으면 나는 당황해서 "소리? 무슨 소리요? 나는 아무 소리도 안 들리는데요?"라고 둘러댔다.

그러나 내가 직장을 그만둔 것은 이런저런 좌절감과 창피스러운 유축기 때문에 아니었다. 줄줄 흘러내리는 푸른빛의 모유 2온스를 얻기 위해 45분 동안 젖꼭지를 유축기 바이스에 물리고 있어야 했고, 사춘기가 갓 지난 젊은 남자애들에게 분별 없는 욕정의 대상이 되었다. 하지만 이런 건 내가 그만둔 진짜 이유가 아니었다. 내가 결국 직장을 그만두고 아기에게 돌아간 것은 질투심 때문이다. 그건 정말 참을 수 없는 초록색 질투였다. 나는 남편이 하루 종일 우리 딸과 같이 있는 것을 질투했고, 딸이 하루 종일 남편과 같이 있는 것을 질투했다.

한번은 메트로폴리탄 구치소로 들어가기 전에 자동차 안에 쭈그리고 앉아서 모유 몇 온스를 짜내고 있었다. 그때 남편이 전화를 걸어와서는 우리 딸 소피가 새로 사 준 아기 풀에서 노는 게 너무 귀엽다는 말을 했다. 내가 휴정 때 브래지어 안에 클리넥스를 쑤셔 넣는 동안 마이클과 소피는 공원에 가서 피크닉 점심을 즐겼다.

갈수록 좌절감이 쌓였다. 하지만 내가 일을 잘한다는 자신감은 아직 있었다. 그 시절 아주 중요한 재판에서 이긴 것도 여러 건 있었다. 한번은 최소한 10년형 이상 받을 뻔한 의뢰인을 상대로 소송 기각을 이끌어냈다. 죄없는 사람이었다. 나는 우리 엄마가 딱 원했던 것처럼 유능하고 자신감에 넘치는 일하는 엄마였다. 적어도 그렇게 보였다.

의뢰인을 돌보려면 감정적인 에너지가 엄청나게 소모되었다. 그렇기 때문에 설혹 제시간에 집에 온다 하더라도 내 모성의 보살핌을 받을 권리가 있는 아이에게 줄 에너지가 없었다. 집안에 들어와 서류가방, 손가방과 유축기를 던지고 나면, 그때는 마이클이 소피를 풋볼공처럼 나한테 던지고 휴식시간을 가지러 사무실로 쓰는 자기 방으로 들어가 버렸다. 아기는 엄마를 하루 종일 보지 못했기 때문에 나와 놀고 싶었고, 내게 이것저것 보여주고 싶었고, 함께 바닥에 구르며 놀고 싶어 했다. 그러나 직장에서 긴 하루를 보낸 나는 그냥 가만히 누워 있을 수밖에 없었다. 사실상 움직일 여력이 없었던 것이다.

어느 날 저녁 지칠 대로 지친 나는 '라이언 킹' 비디오 테이프를 틀어 주었다. 놀랍게도 소피는 소파에 앉은 내 옆에 바짝 달라붙어서 87분 동안 꼼짝도 않고 영화를 보았다. 다음날 내가 퇴근하고 집에 오니까 소피는 눈썹을 위로 말아올린 채 텔레비전을 쳐다보고 있었다. 그러고는 으르렁거리는 것이었다.

"라이언 킹을 보고 싶어?" 나는 기대 반으로 이렇게 물었다.

아이는 다시 으르렁거렸다.

그 후로 한달 동안 내가 집에 오면 소피는 사자새끼처럼 으르렁거렸고, 그러면 나는 비디오를 틀어 주었다. 우리는 텔레비전 앞에 같이 앉아서 둘 다 정신이 어질어질해질 때까지 그것을 보았다. 그러던 어느 날 음악이 시작될 때 노래를 따라 불러 보았다. 그러고는 영화 대사를 몽땅 다 암기할 수 있다는 것을 알았다. 가사, 대사 한마디 틀리지 않고 모두 따라할 수 있었다. "나즈곤야 바바키 바바"(스와힐리어를 모르시는 분들, 다시 말해 나보다 더 좋은 부모들을 위해 해석하자면 이런 뜻이다. "여기 사자 한 마리가 와요, 아빠")부터 시작해서 마지막 장면 "서클 오브 라이프, 서클 오브 라이프"까지 따라 불렀다. 조숙하기는 하지만 몇 마디밖에 할 줄 모르는 소피도 나와 똑같이 따라 했다.

나는 바로 그 다음 날 직장을 그만두었다. 우리 보스는 내가 만난 최고의 변호사들 가운데 한 사람이고, 두 아이의 엄마였다. 그녀는 아이들이 자신의 일에 끼어드는 것을 허락하지 않았고, 페미니스트인 자기 엄마의 기대를 배신하지 않은 여자였다. 그녀는 내게 미소를 지어 보이며 이렇게 물었다. "휴직을 하지 왜 그래요?"

"아니에요, 그만둡니다." 나는 단호하게 말했다. "집에서 아이와 함께 지낼 거예요. 짐보리도 같이 가고 동물원에도 데려갈 거예요.

낮잠도 재워 주고, 아이가 깰 때 곁에 있어 주고 싶어요. 항상 집에 있는 재택 전업 엄마가 될 겁니다."

"몇 주 후에 다시 봐요"라고 보스는 인사했다.

이번에는 사무실에 있는 물건을 다 정리하고 나왔다. 다시 돌아올 생각이 전혀 없었다.

그러나 엄마에게 이 사실을 털어놓을 용기가 안 났다. 대신 나는 로욜라 로스쿨에서 일주일에 몇 시간 강의하는 일거리를 얻었다. 돈은 스타벅스에서 일할 때 받는 만큼만 받는 일자리였다. 엄마에게는 직업을 한번 바꿔 볼 생각이라는 말만 했다.

엄마는 반가운 표정이 아니었다. 내 정신을 차리게 하려고 시위를 시작했고, 처음에는 걱정을 하더니 이내 화를 내는 것으로 바뀌셨다. 나도 흔들렸다. 도대체 내가 지금 무슨 짓을 하는 거지? 지금 내가 가진 모든 것을 내다버리고 있다는 것을 모르는가? 곧 후회하게 될 거야. 나는 불행해질 것이다. 이건 내 인생에서 가장 큰 실수가 될 거야. 엄마가 어떻게 됐는지 잊었단 말인가?

하지만 단호히 내 결정을 고수했다. 엄마에게는 내가 내린 결정이니 걱정 말라고 잘라 말했다. 아기에게 엄마로서 해야 할 책임감이 있고, 그래서 소피를 위해 집에 있고 싶다고 했다. 내 가족을 위해 내린 올바른 결정이었고, 엄마가 뭐라고 해도 그걸 바꿀 수는 없었다.

공공 변호사 일을 그만두고 일주일이 채 안 되어서부터 나는 벌써 미칠 것 같지만, 엄마에게는 절대로 그렇다는 말을 하지 않았다. 애나 보고 있자니 따분해 죽겠다는 말을 엄마에게 털어놓을 수는 없었다. 최대 2분 동안 주목할 수 있는 아기와 하루에 14시간을 보내는 것이 공화당 지지자인 오렌지카운티의 배심원들에게 불법 체류자인 내 의뢰인이 판지 박스 안에 코카인 8킬로그램이 들어 있다는 것을 몰랐다고 설득하는 것보다 더 어려웠다. 검사와 형량 조정 협상을 하는 일은 두 살짜리 아기 낮잠 재우는 것에 비하면 아무것도 아니었다.

나는 자신이 전업 엄마로서의 일을 하는 데 그토록 부적합하고 준비가 안 되었다는 사실을 도저히 용서할 수가 없었다. 나는 무슨 일이든 대충 하지 못한다. 부모의 기대에 부응하느라 그랬는지, 아니면 나 스스로 성공의 열매, 그리고 성공했을 때 느끼는 그 기분을 즐겼기 때문인지는 모르지만, 엄마가 되기 전까지 나는 실수와는 거리가 먼 사람이었다.

그러나 아기를 낳은 다음 얼마 안 가서 나는 엄마가 되는 일은 실패하고 말 것임을 뼈저리게 깨달았다. 나는 매일 실패했다. 아기 물티슈나 기저귀는 툭하면 집에 두고 나왔다. 갈아 입힐 옷을 잊고 안 챙겨 나와서 똥을 온 몸에 묻힌 아기를 안고 베이비갭 유아용품 점으로 뛰어들어가 새옷을 사서 갈아입혀야 했다.

제일 견디기 힘든 건 지루함이었다. 정말 철저하고 완벽하게, 그리고 머리가 빠개지도록 지루했다. 하루 종일 그네를 흔들어 주며 시간을 보내야 하는 놀이터는 연옥처럼 괴로운 장소가 되었다. (어찌해서 그네타기는 이토록 좋아하는 것일까? 다른 것은 11초 이상 계속하는 법이 없는 애가.)

그러나 모조리 다 나빴다는 말은 아니다. 기쁨으로 넘친 순간도 무수히 많아서 지금도 그 순간들을 생각하면 기쁨으로 몸이 달아오른다. 18개월쯤 된 소피를 데리고 함께 목욕하던 때가 지금도 생생하게 생각난다. 고무처럼 부드럽고 매끄러운 살결로 내몸에 안겨 비벼 대던 작은 몸이 생각난다. 내 얼굴에 거품 수염과 거품 모자를 만들어 주던 작은 두 손이 생각난다. 작은 발가락을 꼼지락대며 내 허벅지를 파고들던 것도 생각난다. 목욕을 시키고 난 뒤 머리부터 발끝까지 덮는 큰 수건으로 말아 안을 때 꼼지락대던 가벼운 몸이 생각난다.

그런 순간들은 지금도 생생하게 기억난다. 한번은 기적처럼 주머니에 동전이 많이 들어 있어서 슈퍼마켓 앞에 있는 미니 회전목마를 태워 줄 수 있었다. 1번부터 6번까지 모두 태워 주고 난 다음 7번은 엄마가 태워 줄 시간도 없고 동전도 다 떨어지고 없다는 말을 했을 때 새빨갛게 변하던 아기의 얼굴이 생각난다. 울음소리가 얼마나 날카로웠던지 슈퍼마켓 앞 쓰레기통을 놓고 싸움을 벌이던 비둘기들이 놀라 달아나 버렸다. 핑크색 오리 안장에서 들어올리려고 하자 두 다리를 섬유유리로 만든 오리 배에다 얼마나 꽉 붙이고 힘을 주던지 억지로 떼어 놓아야 했다.

버둥거리며 해대는 발길질을 피하기 위해 아이를 어깨 높이 위로 들어올리면서 나는 신발 밑바닥이 딱딱한 새들 구두 대신 케즈 구두를 사 신겼더라면 발길질에 맞아도 덜 아플 텐데 하는 후회가 들었다. 장 본 물건을 실은 카트를 뒤로 끌면서 딸애를 얼른 차에 태웠다. 유아용 카시트에 앉히자 아이는 갑자기 울음을 멈췄다. 그러고는 이렇게 섬뜩한 경고를 했다. "아빠 집에 오면 엄마가 소피한테 무슨 짓 했는지 다 일러 바칠 거야."

나를 일러 바치려는 것이었다! 그리고 무엇보다 고약한 것은 애가 버릇 없고 나를 화나게 만들었지만, 나로서는 달리 변명의 여지가 없다는 사실이었다.

나는 우등 어머니 명단에 끼기는커녕, 처벌자 명단에 올라갈 처지가 되었다. 진작 엄마 말씀을 들을 걸.

나는 항상 필요 이상으로 고집이 센 게 문제였다. 일단 집에 있겠다는 결정을 내리고, 그것이 내게 옳은 결정이라는 판단을 내린 다음에는 자신의 실패를 인정하려 들지 않았다. 엄마 앞에서는 특히 더 그랬다. 나는 옳은 결정만 내린다고 자신했고, 그런 태도에는 엄마는 그렇지 않다는 뜻이 내포되어 있었다. 나는 페미니스트들이 자기 딸들을 속였다고 장시간 엄마에게 대들기 시작했다. 페미니스트 엄마들과 여성학 교수들은 우리들에게 무조건 다 할 수 있다는 말만 했다. 그게 얼마나 힘든 일인지에 대해서는 한마디도 사전 경고를 해주지 않았던 것이다.

나는 그때까지 평생을 엄마가 내게 세워 준 목표에 맞춰 노력해왔다. 나는 두말없이 그 목표에 따랐다. 갑자기 나는 그 목표에 회의가 생겼을 뿐 아니라 그 목표를 뒷받침하는 논리도 더 이상 받아들일 수 없었다. 엄마의 야망을 완전히 무시하지는 않았지만, 이제는 엄마가 내게서 바라는 삶을 살지 않고, 엄마의 야망을 자신의 야망으로 받아들이지 않고, 그 모든 것에 등을 돌리기로 했다. 무능하기는 하지만 나는 가정주부가 되었다. 엄마와 엄마의 시대가

<u>그토록 싫어했던 그 길로 들어선 것이다.</u>

엄마는 지금까지도 그때 내가 왜 그런 행동을 했는지 이해하지 못한다. 내가 왜 좋아하는 직장을 그만두었는지, 그것을 이루려고 그토록 노력했던 그 길을 왜 포기했는지 이해하지 못한다. 그러나 내가 택한 삶과 내가 내린 결정은 엄마에게 실망인 채로 끝난 것은 아니었다. 나는 전업주부 생활에 모든 것을 다 바쳤지만 결국 불행한 가운데 몇 년밖에 버티지 못했다. 결국 다른 일을 찾았다. 법률일처럼 힘든 일이지만, 그만큼 까다롭지는 않은 일이었다. 둘째 아이 지크를 가졌을 때부터 글을 쓰기 시작했고, 아이가 세 살 때 나는 첫 번째 소설을 출간했다.

나는 가능한 한 아이들을 일보다 우선시했다. 하지만 짐 보따리를 챙겨 2주 동안 북 투어에 나서기도 했고, 마감에 쫓겨 아이들 재능 발표회에 참석 못 한 적도 있었다. 나는 지금도 이 마술처럼 힘든 일을 하기 전에 엄마가 제대로 준비를 시켜 주었더라면 하고 생각한다. 그러나 우리 남편 같은 사람을 만날 수 있도록 영감을 불어넣어 주신 건 감사한다. 내가 남녀평등에 대한 소신을 갖도록 해주신 것도 감사한다. 엄마가 내게 강한 자극을 준 것도 감사한다. 그렇지 않았더라면 나는 절대로 작가가 되겠다는 생각을 못했을 것이다. 엄마는 내게 뻔뻔스러움을 가르쳐 주었다. 뻔뻔함은 이 세상에서 살아남고, 성공하기 위해서 반드시 필요한 자질이다. 넷째를 가졌다는 말씀을 드리자 "오, 에일럿"하며 겁먹은 반응을 보이신 건 섭섭했지만, 내 작품을 보고 자랑스러워하시는 것을 보면 기분이 좋다. 엄마는 내가 쓴 책은 모두 수십 권씩 사서 친구들, 동료들, 슈퍼마켓에서 만나는 사람들에게 나누어 준다.

　나도 이제 딸이 둘인데, 나 역시 내가 기대하는 것으로 그 아이들에게 부담을 줄 게 뻔하다. 소피와 그 밑의 로지는 엄마가 자기들이 제대로 된 직업을 갖기를 원한다는 것을 안다. 그리고 애들 아빠처럼 아이 키우고, 집안일을 모조리 여자에게 떠넘기지 않는 남자를 만나 결혼하기를 바란다는 것도 안다. 엄마가 나를 쥐고 흔들었듯이 나도 그 애들을 쥐고 흔든다.

　나는 딸애들이 언젠가는 자신들의 진로를 스스로 헤쳐나가고 잘못도 저지르게 될 것임을 안다. 결국은 스스로 공을 하나도 떨어뜨리지 않고 공중에서 계속 돌리는 요령을 터득해야 할 것이다. 물론 그 과정에서 좌절과 실패도 불가피하게 겪게 될 것이다. 나는 내 딸들에게 기대로 부담을 주는 것뿐만이 아니라, 마술사는 어쩔 수 없이 공을 떨어뜨리지만, 공은 다시 튀어 오른다는 사실을 알려준다. 떨어진 공은 도로 주워서 다시 공중에 던져 올리면 된다.

3 집안일 나누기

청소기를 손에 든 남편보다
더 섹시한 모습은 없다.

나는 1970년대의 대부분을 부모님이 사시는 뉴저지주 교
외에서 보냈다. 핑크색 음반 재킷을 두 손에 쥐고 말로
토머스의 노래를 신나게 따라 불렀다. '프리 투 비 유 앤드 미' Free
to Be You and Me 가 우리집에 등장한 건 내가 여덟 살 되던 해였다.
엄마는 그 음반만 계속 틀어댔다.

우리는 말로 토머스의 교훈을 매우 진지하게 받아들였고, 엄마
는 싫다는 남동생에게 인형을 사다 주셨다. 동생과 나는 어릴 적부
터 남자건 여자건 다를 게 없고, 여자는 예쁘고 남자는 덩치가 커
야 한다 따위는 터무니없는 말이라고 배우며 자랐다. 남자건 여자
건 똑같이 원하는 것을 가질 수 있다고 배웠다. 그리고 집안일은

혼자 하는 게 아니라고 배웠다. 좋은 엄마와 좋은 아빠들은 집안일을 같이 한다고 했다.

약 250마일 떨어진 메릴랜드주 컬럼비아에서 자란 마이클도 거실 양털 카펫에 누워서 같은 가르침을 받았다. 그의 엄마도 우리 엄마와 같은 시기에 '프리 투 비 유 앤드 미'를 샀다. 우연의 일치였겠지만 아마도 그녀의 이혼과 관련이 있는 일인지도 모르겠다. 의사 부인으로서의 안락한 미래를 더 이상 누릴 수 없게 된 시어머니는 다시 대학에 들어가 졸업을 한 다음, 법대에 진학해 학위를 땄기 때문에 두 아들을 키우며 자질구레한 집안일에 매달릴 시간이 별로 없었다. 아버지가 가족을 버리고 떠날 때 마이클은 열한 살이었고, 남자라도 집안일을 도울 수 있는 나이였다. 그는 콧노래를 흥얼거리며 집안 청소를 하고 저녁 준비를 했다. 그때도 마이클이 나보다 집안일을 훨씬 많이 했다. 나는 내 방을 대충 치우고, 강아지 산보시키고, 식사 뒤에 빈 접시 몇 개를 식탁에서 싱크대로 옮기는 정도만 했다.

마이클의 첫째 부인도 우리처럼 제2차 페미니스트 운동을 주제로 한 음반들을 들으며 교육을 받았다. 그래서 우리가 처음 만났을 때 마이클은 교육을 잘 받아 집안일을 보통 잘하는 정도가 아니었다. 데이트하던 초기에 그는 아내가 벗어놓은 양말을 챙기는 남자는 세상에 자기밖에 없을 것이라는 말을 수시로 했다. 나는 돼지 못지않게 지저분한 편이라는 것을 인정한다. 고맙게도 마이클의 엄마는 아들에게 요리하는 법을 가르쳐 주셨다. 우리 엄마의 요리 교육은 "치킨 조각에다 샐러드 드레싱 한 병 붓고 오븐에 갖다 넣으렴”하는 정도였다.

양가 엄마들이 바라던 대로 마이클과 나는 여러 가지 면에서 캐럴 채닝과 말로 토머스가 꿈꾼 삶을 살고 있다. 그것이 우리 결혼 생활에 얼마나 중요한 요인이 되는 줄 그때는 몰랐다. 내가 남편 마이클을 자식들보다 더 사랑한다는 문제의 수필을 쓰고 나서 독자들의 반응을 보면서 알게 되었다.

대부분의 피드백은 두 가지 부류였다. (1)“이 나쁜 년, 너는 애들을 키울 자격이 없어.” (2)“찬성! 우리도 그런 식으로 50년간 결혼 생활을 유지해 왔는데 아무 문제 없음.” 창세기 2장 24절에 써 있는 것처럼 훌륭한 아내는 남편에게 충실해야 한다는 가르침을 잘 따라 주었다고 칭찬하는 이메일도 목사와 신부님들로부터 받았다. 어떻게 하면 자기 부인도 당신처럼 남편을 지극히 생각하는 여자로 만들 수 있느냐며 조언을 구한다는 내용의 이메일도 수신함에서 깜박거리는 것을 보았다.

당시 나는 “당신이 원하는 것은 조심스럽게 다루어야 합니다”라는 식의 답변을 해주었던 기억이 난다. 하지만 그런 사람들이 원하는 게 어떤 것인지 안다. 그들은 고약한 성질에 요리도 못하고, 전구도 갈아 끼울 줄 모르는 아내를 원하는 게 아니다. 위블 인형처럼 생겨 흔들거리면서도 넘어지지 않는 아내를 원하는 게 아니다. 그들이 원하는 것은 섹스 잘하는 여자였다.

그런 남자들이 내가 쓴 에세이에 흥미를 가지는 것은 내가 아직도 남편과 섹스를 하고 싶어 한다고 썼기 때문이다. 내게 그런 편지를 보낸 남자들의 부인들은 오프라 윈프리쇼에 나와 나를 심판

했던 여자들이다. 그들은 스튜디오 청중들 앞에서 자기들은 나와 달리 '좋은 엄마'이며, 남편이 "일 때문에 바쁘면" 자기는 텔레비전을 본다고 했다. 나는 그 여자들에게 가위를 쥐어 주며 "자 얼른 가서 남편 거시기를 밑동까지 잘라 버려요"라고 말하고 싶은 것을 억지로 참았다.

남자들은 내게 이런 편지를 보낸다. "어떻게 하면 아내가 다시 부부관계에 관심을 갖도록 만들 수 있는지 제발 가르쳐 주세요." 많은 남자들이 내게 자기는 아내 몰래 바람 핀 적이 없다고 (진실인지는 모르겠지만) 말하지만, 이들이 보낸 이메일을 보면 그럴 위험이 다분히 있다. 좀 더 솔직한 남자들은 바람은 아니고 그냥 섹스가 필요하다며 이렇게 말했다. 아내가 그것을 채워 주지 않는데, 다른 데 가서 그걸 채운다고 그게 그렇게 비난받을 행위인가요?

그 남자들이 나한테서 바라는 것은 자기 아내들을 변화시킬 수 있는 어떤 마법의 주문 같은 것이었다. 아내가 갑자기 헐렁한 체육복과 가슴까지 올라오는 펑퍼짐한 임산부 청바지와 산모용 브래지어를 쓰레기통에 버리고, 빅토리아 시크릿 잡지 최신호 커버에 소개된 레이스 달린 섹시한 속옷을 입도록 만들어 줄 특별한 마법을 기대했다.

쓸데없는 데 돈 쓰지 마세요. 나는 이메일을 보낸 남자에게 이렇게 답장을 보냈다. 부인이 지금 당신과의 섹스에 관심이 없다면 음부 쪽이 트인 호랑이 무늬 팬티를 사 준다 해도 아내의 잠자는 리비도를 깨울 수 없을 것이다. 쓸데없는 그런 짓을 왜 하려 하느냐?

나는 그런 남자들에게 정말로 심각하게 시들어 있는 결혼의 에로틱한 부분을 살리고 싶다면 식기세척기에 들어 있는 그릇을 정리하라고 한다. 세탁기에 들어 있는 빨래도 꺼내 정성스럽게 접어라. 애 키우는 여자의 눈에 청소기를 든 남편보다 더 섹시한 모습은 없다.

물론 이렇게 간단한 문제가 아니라는 건 나도 안다. 문제의 에세이에서도 썼지만 나도 마이클이 집안일을 잘하는 것 때문에 몸이 달아오르는 것은 아니다. 내가 아는 대부분의 여자들과 달리 나는 내 열정의 대상에서 남편을 밀어내고 그 자리에 아이들을 대신 앉히는 '사랑의 전환'에 실패한 것이다. 그렇다. 이메일을 보낸 남자들에게 해준 충고와 달리 들릴 수도 있겠지만, 내게 남편의 매력이 줄어들지 않는 가장 큰 이유는 그에게 화가 나지 않는다는 것이다. 결혼한 지 15년이 지난 지금도 남편이 내게 매력이 있는 이유, 그리고 남편과 자는 것이 세상에서 제일 좋은 이유는 바로 이것이다.

성적으로도 만족하고 있고, 자신이 택한 결정에 대해서도 무지무지하게 행복해하는 여자들이 많다. 또한 많은 남편들이 집안일을 아내와 똑같이 한다. 만약 여러분도 그런 행복한 여자에 속한다면 다음 장으로 그냥 넘어가면 된다. 이 장은 여러분을 위한 장은 아니다.

이 장은 기대했던 것과 달리 자기 엄마가 살아온 삶과 비슷한 삶을 살게 된 여자들과 그들의 남편들을 위해 쓴 것이다. '프리 투 비 유 앤드 미' 음반을 우리에게 사 준 엄마들조차 남편이 육아와 집안일의 절반을 감당해 주기를 진실로 바란 적은 없었다. 그러나 그 음반을 들으며 자란 딸들인 우리는 남편이면 당연히 집안일을 같이 맡아 해야 한다고 생각했다. 이 장은 어느 날 갑자기 자기 엄마처럼 혼자서 집안일의 부담을 어깨에 지고 가는 자신을 발견하고는 깜짝 놀라고, 솔직히 말해, 화가 난 여자들을 위해 쓴 것이다.

얼마 전 리사 벨킨 기자가 뉴욕타임스 매거진에 이성 커플들이 집안일을 어떻게 나누어서 하는지에 대한 특집기사를 커버스토리로 다루었다. 기사에 위스콘신대 연구 보고서에 나온 몇 가지 통계 수치가 소개되었다. "평균적인 아내들은 일주일에 31시간 집안일을 하고, 평균적인 남편들은 14시간 집안일을 한다. 여자가 두 배 이상 많이 하는 것이다. 아내는 집안일만 하고 남편 혼자서 돈을 버는 경우, 아내가 집안일을 하는 시간은 더 늘어나 주당 38시간, 그리고 남편쪽 시간은 주당 12시간으로 더 줄어든다. 3대 1이 넘는 비율을 보인 것이다. 이는 일리 있는 결과이다. 왜냐하면 이들 부부는 집안일을 어느 한쪽이 맡아서 하는 것으로 정했기 때문이다. 하지만 남편과 아내가 동등하게 풀타임 직장에 다니는 경우에도 여자가 집안일을 하는 시간은 주당 28시간, 남자는 주당 16시간이다. 부끄럽게도 2대 1인데 이건 정말 말이 안 된다."

솔직히 나는 벨킨 기자가 놀란 것에 더 놀랐다. 이것은 내가 아는 부부관계의 현실을 정확히 반영한 수치이기 때문이다. 그리고 나는 버클리에 산다. '부부의 동등한 양육 책임'을 지지하는 사람들이 많이 사는 도시를 생각한다면 버클리를 빼놓을 수 없을 것이다. 카페, 유사요법 약국, 강아지 공원, 홀푸드 마켓의 통로들은 콧물을 질질 흘리고, 기침을 콜록콜록 해대는 아기를 액세서리처럼 가슴에 안고 있는 남자들로 득실거린다. 그들은 세븐스 제너레이션에서 만든 친환경 기저귀를 줄이 안 끊어지게 입히는 데 전문가들이고, 신학기 학부모 저녁모임에 한번도 빼먹지 않고 참석하는 아빠들이다. 하지만 그런 남자들도 화장실 청소하면서 주말을 보내지는 않는다.

나는 정말로 이해가 안 된다. 미국에서 '프리 투 비 유 앤드미' 음반을 산 사람이 마이클과 나 두 사람뿐만은 아닐 것이다. 다른 남자들은 그 메시지를 이해하지 못했다는 말인가? 나는 남편한테 질질 끌려다니고 괄시받는 친구들을 보면 종종 이렇게 말해 주고 싶은 마음이 굴뚝같았다. "불평 그만하고 애는 제 아빠 무릎에 던져 버리고 그냥 네 맘대로 하루 쉬렴." 많은 남편들이 집안일을 하고 싶어도 아내가 원하는 수준만큼 못해낼 것이 뻔하기 때문에 아예 안 하는 게 낫다는 핑계를 대기도 한다. 그러니 여자들은 필요하면 남편의 도움을 청하고, 또한 일에 대한 선입견도 버릴 필요가 있다. 그리고 내게 이메일을 보낸 남자들에게는 아내와 섹스를 하고 싶다면 자꾸 더 많은 것을 아내한테 요구만 해서는 그 목표를 달성하기 힘들다는 말을 해주고 싶다.

오후 반나절 아이들과 같이 보내는 것을 '애 봤다'고 표현하는 남편들이 알아야 할 점은 여자들은 매일 온갖 집안일에 시달리고 나면 섹스에 응할 기분이 아니라는 것이다. 직장에서 퇴근하면 곧바로 슈퍼마켓으로 달려가서 장을 보고, 집에 오면 저녁 준비하고, 아이들 재우기 전에 숙제 봐주고, 그러면서 동시에 빨래를 개고, 이튿날 아이들이 가지고 갈 점심 도시락 준비하고, 그러고 나서 컴퓨터 앞에 앉아 유아원 피자 먹는 날 봉사 때문에 질문을 보내온

12통의 이메일에 답장을 쓰고, 유치원 교육계획 설문지 작성해서 보내고, 일주일밖에 남지 않은 생일파티의 전자 초대장 만들어 보내고, 그렇게 간신히 일을 마치고 나면 섹스할 기분이 아니다. 직장에 안 다니는 전업주부라고 해도 하루 18시간 동안 계속 아이들 따라다니며 뒤치다꺼리하고 청소하고 나면 마찬가지다.

나와 이야기한 대부분의 남자들은 아내가 하루하루 지내는 데 지치고 힘들어하면 섹스에 관심을 보이지 않는다는 사실을 이해는 하지만 그렇다고 그걸 받아들이지는 못한다. 보통 남자들은 부인에게 화가 나고 실망한 경우에도 부인과 섹스를 하며 얼마든지 기분을 낼 수 있다. 화를 내는 게 최음제 스패니시 플라이처럼 오히려 더 짜릿한 흥분을 느끼게 해줄 수도 있다. 대부분의 남성들은 섹스를 통해 기분을 풀지만, 여자들은 상처 받았을 때 절대로 원하지 않는 게 바로 섹스다. 여자들(대부분의 여자들, 어떤 여자들, 내가 아는 여자들, 혹은 나 같은 여자들)은 '분노의 섹스' 라는 것을 인정치 않는다. 오히려 그 반대다. 자신이 누구 때문에 화가 나거나 상처를 받은 경우, 그 상대에게 절대로 성적인 만족을 안겨 주려고 하지 않는다. 자신이 그 때문에 상처를 입는 경우가 생긴다고 하더라도 절대로 그 짓은 하지 않는다.

내 글을 읽어 본 남자들은 어떻게 생각했는지 모르지만, 마이클과 나도 결혼생활에서 가뭄처럼 메마른 시기를 겪지 않은 것은 아니다. 출산 직후의 호르몬 과다 분비는 또다시 임신이 안 되도록 막아 주는 자연의 친절한 보호조치다. 그렇게 해서 갓 태어난 아기를 돌보는 데 전념할 수 있도록 해주는 것이다. 나도 아이를 낳고 몇 달 동안은 에스트로겐, 프로게스테론과 옥시토신이 한꺼번에 쏟아져내리는 샤워기 밑에 서 있는 것 같은 기분이었다. 친환경적이고 부드러운 샤워가 아니라 분당 백 갤런씩 머리 위로 쏟아붓는 스파 대홍수였다. 그 당시 나는 섹스를 하느니 생리 중에 굶주린 백상어들이 노니는 수조에 뛰어드는 게 더 나을 거라는 생각을 했다. 내게 필요한 모든 관능의 만족은 꿀처럼 단내를 풍기는 포동포동한 아기, 그리고 아기가 젖을 빨 때 분비되는 옥시토신을 통해 얻어졌다. 호르몬 홍수가 물러간 다음에도 아기에게 젖 물리는 것 외에 다른 신체적 접촉은 필요 없었다. 밤낮없이 나는 항상 아기가 요구하는 것을 들어주고, 내 몸과 젖가슴은 아기가 원할 때 항상 옆에 대기하고 있었다. 아기 없이 혼자 몇 시간 있게 되더라도 그 시간에 내 몸을 아기 아닌 다른 사람에게 내주는 일은 절대로 용납할 수 없었다. 아기 외에 내 젖가슴을 만지는 것은 누구건 꿈도 꾸지 못하게 했다. 자동차 문을 열어 주면서 마이클의 손이 어쩌다 내 젖꼭지를 스치면 순간적으로 그의 손목을 잘라 버리고 싶은 충동이 일어나 억지로 참아야 했다.

그러나 이렇게 순전히 신체적인 면에서의 방해물이 물러간 다음에도 여전히 섹스를 원하지 않을 때가 있었다. 다니던 직장을 그만두고 전업주부로 집에 있을 때였다. 지루하고 우울했으며, 지난 30년 동안 나를 지켜준 자신의 정체성도 잃어버린 기분이었다. 나는 예전의 내가 아니었고, 현재의 내 모습이 내가 원했던 모습인지도 자신이 없었다. 상실감과 비참한 기분에 빠져 있었다. 적어도 매력적인 모습은 아니었다. 당시 나는 꼴사납게 애들처럼 옷을 입고 다녔다. 작업복 바지에 티셔츠, 딱 붙는 바지에 헐렁한 블라우스를 걸쳤다. 섹스 불가를 의상으로 선전하고 다니는 꼴이었다.

우리 결혼생활에서 특별히 험악한 시기였다. 우리는 사랑해 마지않는 아이 둘을 낳았고, 아이들은 우리에게 끝없는 기쁨을 안겨 주었다. 우리는 가슴이 시릴 정도로 아이들을 사랑했다. 하지만 우리 두 사람 사이는 전에 없이 멀어졌다. 나는 남편 옆에 누워 우리의 결혼에 대해 생각해 보려고 했다. 그러나 내 자신이 그런 생각을 못하게 막았다. 너무 피곤하고 너무 의기소침했고, 그리고 한참 뒤에야 깨달은 것이지만 나는 남편에게 너무 화가 났고 너무 질투가 나 있었다.

마이클은 부모가 되고 나서도 자기 자신에 대한 생각이 조금도 바뀌지 않았고, 자신감이 파괴되지도 않았으며, 상실감을 느끼지도 않았다. 물론 그도 이 세상에서 자신의 역할에 대해 새로운 생각을 하게 된 것은 사실이지만 부정적인 생각은 아니었다. 그가 두려움의 순간을 경험하지 않았다는 말은 아니다. 그는 아이들이 태어날 때마다 잇따라 통증을 호소했다. 소피가 태어나기 며칠 전에 마이클은 한밤중에 가슴통증으로 잠에서 깨어났다. 마치 공을 삼킨 것처럼 가슴이 아프다고 했다. 나는 심장발작이 틀림없다고 확신하며 그를 응급실로 데려갔다. (배가 산만 한 임신부가 남편을 응급실 입구에다가 내려놓고 주차하러 가는 장면을 보던 경비의 얼굴에 나타난 표정을 나는 영원히 잊지 못할 것이다.) 담당 의사는 불안발작이라고 진단했다. 내가 지크를 가졌을 때는 마이클의 왼쪽 눈에 움직이는 맹점이 생겼다. 안과의사는 스트레스 때문에 그런 것이라며 긴

장을 푸는 것 외에는 치료법이 없다고 했다. 로지 때는 두드러기를 앓았고, 에이브 때는 두드러기와 맹점이 같이 나타났다. 하지만 원인 제공자가 겪는 불안감 때문에 이상한 육체적 고통에 시달리면서도 마이클은 자신이 누구인지 알았다. 달라진 게 있다면 이 세상에서 자신의 위치를 더 확실히 인식한다는 점이었다. 이제 부양 가족이 늘었기 때문에 지금까지 해오던 일을 더 열심히 해야 한다는 점을 그는 분명하게 알았다.

반면에 나는 좋은 엄마 노릇을 해야 했다. 아이들을 돌보고, 음악교실에 데려가고, 베이비 마사지를 시켜야 했다. 하지만 나는 전통적인 집안일을 하면서 마이클처럼 기쁘지가 않았다. 여자라는 것, 엄마라는 역할에 대해 깊은 이해를 제대로 못한다는 느낌이 들었다. 길을 잃은 것 같은 느낌이었고, 스스로 판 웅덩이에 빠져서 옴짝달싹 못하게 된 것 같은 느낌이었다. 영원히 빠져나오지 못할 것 같은 느낌이 들었다. 일을 더 복잡하게 만든 것은 내가 우리 아이들을 너무도 사랑한다는 사실이었다. 애들은 너무 예쁘고 사랑스럽고, 배꼽이 빠질 정도로 쉼없이 웃겼다. 소피가 환경감시국 조사원 같은 심각한 표정으로 마이클의 칫솔을 변기 물에 담그는 것을 보고는 도저히 웃음을 멈출 수가 없었다. (이상하게 마이클은 이런 상황을 나처럼 재미있게 받아들이지 않았다.) 볼 살이 포동포동하게 오른 두 살배기 소피가 핼러윈 때 공룡 복장을 하고 얼굴만 내놓은 모습은 영원히 내 기억 속에서 사라지지 않을 것 같다. 그때를 생각하면 지금도 기분이 좋다. 이토록 행복한 순간들이 있었음에도 불구하고, 나는 뚱하고 신경질적이고 까칠했다. 어린애를 둔 우울한 엄마의 전형적인 모습이었던 것이다.

지금 생각해 보니 마이클이 이 모든 것을 잘 참아준 게 믿기 어려울 정도다. 어떻게 해서 나 스스로 극복해낼 것이라고 믿었는지 정말 모르겠다. 그는 항상 나를 믿었다. 내가 작가의 길로 나서겠다고 처음 말했을 때 그는 즉석에서 내 뜻을 지지해 주었다. 그가 첫번째 결혼에 실패하게 된 책임의 일부분이 문학의 세계에서 감당해야 했던 힘든 경쟁 때문이었음에도 불구하고 나의 계획을 밀어주었던 것이다. 나는 결혼식 피로연 때 건배사를 하며 나 자신은 절대로 작가가 되지 않겠다는 약속을 했다. 그 말은 직장에 다니며 안정적인 수입을 올리고 가족들에게 의료보험을 제공해 주겠다는 약속이었다. 따라서 남편은 자기가 아무리 성공하더라도 내가 시기하지 않을 것이라고 믿었다. 마이클은 내가 내 입으로 그런 약속을 했다는 사실은 덮어 주고 두말없이 나를 지지해 주었다. 내가 쓴 글을 보고 너무 좋다며 계속 그렇게 하면 된다고 응원해 주었다. 내가 드디어 원하는 것, 다시 말해 아이들의 엄마라는 것 외에 하나의 새로운 정체성을 찾게 되어서 좋다고 했다. 마침내 삶의 안개가 걷히고 다시 행복할 수 있어서 나도 안도했다. 그리고 섹스에 대한 나의 관심도 긴 동면에서 깨어나 다시 제자리로 돌아와서 우리 두 사람 모두 안도했다.

내가 지금까지 말한 불만족의 의미가 얼마나 심각한 것인지, 그리고 젊은 엄마가 자신의 존재감을 상실한 것이 얼마나 심각한 문제인지 생각한다면 내게 이메일로 도움을 청하는 남자들에게 아내의 집안일을 조금이라도 도와주라고 한 것이 너무 무성의한 대답처럼 들릴 수도 있겠다. 그러나 나의 가장 힘들었던 시기를 마이클과 함께 이겨낼 수 있었던 힘은 두 사람이 한 팀이라는 생각이었다. 그는 '프리 투 비 유 앤드 미'의 가르침을 너무 잘 배워서인지 다른 사람들이 보기에 할 만하다 싶은 요구도 하지 않았다. 예를 들어 '내가 우리 아버지처럼 돈 버는 걸 책임지면, 당신은 우리 어머니처럼 집안일과 아이들 키우는 일을 책임지는 게 당연한 것 아니야?' 하는 식의 요구는 하지 않았다.

이런 식의 부부간 일 분담에 만족하는 여자들이 많을 것이다. 많은 여자들이 자기가 집안일을 도맡아 하는 것을 엄마의 당연한 도리라고 생각한다. 남편 못지않게 돈을 많이 버는 여자들도 마찬가지다. 하지만 집안일과 가족 뒤치다꺼리는 해도 해도 끝이 없는 일이다. 시시포스의 아내처럼 빨래 바구니를 아무리 밀고 올라가도 절대로 산 정상에 도달하지 못한다. 모든 일이 자기 책임인 것 같은 기분이 드는 것은 우울한 일이다. 그러한 분업 체제를 받아들이며 살더라도 누군가가 도와주는 사람이 있다면 행복한 일이다. 누군가가 여러분의 무거운 짐을 덜어준다면 그 사람을 통해 따뜻하고 친절한 느낌을 받게 된다. 그래서 나는 이메일을 보내온 남자들에게 퇴근해서 집에 가면 한 시간 동안 쉰다고 가만히 있지 말라고 일러주었다. 연장통을 내려놓고, 소매를 걷어붙인 다음 싱크대 얼룩을 닦아내든지 바나나를 갈아서 아기에게 먹이라고 권했다. 그러면 부인들이 엄청난 행복감에 젖을 것이라는 말을 해주었다. 누가 알아, 그렇게 하면 아내들로부터 생일날뿐만 아니라 평소에도 최상의 쾌락을 선사받게 될지.

힘든 집안일 문제를 제대로 짚어 보려면 집안일 중에서도 몇 가지는 사람들이 아주 꺼리는 일들이 있다는 사실을 먼저 인정해야 할 것 같다. 그런 일은 다른 사람에게 맡기는 것이다. 물론 화장실 청소를 다른 사람에게 맡길 수 있는 능력이 안 되는 사람이 수백만 명은 될 것이고, 불가촉천민 같은 하층민들에게 상층민들이 버리는 쓰레기를 치우도록 시키는 제도는 원칙상 받아들일 수 없다는 사람들도 그만큼은 될 것이다. 하지만 나는 확실한 중산층 가정에서 자랐고, 엄마는 2주에 한번 청소 아줌마를 쓰기 위한 돈을 벌기 위해 무슨 일이든 다 했다. 엄마는 직장에서 힘든 하루를 보내고 돌아오면 저녁 준비를 했다. 그러고 나서 바닥 청소를 하고 샤워실의 묵은 때까지 긁어내야 했다면 아마도 우리 모두를 데리고 동반 자살을 택했을 것이다. 엄마가 한창 페미니스트 운동을 할 때는 요리의 부담에서 벗어날 방법까지 생각해 냈다. 엄마와 뜻을 같이하는 단체의 회원들은 저녁 짓기 협동조합 같은 것을 만들어 매일 저녁 돌아가며 한 사람이 도맡아서 음식을 만든 다음 그것을 가족 수에 맞춰 나누어 각자 집으로 배달한 것이다.

엄마는 가사 도우미가 있었기 때문에 내가 어릴 적에는 여러 여자들이 격주로 와서 몇 시간씩 집안 청소를 하고 갔다. 내가 학교에 가 있는 시간에 다녀갔기 때문에 나는 그 여자들을 자주 보지 못했다. 내가 그녀들의 존재를 실감하게 된 것은 그녀들이 오기 전날이면 엄마가 내 방을 치우라고 마치 후렴처럼 이렇게 닦달했기 때문이다. "네 방 쓰레기 치우라고 비싼 돈 쓰는 줄 아니?"

한집에서 같이 살기로 했을 때 마이클은 처음부터 거북한 일을 누가 할 것인지를 놓고 다투지 말고 청소 아줌마에게 맡기자고 했다. 그때부터 우리는 매주 오는 청소 아줌마, 베이비시터와 유모 등 여러 종류의 도우미를 이용했다. 그들에게 항상 말할 수 없이 고마움을 느끼지만, 내게는 본질적으로 가정부를 쓰는 여자라는 데 대한 불편한 감정이 있다. 어떤 친구가 하루는 유모 둘이서 나누는 이야기를 들었는데 그 중 한 명이 이런 말을 하더라는 것이었다. "침대 정돈은 반드시 하는 게 좋아. 가정부 쓰는 데 익숙하지 않은 여자들은 침대 정돈을 해주면 정말 좋아한단다." 그 말을 듣고 나는 속이 뒤집히는 것처럼 울렁거렸지만 맞는 말이었다. 우리 애들을 돌보는 유모가 우리 침대까지 깨끗이 반듯하게 정돈해 놓은 것을 보면 나는 감사와 행복감이 파도처럼 몰려오는 것을 느꼈다. 나보다 돈이 조금 없는 사람을 집안청소시키려고 쓰는 데 대해 너무 죄책감이 들고, 또 청소 도우미를 쓸 능력이 된다는 데 대해 괜히 창피스러운 생각이 들었기 때문에 대부분의 도우미 아줌마들과의 관계는 아주 조심스러웠다. (모두 여자들이고, 다 그런 건 아니지만 대부분이 제3세계 출신들이다.) 예를 들어, 그만두라는 말은 차마 못했다. 그래서 아무리 일을 못해도 마음이 아파 그만두게 하지는 못하고, 몰래 다른 도우미를 추가로 불러 일을 시켰다.

그렇다. 나는 다른 사람에게 돈을 주고 변기 청소를 시킨다. (하지만 변기 바깥에다 오줌을 갈기는 두 아들의 엄마로서 나도 수시로 솔과 무해 무취한 화장실 세제를 손에 들고 무릎 꿇고 앉아 변기를 닦는다.) 아이 넷과 털북숭이 강아지 한 마리가 있어서 세 명의 도우미가 아침 6시부터 밤 12시까지 번갈아 일을 하지만, 그래도 마이클과 내가 해야 할 집안일은 많다.

벨킨 기자가 쓴 기사는 버클리에 사는 교수 부부들이 일을 어떻게 분담해서 하는지에 대한 설문조사 결과를 인용했다. 마이클과 나도 재미삼아 설문지에 답을 한번 적어 보았다. 설문지의 제목은 '누가 어떤 일을 하나?'였고, 우리가 적은 답도 예상했던 것과 엇비슷하게 나왔다. 제한적이기는 하지만 그동안 나름대로 노력해온 결과가 반영된 것 같았다.

설문조사에는 가족 뒤치다꺼리와 집안일을 세세하게 적어놓았는데, 그 가운데서 자신이 얼마나 하고, 배우자는 얼마나 하는지 답하고, 일을 어떻게 분담했으면 좋겠느냐고 의견을 물었다. 설문조사 가운데는 장보기, 식사 준비, 집안 청소, 친구와 친척에게 전화하기, 자동차 관리, 돈 벌기, 지출 계획 짜기, 앞장서서 섹스 시작하기, 부부관계의 횟수 정하기(이건 다른 차원의 문제이기는 하지만), 그리고 종교 활동과 사회 활동 참여와 관련된 결정 내리기 등이 포함되었다. 이 모든 질문에 답하고 나면 집안일에 대해 응답자 자신과 배우자의 업무능력에 대한 질문이 나온다. 다음과 같은 일들이다. 아이에게 책 읽어 주기, 장난감 골라 주기, 애 옷 빨래해 주기, 아이 벌 주기, 병원에 데려가기, 아이와 놀아주기 등등. 그러고 난 다음에는 자신이 일을 많이 한다고 생각하는지, 파트너는 당신이 일을 많이 한다고 생각할지에 대해 묻는다.

마지막 질문에서 뜻밖의 답변이 나오지는 않는다. 나는 기본적으로 마이클이 집안일을 놀랄 정도로 많이 한다고 생각하고, 그 사람도 내가 내 몫을 잘해낸다고 생각한다. 그는 자신이 집안일과 아이들 돌보는 일을 많이 한다는 사실을 자랑스럽게 생각하고, 나는 자신을 엉터리 엄마라고 생각한다. 이 대목에선 한숨밖에 안 나온다. 얼마나 더 지나야 스스로 나쁜 엄마라고 탄식하는 이 한숨소리가 멈춰질 수 있을까?

앞의 두 가지 질문에서는 마이클과 내가 동일한 답변을 했다. 예를 들어 빨래하기에서 두 사람 모두 내게 9점, 마이클에게 1점을 주었다. 아이 재우는 일에서는 마이클이 나를 압도했다. 그리고 두 사람 모두 정원 일은 전문 정원 관리사에게 맡긴다고 답했다. 공과금 내는 일과 관련된 것에서는 두 사람의 의견이 잠시 엇갈렸다. 마이클은 놀랍게도 15년 동안 자기 손으로 공과금을 내 본 적이 없다고 실토했다. 2점 받기도 힘들었다. 내가 뭘 모르고 지나치게 후한 점수를 준 것이 되었고, 따라서 나는 점수를 새로 매겼다. 그는 나보고 아이들과 바닥에 앉아 같이 노는 횟수를 더 늘렸으면 좋겠다고 했고, 나는 그가 아이들 병원 데려가는 일에 좀 더 책임감을 발휘해 줬으면 좋겠다고 적었다.

이메일을 보내온 남성들에게도 이 설문조사에 응해 보라고 권하고 싶다. 결혼생활과 가족에 대해 중요한 사실을 화 안 내며 알 수 있게 해줄 것이기 때문이다. 이를 통해 집안에서 할 일이 얼마나 많은지, 할 일은 실제로 끝이 없다는 사실을 알게 될 것이다. 집안 일을 혼자서 하는 게 얼마나 힘든지 여러분은 상상도 못할 것이다. 남성들이여! 빨래를 도와주고 나서 그 대가로 아내로부터 오럴 섹스 서비스를 받고 난 다음 부인과 나란히 이 설문조사에 답해 보기 바란다.

분명히 두 사람 모두 배울 점이 있을 것이다.

이메일을 보내온 여성들 대부분은 내가 여러 면에서 이상적인 엄마나 아내가 못된다는 점을 상기시켜 주었다. 그들은 또한 나의 어리석음과 단점 때문에 우리 가족이 많은 고통을 받는다는 사실도 여러 가지 방법으로 일깨워 주었다. 우리 가정이 이 정도로 잘 돌아가는 건 나 때문이 아니라 마이클과 그를 가르치신 시어머니 덕분이다. 두 사람은 우리의 행복을 만드는 엔지니어들이다. 그리고 우리 두 사람만(가사 도우미들도 있고) 일하는 게 아니다. 우리는 집안일은 나누어 해야 한다는 생각을 아이들에게도 깨우쳐 주었다. 막내까지 포함해 아이들 네 명 모두 자기 맡은 일이 다 있다. 소피는 저녁 식탁 준비를 하고, 틈나는 대로 동생들을 돌본다. 지크는 매주 쓰레기를 바깥에 내놓는 일을 하고, 식탁 치우는 일과 동생들 목욕까지 시킨다. 로지는 현관의 신발장을 정리하고, 생각나는 대로 강아지 먹이도 챙겨준다. 그리고 에이브는 지크가 쓰레기 내놓을 때 같이 도와주고, 로지가 방 치우는 것을 도와주는 일 외에 수시로 마당에 나가서 쓰레기를 줍는다.

아이들도 일하고 우리 부부도 일한다. 모두들 우리의 삶이 화창한 여름 날씨처럼 맑게 개어 있기를 바라기 때문이다. 그래서 우리는 집안일이 있으면 반드시 같이 한다.

4 육아의 왕도

육아법을 종교처럼 신봉하는 사람들은
자기와 다른 생각을 무시하고 화부터 낸다.

에이브러햄이 생후 6주 되던 무렵, 동네 빵집 앞에서 줄을 서서 기다리고 있을 때였다. 애는 아기 띠 속에 들어 있었고 나는 아이에게 우유를 먹이고 있었다. 아기 띠가 이상하게 꼬여 불편했지만, 아이가 어렵사리 젖병을 물었기 때문에 나는 힘들게 찾은 평화가 깨질까 겁이 나서 그냥 내버려 두었다. 나는 발뒤꿈치를 조금씩 들었다 놓았다 하며 애를 흔들어 주고 있었다. 그러다 아이가 빨기를 멈추자 나는 긴장해서 숨을 멈췄다.

등뒤에서 갑자기 "있잖아요, 모유가 최고랍니다"라는 목소리가 들렸다. 뒤를 돌아다 보았더니 나보다 몇 살 더 먹어 보이는 여자가 미소를 짓고 있었다.

당신 일에나 신경쓰라며 퉁명스럽게 대꾸해 주거나 욕을 해줄 수도 있었을 것이다. 하지만 나는 대신 와락 울음을 터뜨리고는 긴 설명을 시작했다. 병에 들어 있는 건 다른 사람이 모두 잠든 새벽 네 시에 일어나 짜낸 모유라고 했다. 생면부지의 사람을 앞에 두고 나는 우리 아들 에이브러햄이 구개 기형이어서 엄마 젖을 제대로 못 빤다는 사실과, 그래서 아이를 위해 두 시간마다 모유를 짜낸다는 설명을 했다.

에이브에게 젖 빠는 데 문제가 있다는 것은 생후 두 주가 지나서야 알았다. 태어날 때는 7.5파운드의 건강하고 예쁘고 통통한 아기였다. 그러나 곧바로 체중이 줄어들기 시작해 생후 열흘이 지나 소아과 의사가 아이를 봤을 때는 이미 위험할 정도로 말라 있었다. 병원 간호사들, 그리고 내가 제왕절개로 아이를 낳은 뒤 나흘간 회복실에 있을 때 매일 들락거리며 아이를 돌봐 준 담당 소아과 의사, 수유 전문 상담의, 그리고 아이 엄마인 나까지도 아이가 젖을 빨면서 제대로 못 넘긴다는 사실을 몰랐던 것이다. 아무도 아기에게 구개 기형이 있다는 것을 발견하지 못했다. 아이는 태어난 뒤 젖을 하루에 몇 온스밖에 먹지 못했다. 그건 하루에 먹어야 할 양의 십분의 일도 안 된다. 다시 말해, 아기는 배가 고파 죽어가고 있었던 것이다.

나는 아기가 태어난 다음 날부터 체중 때문에 걱정이 되었다. 아기가 젖을 빨기 시작하고 처음 며칠 동안 초유가 나왔다. 초유는 아기의 빌리루빈과 태변을 없애 주고, 면역 글로불린을 공급한다. 귀한 액체를 그냥 버리기가 너무 아까워서 유축기를 달라고 했다.

아기가 젖 먹고 난 직후에 초유를 짜서 설탕물과 섞어서 나중에 먹이려고 했던 것이다. 병원의 수유 전문의가 내게 오더니 유축기가 연결된 우유병을 가리키면서 "젖이 잘 나오는데 왜 그렇게 하세요?"라고 물었다. 1분만 짜도 최소한 초유 1온스는 나왔다. 수유 전문의는 아기가 젖을 먹은 다음에도 내 젖가슴이 왜 탱탱한지는 궁금해하지도 않고 유축기만 빼앗아 가 버렸다.

그 다음 한 주일 내내 진통제를 먹은 데다 잠을 제대로 못 자 정신이 몽롱한 가운데서도 나는 너무 걱정이 됐다. 애를 보러 오는 사람만 보면 붙잡고 "아기가 너무 말랐다고 생각하지 않으세요?"라고 물었다. 기저귀를 갈 때마다 나는 엄지와 중지로 아기의 허벅지 둘레를 재 보았다. 마이클에게도 애가 정상적으로 몸무게가 늘고 있느냐고 묻고 또 물었다. 소아과 의사와 예약시간을 잡을 수 없을 때는 현지 공중보건 간호사더러 와서 아기의 체중을 재달라고 부탁했다. 불행하게도, 그리고 지금까지도 그 이유를 모르겠지만, 그 여자는 애의 상태에는 별 관심이 없고 내가 가정폭력에 시달리는 징후가 있는지 살피는 데만 관심이 있었다. "아기는 괜찮아요"라고 태연하게 말하면서 그 여자는 체크 리스트에 있는 걸 하나 물어 보았다. "남편이 최근 한달 내에 당신에게 물리적 폭행을 가한 적이 있나요?"

나도 걱정은 되었지만 그렇다고 당장 무슨 조치를 취해야겠다는 생각은 들지 않았다. 다른 사람들이 모두 애가 문제 없다고 하고, 내 걱정은 신경과민 때문이라고 안심시키는 말을 믿었다. 하기야 유대인 엄마치고 자기 애 먹는 것 걱정하지 않는 사람이 누가 있을까? 나는 에이브에게 할례까지 시켰다. 다행히 소아과 의사 중에 모헬을 맡을 만한 사람이 있었는데, 그 사람 역시 아기가 탈수증으로 죽어가고 있다는 사실을 알아채지 못했다. 할례식 때 아기의 입속에 떨어트린 붉은 포도주 몇 방울은 아마도 아기가 태어난 후 8일 동안 한꺼번에 제일 많이 먹은 액체였을 것이다.

나는 그동안 얼마나 걱정을 했던지 마침내 어느 날 소아과 의사가 아기의 체중을 재 보고 하는 말을 듣고 놀라지도 않았다. 의사는 진료실 바깥으로 나가 직접 분유를 타서 젖병에 담아와서는 "이걸 당장 애한테 먹이세요"라고 했다. 에이브는 분유 4온스를 5분도 채 안 돼 다 먹어치웠는데 그 나이 또래 애 치고는 대단한 속도였다. 나는 울면서 아기한테 우유를 먹였다. 엄마라는 게 아기를 굶겨 죽일 뻔했다는 생각에 소름이 끼쳤고, 아기가 당한 고통을 생각하니 미칠 것 같았다. 애는 태어나서 며칠 동안 정말로 많이 울었다. 우리에게 배 고프다는 사실을 알리기 위해 할 수 있는 일을 다한 것이다. 그리고 며칠 뒤부터는 울음을 멈췄는데, 그걸 보고 우리는 사람들에게 순한 아기라고 자랑했다. 아이가 아주 작은 울음소리를 낼 힘도 없다는 사실을 그 순간까지도 알지 못한 것이다.

소아과 의사는 그날 밤 아기를 집에 데려가도 좋다고 허락했다. 하지만 이튿날 아침까지 몸무게가 반 파운드 더 늘지 않으면 병원에 입원해야 한다고 했다. 24시간 뒤에 의사가 아기를 체중계에 올려 보니 몸무게는 거의 1파운드나 늘어 있었다. 나는 그 전날 밤에 한숨도 못 잤다. 대신 밤새 아기를 두 손으로 안고 있었는데, 워낙 야위어서 숨쉴 때 가슴이 오르락내리락하는 게 다 보였다. 밤은 왜 그리 길던지, 그리고 삶과 죽음을 가르는 막은 너무나 얇은 것 같았다. 아이는 마치 반투명의 살갗에 둘러싸여 있는 가볍디 가벼운 작은 뼈묶음 같았다. 심장박동과 실처럼 가는 혈관으로 흐르는 피가 그대로 다 드러나는 것 같았다. 숨쉴 때마다 그게 마지막 호흡이 아닐까 불안했다. 아기가 입을 열기만 하면 마이클과 나는 바로 젖병을 물렸다. 아기의 배가 불러도, 그만 먹고 잠들려고 해도 우리는 계속 먹였다. 애가 못 자도록 우리는 담요를 벗겨내고, 양말을 벗기고는 발바닥을 간질였다. 나는 그날 밤부터 젖을 짜내기 시작했고, 두 시간마다 45분씩 젖을 짜 모았다. 그러다 보니 내가 쉴 시간은 젖을 짜는 중간중간에 1시간 15분밖에 허락되지 않았다.

이런 이야기를 내 뒤에 서 있던 여자에게 모두 다 했다. 모유관이 막히고 유방 염증이 있다는 이야기도 했다. 아기가 구강 감염이 심해서 치료를 위해 겐티아나 바이올렛을 모유에 섞어서 모유가 보랏빛이 난다는 사실도 말해 주었다. 모유를 먹인다는 말이 진실임을 입증하기 위해 나는 아이 셋을 모유로 성공적으로 키웠고, 그 중 한 아이는 3년 가까이 모유를 먹였는데, 유독 이 아이한테만 젖을 못 물려 내가 얼마나 마음고생이 심한지 모른다고 말했다.

그 여자는 내 잘못이 아니라고 면죄부를 주었고, 아주 잘한다는 칭찬까지 해주었다. 계속 그렇게 하세요. 왜냐하면 역시 모유가 최고니까요.

나는 그 뒤로 6개월 동안 스케줄에 맞춰 젖을 짜냈다. 애한테 젖을 먹이는 일은 마이클에게 맡겼다. 그는 윗입술이 갈라진 아이들용으로 만든 젖병으로 에이브에게 모유를 먹였고, 아이의 체중은 조금씩 늘었다. 나는 수유 전문가 리스트를 만들어 도움을 받았는데, 그 중 한 명은 거의 매일 우리 집에 와서 아이에게 젖 먹이는 방법을 가르쳐 주었다. 나는 서너 시간마다 어두운 방에서 흔들의자에 앉아 수유 베개를 몸에 두른 채 에이브에게 젖을 물리고는 젖꼭지를 물고 있지만 말고 어떻게든 젖을 빨도록 만들려고 갖은 애를 다 썼다.

　하지만 아무리 해도 효과가 없자 결국 로스앤젤레스에 있는 수유 전문병원으로 애를 데리고 갔다. '너싱 페어'(아기와 엄마를 가리키는 말이다)의 모든 문제를 해결해 준다고 한 곳이었다. 나는 수십 곳의 실험실과 진료실이 있고, 최신 전문지식을 갖춘 수유 전문가들이 흰 가운을 입고 왔다갔다 하는 큰 병원을 상상하고 갔다. 그러나 실제로 가 보니 병원이라기보다는 1971년대 마르크스주의 운동을 하는 학생신문 사무실 같아 보였다. 벽에는 '전쟁은 건강에 해롭다' 와 같은 너절한 포스터들이 나붙어 있었다. 계간 채식주의자, 레즈비언을 위한 요가 가이드 같은 잡지들이 비치되어 있고, 각종 허브 차와 짝이 안 맞는 머그잔들이 놓여 있었다. 수유 전문가들은 내가 그동안 만난 전문가들과 같은 사람들이었다. 짧게 손질한 헤어 스타일에 테바 샌들을 신은 사람들이 따뜻하고 친절하게 도와주었다.

　무엇보다도 그 사람들은 우리를 도와줄 수 있다는 확신을 갖고 있었다. 내게 가늘고 긴 실리콘 바늘에 연결된 큰 주사기를 보여주며 이렇게 말했다. "주사기에 모유를 뽑아내세요. 그런 다음 아기 입에 손가락을 넣고 주삿바늘을 입안에 같이 넣으세요. 아기가 손

71

가락을 빨면 천천히, 아주 천천히 주입하세요. 아기가 삼키는 속도
보다 더 빨리 주입하지 않도록 조심하셔야 해요."

그거야 누워서 떡 먹기지. 하지만 모유 1온스 먹이는 데 20분이
걸렸다. 당시 에이브러햄은 하루에 모유 36온스를 먹었다. 아기 젖
먹이는 데 하루에 12시간을 꼬박 매달려야 한다는 말이었다. 젖병
을 물리거나 젖을 물리는 것과 달리 주사기로 할 때는 두 손을 모
두 써야 하고 고도의 집중력이 필요했다. 젖 먹이면서 다른 일을
같이 하는 멀티태스킹은 절대로 불가능했다. 게다가 하루에 6시간
은 유축기로 젖 짜는 데 추가로 들어갔다.

"애 세 명이 또 있잖아!" 시간 계산을 해본 다음 나는 비명을 질
렀다. "잠은 언제 자요?"

"글쎄요. 그건 당신 하기에 달렸어요." 수유 전문가는 내 두 어
깨를 꽉 잡으며 이렇게 말했다. "몇 달 지나면 아기가 혼자 빠는 법
을 분명히 배울 거예요."

아기를 데리고 나는 다시 공항으로 향했다. 비행기에서 애한테
젖병을 물리다가 기체가 갑자기 흔들리는 바람에 실리콘 바늘이
애 입에서 튀어나오고, 주사기는 어디론가 날아가고, 젖병이 쏟아
지며 아기는 물론 온 무릎이 엉망이 됐다. 쏟아진 젖을 다시 보충
하느라 아기를 좌석 팔걸이에 불안하게 기대 놓은 채 앞좌석과의
사이에 있는 좁은 공간에 웅크리고 앉아 미친 듯이 젖을 짰다. 놀
란 듯 힐끗거리며 쳐다보는 주위 사람들의 눈길은 눈 딱 감고 무시
했다.

집에 도착하자 마이클에게 새로 배워온 기술을 열심히 가르쳤다.

"애가 손가락 빠는 걸 멈추면 주사기에서 손을 떼야 해요. 그런 식으로 애가 손가락을 빨 때만 젖을 먹이도록 해야 해요. 젖꼭지를 빨 때와 똑같이 해주는 거예요."

마이클은 이제서야 아기와 주사기를 쳐다보던 눈길을 멈추고 입을 딱 벌린 채 나를 쳐다보며 말했다. "그걸 말이라고 해?"

"시간이 많이 걸린다는 건 나도 알아요."

"그걸 말이라고 해?" 내 말에 그는 재차 이렇게 대꾸했다.

"하지만 정성이 필요해요."

"미안하지만 우리 둘 다 그렇게 헌신적이지는 못해." 이렇게 말하며 마이클은 주사기와 실리콘 주삿바늘 통을 쓰레기통에 갖다 버렸다.

그날 저녁 수유 전문가가 제대로 하고 있는지 확인하러 전화를 걸어오자 마이클이 내게서 전화기를 빼앗아갔다.

나한테서 사정 이야기를 듣고 실망감을 감추지 않은 그 전문가에게 마이클은 "이제 그만합시다"라고 말했다. "그 정도면 됐어요."

그날 이후 한두 달 동안 나는 모유를 짜서 아기가 6개월 될 때까지 충분히 먹을 수 있을 만큼의 양을 냉동실에 비축했다. 그런 다음 빌려온 유축기를 도로 반납하고 그 일에서 손을 뗐다.

그 이듬해에도 나는 에이브러햄한테 먹이려고 분유를 탈 때마다 송곳으로 찌르는 듯한 부끄러움을 느꼈다. 아무리 내가 한 짓이라지만 지금까지도 부끄러움을 참을 수가 없다. 공원에서, 그리고 유아원에서 다른 엄마들, 다시 말해 좋은 엄마들은 에이브가 물고 있는 젖병을 못마땅한 눈초리로 흘겨보며 젖소 무늬 브래지어를 내리고 털렁이는 젖가슴을 꺼낸다. 신나게 젖을 빠는 아기들을 안고 있는 그들을 보면 나는 얼굴이 붉어진다. 그들은 나와 달리 헌신적인 엄마들이고 나는 나쁜 엄마였다.

구개 기형인 아기에게 모유 먹이는 일에 실패하고 느낀 참담한 기분은 그보다 5년 전 브이백VBAC 에 실패했을 때 경험한 것과 같았다. 그 시도 때문에 나는 44시간 동안 진통제 없이 진통을 경험하게 됐고, 결국은 또 한번 제왕절개수술을 받았다. 에이브러햄을 가졌을 때 나는 진짜 제대로 된 수유 전문가들로 구성된 모임에 흠뻑 빠져 있었고, 앞서 그의 형 지크를 가졌을 때는 어떻게 하면 의학적으로 불필요한 제왕절개수술을 피할 수 있는지에 대해 인터넷으로 알아보고, 다른 엄마들과 채팅을 하는 데 매달렸다. 적어도 온라인 브이백 커뮤니티에 살다시피 하는 자연분만 '전문가'들의 의견에 따르면 모든 제왕절개수술은 불필요한 것이라고 했다. 당시 내 주위에 있는 여자들은 수중분만용 대형 욕조에서 출산하고, 산파들에게 8쪽에 달하는 라벤더향이 나는 출산 계획표를 보여주었다. 하지만 계획표대로 되지 않았다. 진통을 44시간 하고 나자 담당 의사는 "아기를 죽이려고 작정하신 겁니까?"라고 말하며 산파를 옆으로 밀쳐내고는 내게 제왕절개수술을 지시했다.

지크는 아기 때 아주 까탈스러웠는데 타는 것은 무조건 싫다고 했고, 유모차도 싫어했다. 하루는 이런저런 일을 보고 집으로 돌아가는 길이었다. 하루 종일 아기를 안고 있었던 터라 망나니 닌자들이 휘두르는 쌍절곤에 맞은 것처럼 허리가 아팠다. 그래서 애를 유모차에 태운 다음 최대한 속력을 내서 집으로 밀고 갔다. 아기가 내 몸에서 팔길이만큼 떨어진 사실을 자각하지 못하도록 하려고 나는 안고 갈 때와 같은 보폭을 유지했다. 마지막 언덕을 올라가면서 나는 "그래, 그래, 이 세상은 끔찍한 곳이고 너는 세상에서 제일 불쌍한 아기다"와 같은 말을 지껄여댔다. 우리 앞에서 걸어가던 여자가 걸음을 멈추고 뒤로 돌아서더니 기겁을 한 채 한 손으로 입을 막으며 이렇게 말했다. "세상에 어떻게." 입술은 분노로 새하얗게 질려 있었다. "어떻게 저 어린 것에게 당신의 부정적인 세계관을 강요할 수가 있어요?"

아들에게 할례를 시키는 여자들 가운데서도 종이 기저귀를 사용하고, 분유를 타 먹이고, 독선적이고, 퉁명스럽고, 신경질적인 여자들이 분명히 있을 것이다. 그러나 오로지 모유만 먹이고, 부부 침대에 함께 재우고, 아기를 아기띠에 매고 다니는 여자들에게는 그들만의 특별한 신앙심 같은 게 있는 것 같다. 이런 방법을 쓰는 사람들은 주로 밀착육아법attachment parenting을 선택하는 사람들이다. 밀착육아를 따르는 사람들은 아기에게 직접 젖을 물리고, 젖을 늦게 떼고, 아기띠로 매고 다니고, 한 침대에서 같이 자고, '긍정적이지 않은' 교육은 절대 사절이다. 윌리엄 시어스 박사가 오래 앓았던 자기 아내와 함께 개발한 밀착육아의 8가지 원리는 솔직히 말해 너무 지루한 내용들이기 때문에 여기에 일일이 소개하지는 않겠다. 밀착육아를 신봉하는 어떤 엄마로부터 들은 것을 한 가지 소개하자면 아기의 몸은 생후 일 년 동안은 부모 중 한 사람의 몸과 끊임없이 접촉을 계속해야 한다는 것이다. 그걸 안 지키는 것은 유아 학대에 해당된다고 했다.

물론 윌리엄 시어스 박사를 따르는 열성가들 대부분은 훌륭하고 관대한 사람들이며, 그들의 유일한 관심은 오직 행복하고 건강한 자녀를 키우기 위해 최선을 다하겠다는 데 있다. 그런데 왜 세상에는 자기만 옳다는 독선적인 사람들이 그렇게도 많은가?

회원수가 1만 2000명에 달하는 버클리 부모 네트워크는 진저 오글이라는 여자가 설립해서 운영하는 온라인 커뮤니티다. 이 커뮤니티에서 제일 인기 있는 코너가 바로 어드바이스 포스트인데, 아기 배변 훈련에서부터 바람 피우는 배우자 문제에 이르기까지 갖가지 도움말을 찾아 매달 수백 명이 포스트를 올린다. 알림 게시판에는 초미의 관심사가 되는 갖가지 문제들이 올라온다. 모유 수유, 부부 침대에 데리고 자기, 예방접종, 매질하기, 전업 엄마, 할례, 텔레비전 문제 등은 '감정적인 대응'을 야기하는 전례가 있으니 주의하라는 경고가 붙어 있다. 사람들의 분노를 자아내게 했던 한 가지 이슈를 소개하자면 이렇다. 2003년 9월에 어떤 엄마가 잠을 잘 자지 않고 수시로 깨는 아기 때문에 너무 힘들다며 어떻게 하면 잠자는 훈련을 시킬 수 있는지 물어왔다. 그러자 한 익명의 포스터가 시어스 박사의 육아법 외에는 모든 방법이 '육아를 포기하는 행위'라고 규정했다. 아기 때문에 몇 달 동안 하루에 몇 시간밖에 못 잔 엄마가 도움을 청했다가 엄마 노릇을 소홀히 한다는 비난만 들은 것이다.

회원들에게 보낸 편지를 통해 진저 오글은 이렇게 말했다. "우리 사이트의 뉴스레터를 보면 밀착육아를 지지하는 회원들에게 문제가 있는 것 같다. 다른 사람들은 마치 올바른 육아법을 모르니

자기들이 가르쳐야 한다고 생각하는 것 같다. 우리와 다른 생각을 가진 사람들이 문제가 아니라, 밀착육아를 따르는 사람들이 오히려 문제다." 진저 오글이 이런 글을 쓴 후 비방글은 잠시 조용해지는가 싶더니 얼마 안 가 다시 올라오기 시작했다.

나는 그 사이트에서 '분리육아' detached parenting를 한다고 다른 사람을 비난하는 여자들(이상하게 항상 여자들이다)을 많이 보았다. 우는 아기를 그냥 방치해서 아기의 마음에 상처를 주고, '안정감과 신뢰성'이 결여된 사람이 될 수밖에 없도록 키운다고 욕하는 내용이었다. 또 어떤 포스트들은 윌리엄 시어스 박사의 저서 '베이비 북' Baby Book을 베개 밑에 넣고 자지 않는 엄마들은 아이들을 '비非 서구 문화권'에서 태어난 운 좋은 아이들만큼 건강하고 성공적으로 키우지 못할 뿐 아니라, 그런 아이는 독립심도 약할 것이라고 비난했다. 포스트를 올리는 여자들은 그런 아기들은 차라리 엄마 배 속으로 도로 들어가고 싶을 것이라며 욕을 퍼부어댔다. '생후 9 개월은 제2의 임신기간이나 마찬가지예요! 그러니 아이를 그런 식으로 눕히면 안 돼요!' 매사 이런 식이다.

줄리라는 여성은 '어 리틀 프레그넌트' A Little Pregnant라는 이름의 블로그에다 불임 때문에 고생하고, 조산으로 아들을 낳게 되기까지 겪은 자신의 이야기를 올렸다가 욕을 된통 먹었다. 한번은 담당 소아과 의사가 아기 재우는 법을 가르치면서 잠시 동안은 아이가 울더라도 그냥 내버려두라고 하더라는 이야기를 블로그에 소개했는데, 다른 블로거들이 왕창 달려들어 욕을 해댄 것이다. 어떤 여자는 자기 아들을 그렇게 방치한다면 "애가 버림 받았다는 기분이 들 것이고, 원시적인 자기보호 본능을 드러내 보일 것"이라고 반박했다. 예를 들면 '나는 이 세상에 혼자 내버려졌어. 그러니 죽지 않으려면 힘을 모아야 해'와 같은 생각을 한다는 것이다. 게을러빠진 엄마라는 소리부터 시작해 괴물 같은 엄마라는 소리까지 별별 욕을 들었다고 줄리는 말했다. "심지어 내가 그 의사의 소견을 왜곡했다는 말도 들었고, 아이를 그렇게 소홀하게 키우려면 뭣하러 힘들게 아이를 낳았느냐는 욕까지 들었어요."

진저 오글에게 밀착육아를 따르는 부모들이 이렇게 유별나게 구는 이유가 무엇이냐고 물었더니 육아를 종교적 신념과 비슷하게 받아들이기 때문이라고 했다. 육아법을 종교처럼 신봉하는 사람들은 자기와 다른 생각을 무시하고 화부터 낸다.

"어떤 부모들은 밀착 육아, 동종요법同種療法, 천 기저귀, 모유수유, 아기띠, 예방접종을 하지 않는 것 등을 종교적 신앙처럼 믿습니다. 남침례교회 신도들이 사형제, 강한 군대, 생존권, 이성애, 그리고 성경을 하느님의 말씀이라고 믿는 것과 흡사합니다." 아기를 안고 다니는 사람들은 대부분 다른 사람들이 어떻게 하건 별로 상관하지 않지만, 특정한 육아법을 신봉하는 사람들은 자기와 다른 생각을 가진 사람들에 대해 관대하지 못하고 화부터 낸다. 반면에 '어 리틀 프레그넌트' 블로그의 줄리처럼 '그때그때 사정에 따라 임기응변식으로 육아법을 행하는 사람들'은 특정한 육아법에 그렇게 매달리지 않는다. 우리는 어떤 확신에 의해서가 아니라 편의에 따라 일을 처리해 나가는 경우가 더 많다. 그렇기 때문에 얼굴을 붉히고 비난의 욕설을 퍼붓는 사람들을 만나더라도 잘못했다고 전전긍긍할 필요는 없다는 것을 분명히 기억할 필요가 있다.

물론 부모들이라면 못마땅한 짓을 하는 다른 부모들을 보고 쯧 쯧 하며 혀를 찬 경험이 한두 번은 있을 것이다. 나도 큰아이에게 딱 한번 참치 샌드위치를 먹였다가 수은 중독 진단을 받은 적이 있다. 그 뒤 장을 보러 갔다가 어떤 임신부가 참치 캔 몇 개를 쇼핑 카트 안에 던져넣는 것을 보고는 기겁을 한 채 쏜살같이 달려가서는 "절대로 그건 안 돼요"라는 말을 몇 번이나 되풀이하면서 말린 적이 있다. 그 여자가 게걸음질을 치며 한편으로 비켜서는 것을 보고서야 나는 내 의도가 어떻든, 내가 하는 말이 옳든 그르든, 생면부지의 사람에게 설교를 늘어놓을 권리는 내게 없다는 사실을 깨달았다.

육아가 뭐기에 우리를 이렇게 잔소리꾼으로 만드는 것일까? 대부분의 사람들은 다른 사람들이 무슨 일을 하든 크게 개의치 않는 게 보통이다. 예를 들어 당신은 단층 목조주택에 살고, 나는 멋진 저택에 산다고 하자. 나는 당신 집보다 내 집이 더 마음에 들고, 경우에 따라선 내 친구에게 당신 집이 형편없다는 말을 할 수도 있다. 그렇다고 내가 길거리에서 당신을 붙잡고 집을 어떻게 해보라는 말을 하지는 않는다. 물론 어느 분야건 극단주의자는 있겠지만 육아 분야에는 그런 극단적인 사람이 더 많고 그런 이들의 잔소리도 더 심한 것 같다. 그만큼 중요한 일이라는 말일 수도 있겠다. 다른 부모들이 다른 육아법을 쓰는 것을 보면 내가 아이 키우는 방식이 잘못된 것이 아닌가 하는 의구심이 들 수도 있다. 우리는 그런 것을 참지 못한다. 왜냐하면 만약에 우리가 택한 육아법이 틀렸다면, 아무리 사소한 잘못이라도 엄청난 결과를 초래할 수 있기 때문이다. 그래서 우리는 우리가 택한 육아법이 더 낫다고 우긴다. 다른 사람들에게는 그들이 좋아하는 방식이 있다는 사실을 인정하지 못하는 것이다.

내가 부모로서 절대적으로 확신하는 것 하나는 나 자신도 틀릴 수 있다는 사실이다. 나는 쓰기 편하기 때문에 종이 기저귀를 썼다. 우리는 유대인이기 때문에 두 아들에게 할례를 시켰다(할례 의식이 진행되는 동안 나도 엄청나게 울었지만). 나는 우리 아이들이 응하는 동안만 모유를 먹였다. 나는 아이 둘에게 한번은 퍼버라이즈 Ferberize, 또 한번은 바이스블러스Weissbluth 법으로 수면훈련을 시켰다. 나는 우리 애들에게 유기식품과 우유를 먹이는데 에이브는 육류와 캔디 두 가지 종류만 먹는다. 그 애가 일주일에 초콜릿 1파운드를 먹어치운다 해도 나는 놀라지 않는다. 나는 자신이 잘못할 수 있다는 사실을 인정하고 나보다 더 잘한다고 자신하는 사람들로부터 배우려고 노력한다. 그러나 두 번째 제왕절개수술을 한 지 11년이 지나고, 에이브를 힘들게 모유로 키운 지 5년이 지난 지금까지도 나는 이런 이야기를 할 때 스스로 방어자세가 된다. 이런 식이다. 나름대로 정말로 노력을 많이 했어요. 그건 내 잘못이 아니니 나를 용서해 줘요.

육아는 정말 어려운 일이다. 그러니 우리 모두 자신의 일에나 신경 쓰는 기본적인 예의를 갖추었으면 좋겠다. 그게 안 되면, 최소한 누구를 욕하고 손가락질하더라도 그 사람 모르게 하던 시절로 되돌아갔으면 좋겠다.

5 육아 사이트의 사이버 폭력

이제 마우스 클릭 한번으로 수만 명을 향해
독설을 날릴 수 있게 되었다. 더구나 익명이기 때문에
너무도 역겨울 정도의 말들이 오가고 있다.

지크를 가졌다는 것을 알고 나서 내가 제일 먼저 한 일은 예정일이 6월인 임신 여성들을 위한 온라인 서포트 그룹에 가입한 것이었다. 임신이 맞는지 병원에 가서 확인도 하기 전에 나는 이 단체에 가입부터 했다. 암흑시대인 1997년이었고, 야후나 구글 같은 검색창도 없던 시절이었다. 구글은 이름도 들어보지 못했고, 알타비스타Alta Vista나 애스크 지브스Ask Jeeves에 의지해 인터넷 검색을 하던 시절이었다. 사람들이 이제 막 월드와이드웹이란 것에 대해 말하기 시작했고, 지금처럼 발톱 곰팡이가 왜 생기는지, 넘버 식스 호가 가이우스 발터Gaius Baltar가 지어낸 상상의 산물인지 같은 것이 궁금하다고 1억 1200만 명에 달하는 블로거들로부터 정보 도움을 받을 수 있는 때가 아니었다. 훨씬 더 순진하던 시대였고, 엄마들의 블로그와 온라인 육아 잡지들이 널려 있던 때가 아니었다.

모두 13명의 여자들이 정기적으로 통신을 시작했는데, 그 가운데는 대학교 때 만난 이들도 있고, 저널리즘 스쿨에 다닐 때 만난 여자들도 있었다. 창피하니 그때 우리 그룹에 붙였던 이름은 공개하지 않겠다. 그러나 당시에는 '사이버'라는 단어가 최첨단의 상징이었고, 젊은 여성들을 겨냥한 문학 장르 칙릿chick lit 이 서점 진열대의 앞줄을 소화제 펩토비스몰 같은 핑크색으로 장식하기 전이었다.

내 온라인 친구들은 그때 이미 정기적으로 이메일을 사용했고, 어떤 때는 하루에 10통 이상도 쏘아댔다. 그러나 글을 빨리 읽고, 글쓰기 좋아하는 사람이라면 이메일 친구 13명 가지고는 턱없이 부족하다. 아무리 많이 써댄다 해도 낮잠 잘 시간만 투자하면 될 정도였다. 사이버 친구를 상대로 이메일을 하고, 진짜 친구들에게 수다를 떨며 애한테 뭐를 먹였더니 똥 색깔이 채색한 부활절 달걀처럼 이상한 푸른빛이 난다는 이야기를 할 수는 있었다. 하지만 그들 중에 임신한 친구는 아무도 없었고, 더구나 출산 예정일이 6월인 친구는 아무도 없었다. 나는 나와 똑같은 정도로 입덧과 임신 초기 졸음병을 겪고 있는 여자들과의 교류를 원했던 것이다.

임신 첫 달이 끝나갈 무렵에 임신 여성들을 위한 온라인 모임 리스트서브Listserv 회원이 되었는데, 예정일이 6월인 여자들이 적어도 50명쯤 되었다. 임신 초기에는 회원 수가 들쭉날쭉했다. 함께 시작한 회원들도 임신 8주가 되어 처음으로 초음파 촬영을 하고 태아의 심장소리를 들을 무렵이 되면 숫자가 줄어들었다. 회원들은 영어권 전체에서 모여들었지만 대부분은 미국 여성들이었다. 경제적으로 여러 수준에 있는 여자들이 회원으로 참여했다. 복지연금 대상자인 싱글맘에서부터 남편이 투자은행에 다니는 부인들, 웨이트리스, 소아신경외과 의사들에 이르기까지 다양했다. 인종 다양성은 아주 낮은 편이어서 몇 명을 제외하고는 대부분 백인 여성들이었다. 그러나 또 다른 면에서는 9월이나 10월에 맞춰 임신하고, 멋진 모뎀을 갖춘 컴퓨터를 갖고 있는 여성들이 있을 정도로 다양성을 갖춘 모임이었다.

그리고 예외적인 사람 몇 명을 제외하고는 내가 일상생활에서 잘 마주치기 힘든 사람들이었다. 당시 내 생활은 놀이터와 웨스트 로스앤젤레스에 있는 짐보리 교실에서 주로 이루어졌다. 예를 들면 어떤 여자는 임신 2개월 때 남편이 떠나 버려서 아무런 경제적, 정서적 도움 없이 혼자서 아이 다섯을 기르고 있었다. 또 어떤 소아종양학 의사는 준버그Junebug를 가져서 (우리는 6월에 태어날 사랑스러운 아이들을 준버그라고 불렀다) 병원 일을 그만두고, 살고 있던 아파트 단지 레즈비언 단체인 브라우니 트룹의 첫 리더가 됐다(그런 모임의 리더로는 자격이 넘치는 사람이긴 하지만). 또 광장공포증이 있는 DH(Darling Husband)를 둔 인터넷 실업가도 있었다. 하지만 그녀의 준버그가 말을 할 때쯤에는 D(사랑하는)도 아니고 H(남편)도 아니었다. 그리고 내가 제일 좋아한 사람은 자주 글을 올린 양성애 여성이었다. 그녀는 아기 아빠와 그녀의 다른 파트너가 왜 자기가 임신한 사실을 자기처럼 좋아하지 않는지 이해하지 못하겠다고 했다.

치질이나 유방통 때문에 앓는 소리를 해대서 간혹 귀찮을 때도 있지만, 나는 이 낯선 이들과의 대화를 즐겼다. 나도 치질과 유방통 때문에 불평을 늘어놓았는데, 짜증과 혐오 섞인 눈초리로 눈길을 돌려 버리지 않고 지루한 나의 넋두리를 기꺼이 들어주는 사람들 또한 그들뿐이었다. 나는 아기의 성별을 미리 아는 것이 좋은지, 아니면 기다렸다가 나중에 '놀라는 것'이 좋은지를 놓고 토론하느라 정신이 팔렸고, 임신 중에 출혈 양은 얼마가 정상인지, 아기 바구니가 꼭 필요한지 따위를 대화 주제로 삼았다. 나는 그런 대화들이 얼마나 쓰잘데없고 바보 같은 짓인지 분명하게 알고 있었다. 하지만 적어도 내 경험에 따르면 임신은 지적인 자극보다는 문자 그대로 비생산적인 잡담이 더 중요한 위치를 차지하는 기간이다. 온몸이 임신 호르몬으로 넘쳐나거나 모유 수유 기간 중에는 무슨 생산적인 활동에 관여하기보다는 틈만 나면 내 몸 생각을 하고, 배에 카카오 기름을 문지르면서 시간을 보내는 때가 훨씬 더 많았다.

준버그 회원들은 모든 면에서 서로에게 아주 친절하고 서로 도움을 주려고 했다. 아이 다섯을 둔 회원이 출산을 하자 우리는 그녀를 위해 모금을 했고, 누구에게 안 좋은 일이 생기면 모두 나서서 위로해 주었다. 인터넷 트롤과 마주친 사람은 없었고, 당시에는 그런 자들도 별로 없었다. 하지만 그 평화로운 초기 인터넷 시대에도 뜨거운 논쟁은 있었다. 일반적인 주제들을 대상으로 한 논쟁이었는데, 엄마들이 이용하는 웹을 한 시간만 검색해 보면 쉽게 접하는 주제들이었다. 모유 수유가 좋으냐 분유 먹이는 게 좋으냐, 천기저귀가 좋으냐 종이 기저귀가 좋으냐, 임신 중에 항문 성교를 해도 안전한가와 같은 문제들이었다. 항문 성교는 두 종류의 섹스를 다 좋아하는 어떤 엄마가 올렸는데, 다른 많은 여자들도 이 문제에 대에서 의견을 갖고 있으면서도 공개적으로는 체면 때문에 말을 하지 않는 게 분명했다. 나는 인터넷에서 싸움을 먼저 걸지는 않으려고 했지만, 어떤 회원이 부당한 공격을 당한다는 생각이 들면 제일 먼저 나서서 당당하게 방어해 주었다.

하지만 우리는 익명으로 하지 않고 실명을 사용했기 때문에 일이 정말 추한 방향으로 흐르지는 않았다. 우리 회원인 줄리나 조앤이 필립이라는 가명으로 트롤 행세를 할 가능성을 완전히 배제할 수는 없겠지만 가능성이 그리 높지는 않은 것 같았다. 준버그 회원 명단에 올라 있는 우리들 대부분은 원하는 것을 얻었다. 그것은 바로 우리가 정상이라는 확신, 우리가 잘해나가고 있다는 확신, 그리고 우리가 좋은 엄마라는 것, 혹은 앞으로 좋은 엄마가 될 것이라는 확신이었다.

그런데 웹 커뮤니티의 범위를 이런 사적인 모임의 수준을 넘어 넓혀나가자 주고받는 대화의 수준이 떨어지기 시작했다. 처음에는 힘이 되었던 도움말들이 날이 갈수록 나의 행복한 삶을 파괴하려는 듯한 독설들로 바뀌어 나갔다. 어번베이비Urbanbaby와 버클리 페어런츠 네트워크Berkeley Parents Network 같은 웹사이트는 로비즈를 할인가격에 살 수 있는 곳이 어디인지, 베이비시터에게 주는 돈은 얼마가 적당한지와 같은 실용적인 정보들을 제공하면서도 전투적인 어휘들이 놀랄 정도로 자주 등장했다. 등장하는 말들을 보면 서로 의견만 다른 게 아니라, 상대방을 기본도 안되어 있는, 세상에서 제일 나쁜 엄마로 단정해 버리는 식이었다. 이런 사이트들의 코멘트 난을 보면 인간의 추하고 사악한 본성을 다 확인하는 것 같은 기분이 든다.

2005년부터 2006년까지 나는 살롱닷컴에 칼럼을 썼는데 의료보장제도에서부터 청소년 피고의 권리, 휴가 시즌만 되면 왜 살이 찌는지에 이르기까지 다양한 주제를 다루었다. 시의적절한 주제를 택하고, 아무리 어려운 주제도 유머를 섞어 재미있게 쓰려고 노력했다. 하지만 두 번째 칼럼이 실릴 때부터 나는 코멘트 난을 더 이상 보지 않았다.

너무도 많은 사람들이 글을 남겼는데, 글이 좋다고 칭찬하는 반응도 많았고, 다른 의견을 말하더라도 공손하게 예의를 갖추어서 하는 사람들이 많았다. 그런가 하면 너무도 많은 사람들이 정말로 고약한 독설로 내가 하는 모든 일에 정색을 하고 덤벼드는 바람에 도저히 더 이상 읽어 줄 수가 없었다. 나는 불행하게도 얼굴이 두껍지 않고, 남한테서 비판을 들으면 "맞아, 그 사람 말이 옳아. 나는 정말 나쁜 엄마야. 오, 불쌍한 우리 아이들" 같은 식으로 자기연민에 잘 빠지는 성격이다.

내가 당한 일을 숨김 없이 털어놓고, 자기 학대의 기분을 만족시키기 위해 살롱닷컴 사이트에 쓴 내 칼럼에 대한 반응들의 전형적인 사례 몇 가지를 소개한다.

"에일렛 월드먼이 미친 여자 라는 나의 생각을 거듭 확인해 주는 글이다. 살롱닷컴에서 지급하는 원고료는 곧바로 신탁기금으로 보내 앞으로 정신과 치료를 받아야 할 이 여자의 불쌍한 아이들 치료비로 썼으면 한다."

"제ㅔㅔㅔ바ㅏㅏㅏㄹ, 제ㅔㅔㅔ바ㅏㅏㅏㄹ 이 여자를 없애ㅔㅔㅔ주세요. 이 여자는 나의 우상인 마이클 셰이본을 망치고 있다. 마이클이 쓴 책은 앞으로 다시 읽지 않겠다. 절대로 다시는 못 읽을 것 같다. 그 남자가 이 여자와 결혼했다는 생각만 해도 토할 것 같아."

"에일렛 월드먼이 쓴 글 나부랭이를 읽고 나면 나는 반드시 샤워를 해야 한다."

논쟁이나 혐오 메일로부터 곤욕을 치르는 게 처음은 아니었다. 그럼에도 불구하고 이 문장들을 복사해서 원고에 끌어다 붙이고 있자니 또다시 소름이 끼친다. 아이들보다 남편을 더 사랑한다는 에세이를 썼다가 웹 전체를 도배질하다시피 한 히스테리컬한 분노의 표적이 되고, 급기야 오프라 윈프리쇼에까지 출연하기도 했었다. 스튜디오를 꽉 채운 분노한 엄마들과 마주했고, 내 편은 사회자인 오프라 한 사람뿐이었다. 하지만 오프라 윈프리 한 사람이 나를 방어한다는 것은 핵억지력을 미국이 보유한 핵탄두에만 의지하는 것과 마찬가지였다.

그렇다고 내가 욕 먹고 가만히 있을 초심자가 아니지. 분노와 독설은 나도 당할 만큼 당해 본 사람이었다. 이래 봬도 나는 버클리에 사는 사람이다. 사람들이 서로에게 퍼붓는 악담에는 특별한 무엇이 있다. 나 개인에게만 국한되는 것이 아니다. 아주 중립적인 코멘트에 대해서까지 심한 욕설을 퍼부어대는 정치 웹사이트들에서부터 고커Gawker닷컴 같은 정말 쓰잘데없는 사이트에 이르기까지 악담은 도처에 득실거린다. (고커닷컴은 마이클과 나를 가장 역겨운 문학인 부부 3위에 올렸다.) 웹이 뱀이 득실거리는 쓰레기 구덩이가 된 것이 익명성 때문이라는 것은 두 말할 필요조차 없다. 나를 미친 여자라고 욕한 사람이 익명의 외투를 허락받지 않았더라면, 그는 나를 욕할 수 있는 다른 방법을 찾아냈을 것이다.

하지만 오해는 말아 달라. 나는 웹을 사랑한다. 나는 인터넷이 제공하는 폭넓고, 깊이 있는 정보들을 마음껏 탐닉한다. 최근 24시간 동안만 해도 나는 웹에서 다음과 같은 정보를 검색했다. 단일 선체 목재 스쿠너의 최고 속도는, 지금의 대통령이 콜로라도, 플로리다, 오하이오, 미네소타에서 얻은 득표율은? 하버드 칼리지에서는 성적 불량자를 어떻게 처리하나? 우리 동네에서 대통령 후보에게 후원금을 한도액까지 낸 사람은? 작년 7월 4일 메인주 블루힐의 조수 시간은? 복싱 링의 표준 사이즈는? 산제로니모에 있는 투버드 카페의 영업 시간은? 버락 오바마가 이슬람교도라고 생각하는 천치 같은 미국인의 비율은? 고객 맞춤형 밴의 판매가격은? 지난해 내셔널 북어워드 수상작은? 파가니니의 카프리치오 5번과 24번 가운데서 어느 게 연주하기 더 어려운지? 우리 동네 영화관의 인크레더블 헐크Incredible Hulk 상영시간은? 우리 동네 에티오피아 식당에서는 어떤 음식을 잘하나? 다섯 살 난 미국 남자아이들의 평균 체중은? 여윔과 인지능력 발달저하의 상관관계는? 캘리포니아 주 오클랜드와 뉴욕시 사이의 비행기 요금은? 뉴욕시와 메인주 방고르 사이의 비행기 요금은? 용설란 진액의 영양 정보? 닥스훈트가 낳는 새끼는 평균 몇 마리? 이 밖에도 분명히 또 있을 것이다.

나는 수많은 리스트서브와 온라인 커뮤니티에 가입했다. 하나는 버니즈 마운틴 도그 주인들 모임, 또 하나는 개밥을 생고기로 주는 사람들 모임, 그리고 2008년 대통령 선거의 여러 양상들을 다루는 사이트들에도 가입했다. 나는 또 ADHD(주의력결핍 및 과잉행동장애) 치료법에 대한 정보를 제공하는 사이트들을 비롯해 하이힐에 관한 최신 정보와 사진을 제공하는 사이트, 향정신성 치료약의 부작용, 글쓰기, 피부관리, 발바닥 근막염의 올바른 치료법에 관한 사이트도 기웃거려 보았다. 이 모든 사이트들이 추한 꼴을 연출하고 있었고, 어떤 사이트들은 다른 곳보다 특히 더 심했다. 그러나 정치 사이트들을 제외하고는 제일 심한 독설이 오가는 게 바로 육아에 관한 주제다. 그리고 정치 사이트에서도 제일 지독한 사이버 모독이 가해지는 대상은 남자가 아니라 여자들이다.

어머니들과 인터넷의 관계도 마찬가지다. 엄마들이 불안감을 느끼도록 만드는 장소는 예전부터 숱하게 있었다. 그러다 웹이 등장하고 육아 관련 웹사이트가 늘어나면서 어떤 연결고리가 만들어지게 된 것이다. 모성이 느끼는 불안감, 여성 혐오, 죄책감, 시간적인 여유가 현대 기술과 결합한 것이다.

2006년도에 메릴랜드대에서 발표한 조사결과를 보면 악질적인 온라인 공격의 표적이 될 가능성은 여자들이 남자들보다 25배나 더 높은 것으로 나타났다. 웹은 우리 안에 들어 있는 가장 추악한 모습들을 보여줄 뿐만 아니라 강한 여성혐오, 심각한 자기혐오를 드러내 보여준다. 여성들끼리는 항상 서로 으르렁거리는 게 사실이지만, 인터넷의 등장으로 여자들끼리 서로 퍼붓는 독설의 범위가 더 늘어나게 된 것이다. 옛날에는 누군지 알아야(혹은 적어도 아는 사람을 통해서) 상대에게 악담을 퍼부을 수 있었지만 이제 마우스 클릭 한번으로 수만 명을 향해 독설을 날릴 수 있게 되었다. 퍼부을 수 있는 악담의 범위만 넓어진 게 아니라 깊이도 더해졌다. 더구나 익명이기 때문에 너무도 역겨울 정도의 말들이 오가고 있다.

그렇다고 내가 웹을 포기한다는 말은 절대로 아니다. 나는 애리조나 사막 깊숙이 틀어박혀 살며 와이파이를 싫어하는 사람들의 모임인 러다이트 커뮤니티에는 절대로 가입하지 않을 것이다(정말로 와이파이 알레르기가 있는 사람들이 있다). 온라인을 사랑하는 엄마들의 모임에도 계속 참여할 것이다. 에이브에게 젖 먹이려고 몇 달 동안 애쓰는 동안에는 펌프맘Pumpmoms 회원들의 도움이 큰 힘이 되었다.

하지만 이제 웹에서 예의를 기대하는 시절은 지났다고 나는 생각한다. 도깨비는 이미 병 밖으로 나왔고, 우리가 할 수 있는 것은 인터넷이 독이 든 과자라는 점을 기억하는 일이다. 특히 우리 엄마들은 인터넷의 혜택을 많이 누리고 있지만, 아주 조심스레 한입씩

베어 먹어야 한다는 점을 명심해야 한다. 아이들은 사이버 폭력 관련 법을 만들어 보호할 수 있지만, 엄마들에 대해서는 조심하라고 주의시키는 것 외에는 뾰족한 방법이 없다.

6 페미니스트의 고백

이런 식으로 남편의 보호와 배려를 받는다는 사실을
인정하는 게 좀 창피하다. 하지만 이런 분야의 일을
걱정하지 않아도 된다는 것은 매력적인 일이다.

여러 해 전에 마이클의 사촌 데이비드가 교통사고로 죽었
다. 자전거로 출근하던 길에 교차로에서 과속으로 달리
던 자동차에 치인 것이다. 그가 죽은 뒤 그의 아내 아리엘은 내게
물이 똑똑 떨어지는 수도꼭지를 고치고, 이케아 장롱을 조립하고,
화재 감지기의 배터리를 갈아 끼울 때 남편 생각이 특히 더 간절하
다고 했다. 데이비드는 쓰레기 수거 서비스가 있기 전날 죽었고,
그날 밤에는 쓰레기를 내다 버리지 못했다. 아리엘은 그 다음 주에
종이접시, 플라스틱 컵, 눈물 젖은 화장지 뭉치 등 한 주일 동안 모
아 놓은 무거운 쓰레기 봉지를 바깥으로 끌어내면서 이제는 혼자
라는 걸 실감했다고 했다.

그 두 사람은 전통적인 부부들과는 딴판이었다. 데이비드도 마이클처럼 아버지로서 할 수 있는 일은 적극적으로 나서서 했다. 어쩌다 아기 기저귀 한번 갈아 주는 정도가 아니라, 딸 돌보는 일에 아내와 똑같은 책임감을 발휘했다. 아리엘은 마사지 치료사로 일했는데, 장담할 수는 없지만 스스로 페미니스트라고 생각하고 있을 것이다. 그러나 집수리할 일이 생기면 분업은 전통적인 방식에 따라 이루어졌다. 우리 결혼 생활에서도 그건 마찬가지다.

철저한 페미니즘 정신 때문에 나는 결혼한 다음에 내 성을 마이클의 성으로 바꾸겠다는 생각을 한번도 하지 않았다. 친정엄마가 펄쩍 뛸 것이라는 이유 때문만은 아니었다. 나는 페미니스트들이 항상 주장해온 여성의 낙태권 인정, 동일한 일에는 남녀 동등한 임금 지불, 여성 수감자들의 인권 보호 등을 지지한다.

결혼하고 나서 집에 들어앉아 아이들을 키우기로 결정한 다음에 나는 아이들을 키우는 것도 가족을 위해 큰일을 하는 것이라는 생각을 하면서도, 한편으로는 돈을 벌지 못하니 나의 가치가 떨어진다는 기분이 들었다.

그럼에도 불구하고 나는 남편을 만난 첫날부터 지금까지 16년을 함께 살면서 단 한번도 집안에 있는 전구를 내 손으로 갈아 끼운 적이 없다.

결혼하기 전에는 아주 기본적인 손기구도 사용할 줄 모르는 것을 두고 페미니스트 자질이 부족하다고는 생각하지 않고, 유대인이라서 그럴 것이라고 생각했었다. 내가 자라면서 본 유대인들은 직접 조립하는 DIY를 하나같이 할 줄 몰랐다. 아버지는 망치질할 것이 있으면 망치 대신 신발로 두드렸고, 집에 제대로 된 용구라고 는 작은 플라이어 하나밖에 없었다. 유대인이 아닌 친구들의 아버 지는 수도꼭지도 교환하고 처진 문짝도 제자리로 올려놓았다. 엄 마가 수선공을 부르지 않는 경우 아버지는 모든 일을 그 작은 플라 이어 하나로 해결한다고 법석을 떨었다.

지금도 집에서 뭔가 부서지면 우리 선조들이 그랬던 것처럼 겁 부터 먼저 난다. 전구가 나가면 큰일이 난 줄 알고, 수도꼭지에서 물이 새면 세상의 종말은 아니더라도 앞으로 몇 달 동안은 마약 중 독자인 배관공이 내 집 싱크대와 변기 앞에 구부리고 앉아 시간을 보낼 것이며, 내가 힘들게 번 돈을 배수관으로 흘려 보낼 것이라는 생각에 겁이 덜컥 난다. 하지만 마이클은 우리 아버지와 다르다. 마이클은 소형 플라이어도 두 세트나 갖고 있고, 그것 외에도 슬립 조인트 플라이어 세트와 그루브조인트 플라이어 세트, 그리고 나 는 듣도 보도 못한 플라이어를 줄줄이 갖고 있다. 수도꼭지에서 물 이 새면 마이클은 자기 손으로 바꿔 끼운다. 더구나 그는 그런 일 을 즐긴다. 벽에다 그림 거는 일과 막힌 변기 뚫는 일을 직접 하고, 컴퓨터 화면에서 작은 폭탄 아이콘이 무섭게 깜빡거릴 때 어떻게 해야 하는지도 안다.

매번 일이 닥칠 때마다 초기 발작 시간을 넘기고 나면 행복감과 안도감이 파도처럼 밀려온다. 보호받고 있다는 느낌을 갖는 것이 다. 내가 막힌 배수관 때문에 고난에 처한 공주라면 마이클은 반짝 이는 플런저를 든 왕자님이다. 살아가면서 이런 식으로 남편의 보 호와 배려를 받고 싶어 한다는 사실을 인정하는 게 좀 창피하다.

하지만 이런 분야의 일을 걱정하지 않아도 된다는 것은 매력적인 일이다. 수도꼭지에서 물 새는 소리가 나면 나는 걱정보다는 그런 일을 대신 해결해 줄 누군가가 내 삶에 함께 있다는 생각부터 들어 안심이 된다.

마이클이 어디 가고 없으면 나는 집안 물건들이 엉망이 되어도 그냥 내버려 둔다. 자동차 엔진오일 램프에 불이 들어와도 모른 체 하고, 문 걸쇠가 고장 나면 그가 돌아와서 고칠 때까지 의자로 문을 막아 놓고 기다린다. 화장실 변기에서 물 새는 소리가 들리면 남편이 와서 그 소리가 안 나게 해줄 때까지 어둠 속에 가만히 누워서 기다린다. 전구가 나가면 아이들과 나는 어둠에 눈이 익숙해질 때까지 그냥 가만히 앉아 있는다.

나도 싱글로 혼자 살 때는 사다리를 꺼내서 내 손으로 전구를 갈아 끼울 줄 알았다. 그런데 결혼이 도대체 뭐기에 나를 다른 사람에게 이토록 의지하게 만든 것일까? 아리엘의 처지를 보고도 정신 못 차리고 1950년대 시트콤에 나오는 아무것도 할 줄 모르는 부인네처럼 행동하는 것은 왜일까?

이제는 내가 다시 일을 시작했기 때문에 우리의 결혼생활에서 전통적인 업무 분담이 이루어지는 분야는 이런 일들뿐이다. 다른 분야에서 우리 파트너십은 앞서 말한 것처럼 주목할 만큼 평등하다. 마이클이 아이들과 함께 놀아 주는 시간은 실제로 나보다 훨씬 더 많다. 나보다 청소도 더 많이 하고, 요리는 도맡아 한다. 이런 점을 고려한다면, 그리고 내가 명색이 남녀평등을 중시하는 사람이라면서 특정 분야에서 이런 식으로 나몰라라 하는 태도는 좀 문제가 있는 것 아닌가? 페미니즘은 다소 유행이 지난 것처럼 되기는 했지만, 어쨌든 이제 그 말뜻을 모르는 사람은 없을 것이다. 그래서 나처럼 보호받기를 원하는 여성이 페미니스트라고 내세운다는 건 창피한 생각이 든다. 페미니스트 엄마라면 무슨 일이든 다 잘할 수 있어야 한다. 아기침대도 조립하고, 이유식도 손수 만들고, 막힌 배수관을 뚫고, 모유 수유하고, 욕조 수리도 직접 해야 한다.

내가 제일 마음에 걸리는 부분은 남녀간의 이러한 이분법을 다음 세대에까지 물려주게 되었다는 것이다. 마이클은 아들들에게는 자기처럼 하도록 철저히 훈련시키지만, 딸들에게는 그렇게 하지 않는다. 딸들에게 일부러 안 시키려고 해서가 아니다. 그가 전기 스크루드라이버를 꺼내 들고 조수시킬 만한 애들을 찾으면 우리 집에서 그 일을 하겠다고 나서는 쪽은 남자애들뿐이다. 딸아이들은 일본제 고무 햄스터를 넣을 장난감 집을 짓고, 재봉틀로 레그워머 만드는 일을 더 좋아한다. 나 역시 딸들에게 모든 일을 제쳐 놓고 목재 접착제가 마를 때까지 보조판자를 들고 아빠를 도와드리라는 말을 한 적이 한 번도 없다. 좋은 엄마라면 이 평등주의 세상에서 딸들이 살아남을 수 있도록 매라도 들고 가르쳐야 엄마로서의 임무를 제대로 수행하는 것 아닌가?

마이클은 내가 갖는 페미니스트로서의 위기감에 아무런 부담을 느끼지 않는다. 집안 돈 관리는 나 혼자서 한다. 돈 관리를 맡아서 하는 여자들이 많기는 하지만 이 일은 전통적으로 남자들의 일로 여겨져 왔다. 하지만 남편은 내가 전구를 안 바꿔 끼우고, 자기는 돈 관리를 안 한다고 해서 거세당한 것 같은 기분을 느끼지는 않는다. 내가 돈 관리를 하는 데 대해 오히려 안도하는 편이다.

내가 집안에서 무엇을 고치는 일을 못하면서도 이토록 태평스러운 것은 대학 시절 그토록 열심히 공부하고, 반대 데모를 했던 바로 그 가부장제의 흔적일 수도 있다. 어쩌면 나는 생각만큼 페미니스트가 아닐지도 모른다. 어쨌든 나는 직장을 그만두고 아이들을 위해 몇 년 동안 집에 있었고, 그러는 동안 마이클이나 나나 한순간도 그가 작가생활을 포기한다는 생각을 해본 적이 없다. 내가 망치와 스크루드라이버 쓰는 일에 서투르다는 점을 부끄러워하지 않는 이유는 내 안 어느 한 구석에 여자들은 그래야 한다는 생각이 자리잡고 있어서 그런지도 모르겠다. 어쩌면 그런 이유 때문에 툭하면 망가지는 변기의 물 내려가는 원리를 배워두라고 딸들을 다그치지 않는 것인지도 모른다.

하지만 나는 그렇게 생각하지 않는다.

오히려 나는 결혼의 본질이 그런 것이라고 생각한다. 모든 결합에는 전통적인 역할과 그렇지 않은 역할이 나누어져 있다. 그 전에는 마이클도 자기 돈은 자기가 관리했고, 나도 고칠 게 생기면 내가 직접 사람을 불러서 고쳤다. 그러나 결혼생활을 하면서 자기도 모르는 사이에 특정한 분야의 일을 손에서 놓게 된다. 그 이유는 각자가 자신의 전문 분야를 맡아서 하는 게 더 효과적이기도 하지만, 또한 그것은 일종의 낙관적인 제스처이기도 하다. 다시 말해 어떤 일을 더 이상 직접 하지 않고, 다른 한 사람에게 그 일을 하도록 맡김으로써 그 사람이 자기를 지켜 줄 것이라는 믿음을 스스로 확인하는 것이다. 물론 이러한 포기 행위에는 함정이 있다. 경제권을 남편한테 모두 넘긴 여자들이 돈 한푼 없이 이혼을 당하게 되는 경우가 바로 그것이다. 그렇더라도 긴밀한 파트너십의 좋은 점은 책임을 나누고 함께하는 삶의 나눔 행위이다.

사랑하는 사람을 잃으면 이러한 시스템이 붕괴되는 것이기 때문에 비극이다. 아리엘이 집에 혼자 남아서 그 전에 데이비드에게 의지했던 일들을 이제 스스로 하려고 배운다는 생각을 하면 마음이 찢어질 듯 아프다. 아리엘은 강하고 유능한 여자다. 당연히 장롱도 조립하고 변기도 뚫을 수 있을 것이다. 마음만 먹으면 도서관에 가서 집수리에 대한 책 몇 권만 빌려서 보면 할 수 있을 것이다. 하지만 이런 강요된 능력이 데이비드의 부재를 나타내 주는 상징이라는 생각에 마음이 아프다. 운명의 방향이 달랐더라면, 그 운전자가 모퉁이에서 속도를 늦추었더라면, 모녀는 지금도 그런 일들을 데이비드에게 맡겼을 것이다. 하지만 이제는 기댈 남자 없이 두 모녀가 직접 그런 일들을 해나가야 한다.

바로 이런 일들이 일어날 것에 대비해서라도 전문적인 능력을 포기해선 안 된다는 주장을 펼 수도 있을 것이다. 관계의 종말이 우리를 더 강하게 만들고, 새로운 기술을 다시 배우도록 만드는 하나의 계기가 될 수 있다는 주장을 펼 수도 있을 것이다. 그건 나도 모르겠다. 하지만 앞으로도 당분간은 공구를 내 손에 직접 쥐는 일은 없을 것이다. 돈 관리는 앞으로도 계속해서 내가 맡고, 남편은 막힌 변기를 뚫을 것이다. 우리 결혼생활은 이런 식으로 굴러간다. 이것이 바로 우리 두 사람이 맺은 무언의 계약이다.

7 시어머니와 나

시어머니와 나의 적대 관계는 아이들이 생기면서
그렇게 순순히 사라졌다. 내가 이겼고, 시어머니는
패배자가 되었다. 그제서야 나는 비로소 마음을 비우고
시어머니의 친구가 될 수 있었다.

유아원에 다니는 동안 지크는 집에만 오면 곧바로 소파로
향했다. 나를 자기 옆에 끌어당겨 앉히고는 포동포동한
몸을 별로 사랑스럽지도 않고 펑퍼짐한 내 몸에다 찰싹 붙였다. 보
드라운 입술을 내 목덜미에다 대고 비비고, 코로 턱밑을 문지르면
서 숨을 깊이 들이마시는 폼이 꼭 우리가 떨어져 지낸 4시간 동안
그리웠던 엄마 냄새의 미분자 하나도 놓치지 않고 들이마시려는
것 같았다. 양손바닥을 내 두 뺨에 대고는 입술에도 쪽 소리나게
키스했다. 마치 볼살이 통통 오른 작은 연인처럼 나른하면서도 정
성스레 뽀뽀를 했다.

유아원에 가 있는 동안 애가 엄마를 보고 싶어 한 만큼 나도 아

들이 보고 싶었다는 말은 못하겠다. 아들이 놀던 모래더미에 가서 눈물을 쏟지도 않았고, 거실 소파에 쿠션을 끌어안고 앉아 고통스러운 시간을 보내지도 않았다. 나는 혼자 있는 시간을 즐기느라 바빴다. 볼일을 보고, 혼자 산책하면서 남편에게 나의 새로운 면모를 선보였다. 하지만 지크가 돌아오면 나도 아들 못지않게 반갑게 소파에 파묻혔다. 비단결처럼 보드라운 어린 아들의 몸에서 느껴지는 감촉은 내 인생에서 가장 만족스러운 경험이었다. 나는 자식 사랑에 눈이 멀어 아이를 과장해서 말하는 엄마가 아니다. 아이 넷을 키우지만 이 아이의 살결은 유별났다. 꼭 유지방이 많이 들어 있는 싱싱한 크림 같은 느낌이었다. 혀끝에 느껴지는 맛은 순하고 부드러우면서도 기름기가 풍부했다. 지크는 이제 열한 살이 되었지만 지금도 눈을 감으면 그때의 통통하던 살이 손에서 느껴질 것만 같다.

지크가 네 살 때쯤 하루는 자동차로 집으로 가는 언덕길을 오르고 있었다. 그의 누나가 제일 좋아하던 연보라색 집 앞을 지날 때였다.

"내가 크면 우리가 살 집이야." 지크가 이렇게 말하는 것이었다.

"누구와? 너와 결혼한 사람하고?" 내가 "아내"라는 표현을 쓰지 않은 점에 주목하기 바란다. 버클리에서 아이를 키우는 사람들은 아이의 성적인 지향에 대해 절대로 미리 어떤 가정을 하지 않는다.

"아니. 엄마하고 나하고."

"너는 결혼해서 아이들을 갖지 않을 거야?"라고 물었다. 당장 앞서 가신 할머니들의 애처로운 울음소리가 귓전에 들리는 것 같은 무서운 기분이 들었다. 유대인 할머니들은 아무리 바부시카를 벗고, 세븐 포 올 맨카인드Seven for All Mankind 청바지를 입고 현대 여성 티를 내더라도 손주 욕심은 여전할 것이기 때문이다.

"내 아내는 아빠하고 일층에서 자고, 엄마하고 나는 이층에서 살 거야, 같이."

지크는 이제 자존심 때문에 일 분 이상은 내 팔에 안겨 있지 않으려고 하지만 지금도 밤이 되면 나보고 옆에 누워 달라고 한다. 일곱 살 될 때까지도 엄마한테 '영화에서 하는 뽀뽀'를 했다. 일상적인 키스보다 좀 더 오래 하고, 머리를 이리저리 움직이면서 신음소리도 내는 키스를 말하는 것이다. 애는 지금도 나를 꼭 껴안고, 뾰족한 턱과 억센 무릎으로 내 몸을 지그시 누른 다음 벌떡 일어나 스케이트보드를 타러 가든지 컴퓨터를 하러 간다. 그리고 이제는 보라색 집에서 미래의 아내를 멀리 아래층으로 쫓아보낼 생각은 더 이상 하지 않지만, 그렇다고 엄마 아닌 다른 여자하고 같이 산다는 생각도 굳이 하지 않는 것 같다.

나는 미래의 이 며느리가 하나도 부럽지 않다. 우리 마마보이와 나 사이에 자신을 끼워넣기 위해 안간힘을 쓸 그 젊은 여자가 가엾다는 생각이 든다. 나는 그녀가 짊어져야 할 힘든 일들에 연민의 정을 느낀다. 나의 오이디푸스와 나 사이를 떼어놓으려면 적어도 쇠막대기, 불도저 두 대, 몰로토프 칵테일 반 다스는 있어야 할 것이다. 어쩌면 그냥 집 일층을 예쁘게 꾸미는 일에나 관심을 쏟는 게 나을지도 모르겠다.

나는 그녀가 치러내야 할 많은 일들에 대해서는 연민을 느끼지만, 그녀에 대해서는 아니다. 사실은 비록 상상 속의 존재이기는 하지만 그녀를 생각하면 인정하기 힘든 무슨 발작처럼 질투심이 일어난다. 나는 농담으로 지크가 게이였으면 좋겠다고 말하며, 그래서 젊고 섹시한 여자애보다는 사랑스러운 젊은 남자애를 집으로 데려왔으면 좋겠다는 말을 한다. 여자애가 오면 건방지고 깔보는 듯한 눈초리로 내 눈꼬리의 잔주름과 뚱뚱한 허리를 쳐다볼 것이다. 하지만 젊은 남자애는 내 친구, 나아가 동맹자까지 될 것이다. 그러나 실제로 가능성이 더 높은 시나리오는 지크가 그의 아내와 함께 걸려온 전화를 확인하면서 다급한 목소리로 내가 남긴 여러 통의 음성 메시지들을 들으며 눈이 휘둥그레지는 것이다. 그녀는 콧방귀를 뀌고 입술을 삐죽거려 보이며 나를 비웃을 것이다. 지크는 또 그 소리냐는 투로 얼굴을 찡그려 보이고는 아내를 침실로 데리고 들어갈 것이다. 그의 등 뒤에서 나의 비참한 목소리가 허공에 울려퍼진다. "제발, 아가야, 엄마한테 네가 잘 있다는 전화만이라도 좀 해다오."

아들과 내가 지나칠 정도로 사이가 좋기 때문에 내가 시어머니를 동정할 것이란 생각이 들지도 모르겠다. 시어머니와 나는 여러 면에서 완벽하게 닮은 점이 많다. 시어머니도 나처럼 변호사다. 시어머니처럼 나도 폭넓고 지칠 줄 모르는 독서가다. 시어머니와 나 두 사람 다 개인적인 불행과 의학적인 불행에 대한 이야기를 좋아하며, 들은 이야기는 다른 사람에게 소상하게 다시 얘기해 주기를 좋아한다. 두 사람 다 호기심이 많고 참견하기 좋아하는 별로 바람직하지 않은 성격을 갖고 있다. 이 두 가지 성격은 서로 다른 것이다. 호기심이 많다는 것은 다른 사람의 일에 관심을 많이 갖는 것이고, 참견하기를 좋아한다는 것은 사소한 질문이든 아니든 가리지 않고 해댄다는 것이다. 호기심이 많은 사람은 친구가 남편에게 성기능 장애가 있다는 비밀을 털어놓으면 열심히 들어 주고, 궁금한 질문 한두 개를 하는 사람이다. 참견하기 좋아하는 사람은 그 친구의 약장에 비아그라가 있는지 뒤진다.

우리 두 사람은 처음 순간부터 굉장히 사이가 좋을 수밖에 없었고, 실제로 그렇기도 했다. 우리는 한 시간쯤은 쉽게 보낼 수 있다. 우리 두 사람이 이야기를 시작하면 마이클은 처음부터 눈이 게슴츠레해졌지만, 나는 시어머니를 계속 다그쳤다.

"그게 오렌지 같았어요, 아니면 자몽 같았어요? 그걸 다 받았대요?"

"세상에 그렇다고 임금을 다 압류당한단 말이에요?"

"클라미디아 검사받을 생각을 어떻게 했을까요?"

우리는 비슷한 특성을 갖고 있었기 때문에 서로 감정이입을 느꼈다. 사실은 앞으로 내가 겪게 될 일을 시어머니는 먼저 다 경험한 것이다. 아들의 첫사랑이 되고, 그 사랑이 다른 사람한테로 흘러가는 것을 무력하게 지켜보아야 했던 것이다.

하지만 나는 시어머니에 대해 연민의 정을 갖지 않았다. 그 반대로 나는 시어머니와 그녀의 아들 사이에 끼어드는 것이 나의 의무라고 느꼈다. 시어머니가 잘못했기 때문에 나의 태도가 그랬던 것은 아니다. 그녀는 거만하지도 않고 위압적이지도 않았다. 그리고 아들을 왕자처럼 떠받들거나 주위를 빙빙 돌며 끊임없이 간섭하는 것도 아니었다. 시어머니는 조용하고 유쾌한 여성인 데다 친절하고 겸손하셨다. 우리의 첫 만남은 징조가 좋았다. 우리는 작은 호텔 스위트룸에서 주말을 같이 보냈다. 마이클이 나를 워싱턴 DC에 데리고 갔는데, 그때 시어머니는 그곳에 한달간 출장 와 계셨다. 마이클과 나는 스위트룸의 침대 겸용 소파에서 잤고, 시어머니가 묵은 방과는 화장지처럼 얇은 벽으로 나뉘어져 있었다. 당시 마이클과 나는 사귄 지 몇 달밖에 안 되었을 때라 히스테리 부리듯 섹스에 탐닉하고 있었다. 온몸이 애인의 숨결 하나하나에 맞춰 춤을 추고, 단 하룻밤도 그것을 서로에게 증명하지 않고 지낸다는 것은 상상도 할 수 없을 때였다.

시어머니는 과감하게 우리를 무시했다. 식사를 할 때도 우리는 식탁 맞은편에서 서로 껴안고 애무를 해댔는데 시어머니는 계속 두 눈을 메뉴판에만 고정시키셨다. 우리가 친구들을 만나고, 시내에서 산책할 때도 시어머니는 함께 다녔다. 아들이 자란 동네를 속속들이 다 보여주시기도 했다. 만약 지크가 내가 옛날 우리집 마당에 나무가 얼마나 많이 자랐는지 보여주는 동안 여자친구와 자동차 뒷좌석에 앉아 서로 껴안고 키스를 해대고 있었다면 나는 우리 시어머니처럼 가만히 있지 못할 것이다. 시어머니는 우리의 꼴사나운 행동을 너그럽게 봐주셨을 뿐만 아니라, 사실은 우리와 같이 다니는 걸 즐기셨던 것 같다.

남의 이야기하기를 좋아하시면서도 점잖고 내성적인 여성이셨고, 그런 점에 있어서 나와는 극과 극이었다. 시어머니는 말뿐만 아니라 행동도 아주 자제하셨다.

그 다음 시어머니 집에서 다시 만났을 때 시어머니는 한 손으로는 브로콜리 그릇을 상에 올리면서 다른 한 손을 내 어깨에 올려놓으셨다. 그 접촉의 순간을 보고 마이클은 기분이 얼마나 좋았던지 몇 시간이나 떠들어 댔다.

"엄마가 다른 여자친구를 그렇게 충동적으로 껴안아 준 적은 한 번도 없었어."

"껴안다니? 나를 언제 껴안으셨는데?" 나는 정말 황당해서 이렇게 물었다.

"식탁에서. 식탁에서 당신을 껴안아 주셨잖아."

"내게 살짝 부딪치신 것을 갖고 하는 말이야?"

시어머니는 요즘은 많이 부드러워지셨고, 오랜만에 만나면 나를 껴안고 볼에 뽀뽀를 한다. 그러나 감정이 넘쳐나게 행동하는 것은 결코 아니다. 내게 차가운 친절함처럼 느껴진 것이 시어머니에게는 따뜻함이었고, 우연히 팔로 마주치는 것이 시어머니에게는 특별한 감정을 표시하는 것이었다.

어쨌든 마이클과 나는 시어머니가 사는 집에서 자동차로 30분도 안 걸리는 곳으로 이사를 했는데, 그때 내가 왜 강한 경쟁심을 느꼈는지는 정말로 설명할 길이 없다. 나는 시어머니를 질투했다. 시어머니가 사는 근처로 이사 오자는 것은 내 생각이었다. 새로 얻은 직장에 다니기에 그쪽으로 이사하는 게 좋았다. 하지만 지리적 가까움이 나를 불안하게 만들었다. 가까이 가지 않았더라면 찻잔 속의 폭풍처럼 눈에 띄지 않게 조금 끓어오르다 말았을지도 모를 질투였다. 아마도 이런 생각을 나 혼자 머릿속에서 지어냈을지 모른다는 두려움이 들었다. 시어머니는 결국 이 모든 일을 겪으신 분이었다. 나는 마이클의 두 번째 아내고, 길게 늘어선 여자친구들 줄의 제일 뒤쪽에 서 있는 여자였다. 그래서 시어머니는 아들의 마음에 자기는 영원히 두번째라고 자신의 운명을 받아들였을 것이다.

나는 처음부터 마이클에 대해 소유 본능을 느꼈고, 그래서 우리의 관계를 굶주린 욕정 같은 것으로 접근했다. 처음 만났을 때 마이클과 나는 서로의 과거에 대해 털어놓았다. 시시콜콜한 것까지 털어놓으며 같이 웃었고, 은밀한 농담까지 서로 나누었다. 나는 내 자신이 마이클의 과거에 파고들어가 할 수만 있다면 그것을 모두 먹어치워 버리고 싶었다. 그래야 그의 과거의 여자들보다 내가 우위에 있다고 주장할 수 있을 거라고 생각했다. 특히 이혼한 첫번째 아내를 포함해, 그의 여자들에 대해 그가 아는 것만큼 나도 알게 된다면 안심할 수 있을 것 같았다.

마이클은 또한 자기 어린시절에 대해서도 생각나는 대로 다 말해 주었다. 시어머니에 대한 질투심의 대부분은 마이클의 삶의 상당 부분이 전적으로 엄마에게 속해 있고, 오직 엄마의 기억 속에만 남아 있다는 사실에서 비롯된 것 같다. 그의 어머니는 태양이고, 소년 마이클의 자아는 그 주위를 맴도는 위성이었던 셈이다. 아무리 애를 쓰더라도 그 시간들은 그가 과거에 겪었던 다른 시간과 사랑들처럼 내가 소유하지는 못할 것이었다.

남편과 시어머니의 관계를 생각할 때, 제일 다행스럽게 생각해야 할 부분이 사실은 내가 제일 놀란 부분이다. 두 사람의 관계에는 우리 가족에게 익숙한 '질풍노도' 같은 게 없었다. 마이클의 가족은 같이 어울리는 것을 아주 좋아하면서도 서로 지나친 간섭은 하지 않았다. 말다툼이나 비현실적인 요구도 서로 하지 않고, 수화기를 꽝 하고 끊어 버릴 때도 없고, 열정과 분노를 파도처럼 퍼부어 대는 일도 없었다. 그들은 서로 편하게, 심지어 친절하게 지냈다. 나는 그런 것을 보고 당황스러웠다. 그건 내가 알지 못하는 모자지간의 모습이었다. 엄마에게 하루에 세 번 전화하는 나로서는 마이클과 시어머니가 서로 과도하게 얽혀들지 않으면서도 긴밀한 관계를 유지할 수 있다는 게 도무지 믿어지지 않았다.

마이클이 조용한 성격의 자기 엄마와 달리, 열정과 기분이 양극단을 오가는 여자를 사려 깊게 선택했다는 사실도 내게 위로가 되지 못했다. 이렇게 큰 차이가 나기 때문에 내가 남편의 마음에 가장 중요한 자리를 차지할 것이라는 자신감을 가질 것이라고 생각한다면 오산이다.

한 남자를 놓고 시어머니와 며느리 사이에 벌어지는 줄다리기는 오래 전부터 있었던 현상이고, 시트콤과 그리스 신화에 나오는 비극의 주제이기도 하다. 몇 십년 연령 차가 나는 두 여자가 한 남자의 관심을 받으려고 경쟁하지만, 정작 그 남자는 두 사람이 경쟁한다는 사실조차 모른다. 자기 삶에 들어온 남자들의 지위와 그 남자들이 자기에게 보여주는 관심을 가지고 자신의 존재 의미를 찾는 여자들끼리 경쟁관계가 되는 이유는 쉽게 짐작할 만하다. 그러나 시어머니와 나는 그런 유의 여자는 아니다. 두 사람 모두 독립적이고 자신의 일에 긍지를 갖고 있는 여자들이다. 하지만 관할권을 놓고 싸우는 버거운 상대가 없는 경우에도 나는 남자와 결혼하면 으레 그래야 하는 것처럼 전투적인 태도에 쉽게 빠져들었다.

내가 취한 행동은 민감한 것이었고, 당시에는 내가 무슨 일을 하는지조차 미처 깨닫지 못했다. 나는 시어머니와 남편 사이에 조심스러우면서도 단호하게 나 자신을 밀어넣었다. 시어머니에 대한 불만을 토로하기 시작했고, 첫번째 공격 대상은 너무 조용하시다는 것이었다. "그렇게 말이 없으시면 당신은 어떻게 견뎌?" 나는 마이클을 이렇게 다그쳤다. "당신은 돌아버릴 것 같지도 않아?" 남편과 같이 있을 때면 나는 그의 한쪽 손을 잡는 것으로 내가 시어머니보다 우위에 있다는 사실을 암시하려고 했다. 마이클과 나는 결혼식도 우리끼리 계획하고 비용을 댔으며, 초청 손님 명단도 가족과 친구로 한정했다. 그렇게 함으로써 시어머니를, 그리고 공평하게 한다고 친정 부모님까지도, 우리 결혼식에 초대된 손님 자격으로 만들어 버렸다.

시어머니 앞에서는 마이클과 나를 '우리'라고 불렀고, 그런 게 있는지 모르지만 가능하면 배타적인 시제를 썼다. "저희들은 저 영화 너무 재미있게 봤어요"라든지, 아니면 "저희들이 제일 좋아하는 식당이에요. 다음에는 어머니도 같이 모실게요"라고 하는 식이다. 이러한 방법으로 마이클과 나는 하나의 단위, 다시 말해 부부라는 것을 과시했다. 남이 함부로 넘볼 수 없는 신성한 부부.

시어머니와 마이클이 일주일에 한 번 만나서 점심을 같이 먹는 것도 나는 못마땅했다. 그런 생각을 한다는 게 창피스러운 일이라는 걸 알기 때문에 나도 그런 감정은 드러내지 않으려고 했다. 하지만 제대로 된 것 같지는 않았다. 남편과 함께 살기 시작하고 몇 달이 지나면서 남편이 시어머니와 점심을 같이하는 횟수가 점점 줄어들었기 때문이다. 나는 시어머니가 아들과 점심을 같이하는 기회가 없어졌다는 사실을 눈치채지 못했던지, 아니면 그런 일에 더 이상 관심이 없어졌다고 생각했다. 하지만 지금 생각해 보니 아마도 시어머니는 속마음을 드러내지 않으셨을 뿐이었던 것 같다.

시어머니는 나보다 훨씬 더 섬세한 스타일이다. 원래 말이 없으시다 보니 나와의 경쟁 관계를 절대로 입에 담지 않았을 것이고, 어쩌면 그런 감정을 아예 느끼지 않으셨을 가능성도 있다. 하지만 두 사람 사이에 경쟁심은 있었다. 두 사람 사이가 아주 좋았던 시절에도 그런 감정은 수면 아래 잠복해 있었다.

가족 드라마에 나오는 전형적인 남편들처럼 마이클은 모두가 행복할 수 있도록 만들기 위해 최선을 다했다. 하지만 내가 보기에 그의 감정을 가장 크게 지배한 것은 혼란스러움이었다. 어쨌든 그에게는 분명했다. 나는 그가 사랑하는 사람이고, 시어머니는 그의 엄마였다. 전혀 다른 두 개의 관계였다.

아마도 그는 내가 조용히 있어 주기를 바랐을 것이다.

그래서 이 긴장의 저류는 그대로 남아 있었고, 나는 시어머니가 우리와 시간을 같이 보내는 걸 못마땅해했다. 예를 들면 추수감사절도 시댁 식구들하고 보내지 말고, 산속에 있는 예쁜 로지에 가서 단 둘이서만 저녁을 먹자고 마이클을 졸랐다.

그러고 나서 아이들이 생겼고, 사정이 조금씩 달라지기 시작했다. 서서히 변했기 때문에 알아채는 데도 시간이 한참 걸렸다. 하지만 마이클의 아이 엄마가 되고 나자, 나는 긴장이 풀어지기 시작했다. 처음에는 그런 사실을 알아차리지도 못했다. 갑자기 우리, 다시 말해 아이들과 내가, 마이클의 삶에서 가장 중요한 단위라는 사실이 의심의 여지가 없이 자명해진 것이었다. 경쟁이 끝났다는 사실이 분명해지자 나는 훌륭한 승리자의 아량으로 시어머니를 내 마음속에 온전히 받아들일 수 있게 되었다. 시어머니와 나의 적대 관계는 아이들이 생기면서 그렇게 순순히 사라졌다. 내가 이겼고, 시어머니는 패배자가 되었다. 그제서야 나는 비로소 마음을 비우고 시어머니의 친구가 될 수 있었다.

몇 년 전에 나는 매년 가는 가족휴가에 시어머니를 함께 모시고 가려고 했다. 초대는 이기적인 발상에서 나온 것이었다. 아이 네 명을 데리고 가면 호텔 측에서는 방갈로 한 채에 한가족이 다 밀고 들어가는 것을 허용하지 않는다. 어른이 한 사람 더 없으면 마이클과 나는 휴가 동안 각방을 쓸 수밖에 없게 되는 것이다. 그래서 나는 시어머니를 영광스러운 유모로 모신 것이었다. 몇 시간도 채 안 돼 시어머니를 모신 게 정말 잘한 일이라는 게 드러났다.

아이 넷을 데리고 여행하는 것이 아주 즐거운 일이기는 하지만, 한편으로는 비참하고, 불안불안하고, 악다구니와 구토가 뒤범벅이 되는 아주 특별한 일이다. 이번에도 한 아이는 내 무릎에 앉아서 토했고, 또 한 아이는 기내 통로를 달려서 화장실로 갔고, 두 녀석은 날카로운 소리를 질러대며 자리에서 레슬링을 하는 도중에 그대로 발사했다. 그런 와중에서도 시어머니는 냉정을 잃지 않으셨다. 그녀는 항상 냉정하다. 표정이 험악해질 때는 있어도 절대로 자제력을 잃는 법은 없다. 신기한 것은 시어머니가 옆에 있으면 나도 그렇게 된다는 사실이었다.

나는 시어머니를 못마땅하게 생각하는 것을 그만두고, 그녀를 받아들이고, 마침내 고맙게 생각하게 되었다. 결혼 초에는 시어머니가 너무 말이 없어서 답답했는데, 이제는 침착하신 것으로 받아들였다. 내가 감정 기복이 심한 것에 대해 마이클은 매력적이라고 생각하지만, 아이들은 그것 때문에 피곤할 수 있다. 내 변덕스러움 때문에 기가 질릴 수도 있을 것이다. 변덕스러운 엄마의 딸이니 나도 그렇다는 것은 잘 안다. 시어머니는 감정의 기복이 없으시다. 변덕스러움과는 정반대다. 그녀는 내가 아는 사람들 중에 제일 믿을 수 있고 차분한 사람이다.

전에는 마이클이 자기 엄마와 함께 있는 것을 보면 내 시간을 빼앗긴 것 같은 기분이 들어 화가 났다. 하지만 이제는 아무렇지도 않다. 두 사람은 우리 큰딸을 데리고 같이 뮤지컬도 보러 간다. 나는 너무 지루해서 따라가지 않는다. 또 내가 출장으로 집을 비우면 마이클이 아이 넷을 다 데리고 시어머니 댁에 가서 저녁을 먹는다. 하지만 이제는 시어머니가 마이클과 보내는 시간보다는 나와 단둘이 보내는 시간이 더 많다. 우리는 쇼핑도 다니고, 영화도 보러 간다. 나는 시어머니와 같이 시간 보내는 것을 즐긴다. 함께 있으면 그녀는 친구도 되고 엄마도 된다. 마이클이 집을 비울 때는 우리 집에 와서 저녁을 함께 드시는데, 나는 시어머니가 우리 집에 와 계신다는 사실만으로 안심이 된다. 그녀는 함께 있는 것만으로도 우리 모두를 안심시켜 준다.

하와이로 휴가 간 그 2월에, 시어머니와 나는 나무 그늘 밑에 있는 안락의자에 나란히 앉아 있었다. 마이클은 큰 아이들을 데리고 물속에서 놀고 있었고, 어린 아이들은 우리 옆에서 모래놀이를 하고 있었다. 시어머니와 나는 소설 한 권씩을 다 읽고 나서 서로 바꿔서 읽는 중이었다. 남편하고는 그렇게 못한다. 남편은 읽는 속도가 아주 느리고 숙독을 하기 때문이다. 게다가 그는 대부분 1300페이지에 주석까지 달린 '셜록 홈스' 단편집을 읽든지, 아니면 그놈 출판사에서 나온 프랭크 오웬의 '도자기 마법사'Porcelain Magician 같은 책을 읽었다. 시어머니는 필립 로스나 로리 무어의 신간을 갖고 계실 확률이 높았다. 파도 밑으로 부드럽게 다이빙해 들어가는 마이클과 밑의 아이 둘이 할머니 발에 모래를 올려놓으며 장난질치고 있는 모습을 바라보던 기억이 난다. 햇빛이 담황색 머리칼을 한 아이들의 얼굴을 비추고 있었다. 그 순간 막내가 누나를 모래삽으로 때렸고 누나는 동생을 밀고 발로 차서 모래 위로 자빠뜨려 버렸다. 잠시 정적이 흘렀고 한순간 '잘했어' 하는 생각이 뇌리를 스쳤다. 그러고는 아수라장이 되었고, 눈물을 닦아 주고 달래느라 야단법석을 피워야 했다.

가까스로 사태를 수습하고 나서 보니 시어머니는 로지를 무릎에 앉히고 있고, 나는 어린 에이브를 안고 있었다. 아이는 내 품에 안겨 부드러운 볼살을 내 가슴에 비벼댔다. 아이한테서 자외선 방지 코코넛 로션과 아침에 먹인 딸기 향이 났고, 나는 그 아름다운 향기를 깊게 들이마셨다. 아이는 그때 첫돌이 채 지나지 않았고, 할 수 있는 말은 딱 두 마디였는데 그 중 하나가 "엄마"였다. 엄마라고 부르는 소리를 듣고 나는 애한테 뽀뽀를 하고는 내 입술을 딸기 향 나는 말랑말랑한 입술에 비비며, 햇빛을 받아 따뜻한 배를 간질여 주었다. 시어머니를 보았더니 복잡한 표정으로 내 시선에 답하셨다. 어린 손자가 하와이의 나무 그늘 아래 제 엄마 무릎에 누워서 흔들거리는 모습을 보고 기분이 좋으시다는 것을 알 수 있었다. 하지만 다른 생각 때문에 기분이 그렇게 좋지만은 않았을 것이다. 그것은 바로 내게 우위를 넘겨 주었다는 현실에 대한 생각이다. 내가 시어머니와 전쟁을 벌였듯이, 언젠가는 이 아이의 아내와 전투를 벌이게 될 것이란 생각이 들었다. 그때는 내가 패배자가 될 것이다.

8 학교 숙제

숙제의 대표적인 가이드라인은 10분 원칙이다.
초등학교 1학년 때부터 학년당 10분씩 늘려
2학년은 20분, 3학년은 30분만에 끝낼 수 있는
분량으로 숙제를 내주라는 것이다.

연 섬유재료로 이로쿼이족이 쓰는 요람판을 만들던 저
녁에 나는 미쳐 버리기 직전까지 갔다. 애들을 재울 시간
이 한 시간이나 지난 저녁 9시였다. 열한 살인 소피가 미국 원주민
역사 숙제에 시청각 자료 만드는 게 있다는 생각이 갑자기 났다는
것이었다.

"오케이, 내 손으로 만들 수 있어요"라고 소피는 말했다. "엄만
신경 안 쓰셔도 돼요."

솔직히 나도 아이들의 숙제가 정말 싫다. 책과 파일을 질질 끌며
학교와 집 사이를 오가야 했던 내 학창시절보다 지금이 더 싫다.
아이들이 부엌 식탁에 앉아서 책을 앞에다 펼쳐놓고, 학교 끝나고

오후에 먹는 간식 부스러기가 식탁에 흩어져 있는 그 시간은 확실히 하루 중 최악의 시간이다. 아이들 학교 선생님은 모두가 유쾌하고 지성미가 넘치는 사람들이지만, 평일 오후 3시 반에서 4시 반 사이에 우리 부엌문을 열고 들어온다면 나는 그들의 안전을 보장하지 못한다.

지크가 여덟 살이었을 때는 매일 저녁 꼬박 한 시간 동안 숙제를 했다. 지크는 궁금한 게 많고 창의력이 뛰어난 아이로 '개성이 강하다' 는 말을 많이 들었다. 가만히 놔두면 숙제로 내준 문제의 답에 모두 '로트와일러 개' 라고 쓰며 재미있어하는 아이였다. 수학 문제도 마찬가지였다. 아니 수학 문제가 특히 더 그랬다.

그래서 마이클이나 내가 옆에 붙어 앉아서, 이어폰을 끼고 괴상한 사운드 트랙을 반복해서 틀어대지 말고 문제 설명이나 제대로 읽으라고 다그쳐야 했다.

지크는 학교 가는 걸 힘들어했고, 일곱 시간의 힘든 일과를 마치고 나면 녹초가 되다시피 했다. 그러나 2교대 근무를 하는 노동자처럼 일은 계속되었다. 유아원을 절반쯤 다닐 때 우리는 애한테 이건 일년 하고 그만둘 일이 아니라, 적게 잡아도 앞으로 16년 반은 학교를 더 다녀야 한다는 말을 해줄 수밖에 없었다. 그 말을 듣고 아이의 얼굴에 나타난 표정은 삶에 대한 깊은 절망감이었다. 그날 저녁에 그는 앞으로 진정한 기쁨을 다시 맛보게 되는 것은 60년 후, 은퇴하고 난 다음이라는 계산을 해냈다. 반대로 그의 누나는 쾌활한 낙천가다. 여름방학 동안 읽어야 하는 책 목록을 5월 마지막 월요일인 메모리얼 데이 전에 다 읽어 치웠다. 열한 살 때 벌써 우리는 이 애가 앞으로 대학 졸업장 하나는 받아 줄 것이라고 확신했다. 하지만 그 애도 숙제는 싫어했다.

다른 초등학생 엄마들에게 애들 숙제 때문에 속썩이지 않느냐고 넌지시 물어봤더니 내 이메일 수신함은 금방 답장으로 넘쳐났다. 화가 나서 어쩔 줄 몰라 하는 내용이 있는가 하면, 걱정으로 가득 찬 내용도 있었다. "커뮤니티에 있는 사람들과 면담을 주선하고 나면 차에 태워 데리고 갔다가 데리고 와야 하지요. 사람들 만나서 이야기는 제대로 하는지 지켜봐야 하고, 오가는 이야기 내용을 메모도 하고, 사진 찍고, 출력하고, 아이들이 발표할 때 쓰는 메모 카드 만드는 것 도와주고, 아이들이 면담한 사람의 포스터 만드는 작업도 도와주어야 해요." 샌프란시스코 베이 에어리어에 사는 쌍둥이 엄마인 마르타씨는 이렇게 말했다.

메릴랜드주에 사는 여섯 살짜리 케이티 윌리엄스는 '무지개 단어찾기' 숙제를 한다고 'io'와 'ou'가 들어간 단어를 찾느라 며칠씩 신문을 뒤졌다. "그 숙제 때문에 훑은 단어가 몇 천 개나 되는지 아세요?" 아이 엄마는 이렇게 하소연했다. 그렇게 해서 찾아낸 단어는 각각의 무지개 색 펜을 모두 사용해서 같은 단어를 몇 번씩 되풀이해서 써야 했다. 세상에. 무지개 단어쓰기라고?

또 한 엄마는 아이들의 선생님이 매주 내주는 수학시험에 대해 이야기했다. "4분 안에 60문제를 맞게 풀어야 합니다. 부모들은 스톱워치를 들고 시험감독을 해야 하고요. 우리 아이들은 다 제각각인데 이것 한 가지만은 같아요. 둘 다 이 미친 시험에서 틀릴까 봐 겁이 나서 눈물을 질질 짠다는 점입니다. 생각해 보세요. 이 아이들은 이제 겨우 일곱 살이에요."

제일 마음에 드는 아이는 칼리 윌리엄스라는 사람의 조카였다. 소석고燒石膏를 가지고 미국 50개주 중에서 하나를 골라 입체 지도를 만들어 오라는 숙제에 아이는 대평원에 있는 네브래스카주를 택했다. 평평한 직사각형 지도를 만들었는데 아이의 고모는 "쓸데없는 숙제에 딱 알맞은 정도의 노력만 쏟는 어린이를 보면 너무 기특해요"라고 했다.

산더미 같은 숙제에 파묻혀 노예처럼 지내느라 정신이 몽롱해질 정도가 되지 않는다면 그 시간을 어떻게 보낼까? 어떤 아이들은 텔레비전 앞에 붙어 있든지, 아니면 게임 보이 놀이 하느라 양손 엄지손가락을 열심히 놀려댈지도 모른다. 하지만 우리 집을 포함해 대부분의 집 애들은 그렇지 않을 것이다. 그 시간에 우리는 주중에 시간이 없어서 못한 일들을 할 것이다. 예를 들면 자전거를 타러 가든지 농구공을 가지고 놀 것이다. 어쩌면 우리 아이들은 아무것도 하지 않고 따분하게 시간을 보낼지도 모른다. 지루한 게 어떤 것인지 기억 나세요? 아이들은 지루함을 느낄 때 상상력이 발동되고, 재미있는 놀이거리를 만들어 낸다는 것을 아시나요?

듀크대 '프로그램 인 에듀케이션'Program in Education 소장을 지냈고 '숙제와의 전쟁:관리자, 교사, 학부모를 위한 공통 기반'The Battle over Homework:Common Ground for Administrators, Teachers, and Parents의 저자인 해리스 M 쿠퍼 교수는 내게 이렇게 말했다. 중상위 계층 출신으로 성적이 최하위권인 아이들을 제외하고 대부분의 학생들에게 숙제에 대한 부담은 지난 50년 동안 변하지 않았다는 것이다. 쿠퍼 교수는 중상위 계층 아이들 중에서 성적이 좋은 아이들을 교육시키는 사람들은 높은 성적을 유지해야 하는 부담감 때문에 숙제를 많이 내준다고 했다.

'숙제 도사'라는 별명이 붙은 쿠퍼 교수로부터 이 밖에 또 배운 것은 숙제를 많이 하는 것과 주제를 잘 이해하고, 시험을 잘 보는 것과는 아무런 상관관계가 없다는 사실이다. 왜 그럴까? 여기에는 여러 가지 이유가 있다. 첫째, 어린아이들은 주의력이 지속되는 시간이 너무 짧기 때문이다. 그렇기 때문에 외부의 자극을 물리치고 숙제에 집중하지 못한다. 둘째, 어린아이들은 어려운 문제와 쉬운 문제를 구별하는 능력이 없다. 그렇기 때문에 15분 동안 어려운 문제를 갖고 씨름하고 나면 정작 단어 쓰기 같은 쉬운 숙제를 할 시간이 없다. 마지막으로 어린아이들은 자기가 왜 틀리는지 모른다. 그렇기 때문에 아무리 해도 어떤 것이 정답인지 배우지 못한다. 적어도 중학생이나 고등학생은 되어야 숙제와 학교 공부의 관계가 뚜렷해진다.

그렇다면 도대체 왜 초등학교 3학년짜리인 지크와 내가 매일 오후 공놀이나 하고 놀 시간에 숫자의 교환법칙과 결합법칙을 푼다고 머리를 싸매야 하는가?

쿠퍼 교수는 지크가 숙제를 통해 얻는 것은 단순한 성적 향상 이상의 것이라고 했다. 가장 분명한 것은 아들과 함께 노예처럼 숙제와 씨름함으로써 아이에게 학교가 얼마나 중요한 것인지를 가르쳐 주게 된다는 것이었다. 쿠퍼 교수는 또한 숙제를 하면서 어린아이들은 교실에서뿐만 아니라 주위의 모든 환경으로부터 배울 게 있다는 사실을 깨우치게 된다고 했다. 예를 들어 아이들이 슈퍼마켓에 따라가서 물건값 계산을 거들어도 수학에 대해 배운다. 문제는 우리 아이들이 받은 숙제 가운데는 아이들에게 즐거움과 재미를 느끼게 해주는 숙제가 하나도 없다는 것이다. 우리 아이들은 쿠퍼 교수가 제일 좋아한다는 읽기 숙제는 한번도 받아 본 적이 없다.

어린아이에게 숙제를 내주는 마지막, 그리고 어쩌면 제일 중요한 이유는 나중에 상급 학교에 가서 잘할 수 있도록 공부하는 습관을 기르고, 시간 관리 능력을 기르도록 해주는 것이라고 쿠퍼 교수는 말했다. 중학교 다닐 때까지 이 능력을 가르쳐 주지 않으면 아이들은 공부가 뒤처지게 될 것이라고 했다. 일리가 있는 말이라고 생각한다. 나중에 삼각법과 물리학의 노예가 되어서 오후를 보내게 된다고 해도 우리 아이들은 놀라지 않을 것이다. 고등학생이 되면 우리 아이들은 한가한 오후가 어떤 것인지 기억조차 못 할 것이다.

쿠퍼 교수가 말한 숙제가 필요한 세 가지 이유는 숙제를 쉽고 짧게 내는 것을 원칙으로 하고, 숙제의 양과 난이도는 서서히 늘려간다는 사실을 전제로 하고 있다고 했다. 교육 전문가들이 꼽는 숙제의 대표적인 가이드라인은 10분 원칙이다. 초등학교 1학년 때부터 학년당 10분씩 늘려 2학년은 20분, 3학년은 30분만에 끝낼 수 있는 분량으로 숙제를 내주라는 것이다. 그럼 유치원생은요? 쿠퍼 교수는 신중한 사람이라서 이 질문에 곧바로 면박을 주는 대신 이렇게 말했다 "그 나이 때는 스스로 뭘 할 것이라는 기대는 많이 안 하는 게 좋아요."

그럼 '종합적인 능력'을 필요로 하는 장기 숙제 프로젝트는 어떤가요? '종합적인 능력'이라는 말은 아이들 반에 드나들면서 숱하게 들었다. 이런 과제를 저학년 학생들에게 내주면 학생들이 배우게 되는 것은 "숙제가 너무 어려우면 엄마가 해준다는 교훈입니다"라고 쿠퍼 교수는 말했다. "저학년 때는 복잡한 프로젝트는 과제로 내지 않는 게 좋습니다. 만약 내는 경우에는 부모가 확실히 도움을 줄 수 있는 경우에 국한시켜야 합니다."

말도 안 되는 소리. 내가 도울 수 있는 능력이라고는 숙제를 계속 뒤로 미루고, 신경질내는 것뿐이다. 우리 집에서 기대할 것이라고는 그것밖에 없다.

학부모님들, 마음을 굳게 먹고 숙제의 도사가 하는 말을 아이들의 선생님들께 가지고 가세요. 나는 그렇게 했다. 지크가 3학년일 때 그의 담임 선생님에게 이메일로 애가 하는 숙제가 너무 많다고 했더니 그 여선생님은 내 말에 동의하며 숙제하는 시간이 하루 저녁에 30분을 넘지 않도록 하라고 했다. 숙제를 얼마만큼 했는지에 관계 없이 시간만 되면 그만두고 그 밑에다 밑줄을 그어 놓으라는 것이었다.

새로운 규칙을 도입한 첫날 지크는 축구 연습을 하고 나서 나와 같이 부엌 식탁에서 숙제할 준비를 했다. 낱말 쓰기 한 장, 수학문제 풀기 두 장, 필기체 쓰기 연습 한 장이었다. 수학 문제는 어렵지 않게 마쳤다. 나는 손을 식탁 밑에 숨긴 채 아이가 쓴 게 맞는지 손가락으로 셈을 하고 있었다. 필기체 쓰기 숙제를 할 때는 'u'자와 'w'자를 줄에 맞춰 쓰면서 연필을 얼마나 꼭 쥐었던지 손가락 끝부분이 하얗게 변해 있었고, 입 한쪽 가로 혓바닥이 쏙 삐져나와 있었다. 그 다음은 낱말 쓰기였다. 거의 페이지 끝까지 왔고, 아이는 틀린 낱말에 표시를 하고 올바른 철자를 써넣을 태세를 취했다. 그때 시계를 보았더니 벌써 40분이나 지나 있었다.

"이제 됐어, 친구." 나는 이렇게 말했다. "아주 잘했어." 그러고는 그곳에다 밑줄을 좍 그어 버렸다.

9 따돌림 당하는 아이

운동하는 아이들, 멋 내는 아이들,
머리 좋은 아이들 할 것 없이 모두 다 나를 싫어했다.
그들은 나에 대해서 이야기는 해도 나와 이야기하지는 않았다.
심지어 나를 쳐다보지도 않았다.

몇년 전, 학교 끝나고 집으로 돌아온 소피와 지크가 체육 시간에 배운 새로운 게임 때문에 엄청 들떠 있었다. 그 전에는 우리 아이들이 체육 때문에 들뜬 것을 한번도 본 적이 없었다(원래 운동에는 소질이 없게 타고난 아이들이다). 그런데 이번에는 전과 달리 학교에서 한 경기를 분석하고, 높게 받은 점수를 계산해보느라 여념이 없었다. 무슨 말을 하는지 궁금했지만 도무지 알아들을 수가 없었다. 내가 단체운동이라고 해본 것이라고는 딱 한번 6학년 봄학기 때 브루크웰 클리너스 소프트볼 팀에 들어간 것뿐이다. 달려드는 모기에 얼굴을 쏘이지 않으려고 한 손을 머리 위로 얼마나 휘저었던지 어깨가 아팠다는 것, 그리고 타석에 들어섰다

하면 스트라이크 아웃을 당해 팀메이트들이 우 하고 놀리던 소리, 그리고 우리 팀이 이길 가능성이 조금이라도 있으면 무조건 벤치로 들어가 앉아도 좋다는 허락을 받았고, 그때 느꼈던 환희 같은 것 외에는 그 시즌에 대해 별다른 기억이 없다.

그러나 우리 아이들이 법석을 떤 게임은 소프트볼이 아니었다. 또 애들이 내게 설명해 준 적이 있지만 도저히 알아들을 수 없었던 포스퀘어 게임도 아니었다. 도대체 무슨 이야기냐고 물었다.

"피구!" 7살 먹은 지크가 신이 나서 소리쳤다. "정말로 재미있어."

피구? 우리 애들이 피구를 한다고? 학교마당에서 벌어지는 그 잔인하고, 사납고, 폭력적인 게임을? 2004년 벤 스틸러가 나온 영화에 그렇게 무자비하게 풍자되었던 게임을? 더 중요한 것은 그게 바로 뉴저지 교외에서 보낸 내 어린시절의 악몽을 그대로 대변하는 게임이라는 점이었다. 작은 키에 창백한 얼굴의 유대인 소녀였던 내가 몇 년씩 테니스 레슨을 받고, 컨트리클럽 수영팀에서 놀아 햇볕에 그을린 늘씬한 몸매의 금발 애들 사이에서 그토록 시달렸던 놀이가 바로 피구였다. 피구라고? 내 눈에 흙이 들어가기 전에는 절대로 안 돼.

누구한테 따돌림당한 이야기가 식상한 주제라는 것은 나도 안다. 하지만 내가 하는 말은 사실이다. 평생 정말 소외당하고 억압당한 사람들의 이야기에 비하면 어린 시절 교외에 살 때 내가 당한 설움은 아무것도 아니란 것도 안다. 그럼에도 불구하고 마흔네 살이 된 지금까지도 조지 워싱턴 중학교 앞을 자동차를 끌고 지나가면

울컥 구토증이 치솟는다. 나의 품성은 어린 시절 일상처럼 따돌림이란 고문을 당했던 그 긴 타일 복도에서 형성되었음이 분명하다. 내 성격에 비틀리고 꼬인 것이 있다면 모두가 그 음울하고 외로웠던 시절 탓이다. 운동하는 아이들, 멋 내는 아이들, 머리 좋은 아이들 할 것 없이 모두 다 나를 싫어했다. 그들은 나에 대해서 이야기는 해도 나와 이야기하지는 않았다. 심지어 나를 쳐다보지도 않았다. 수시로 걸어오는 장난 전화라도 없었으면 나는 그 애들이 나라는 존재를 아예 모른다고 생각했을 것이다.

체육시간은 그 아이들이 나에 대한 혐오감을 드러내놓고 나타낼 수 있는 시간이었다. 무슨 이유에선지 체육시간에는 운동신경이 둔한 아이들을 웃음거리로 만드는 게 용납이 되었다. 체육시간에는 제일 힘세고, 잘생긴 아이들이 주장이 되고, 우리 같은 얼간이들은 아무도 거들떠보지 않아 제일 꼴찌로 밀려났다. 부모들로부터 배운 가정교육 따위는 아무런 쓸모도 없었다. 그 밤색 폴리에스테르 체육복을 입는 순간 그런 것은 온데간데없어져 버렸다.

그리고 피구. 맙소사 피구가 있었지. 우리 아이들이 작전을 짜고, 빨간색 공을 집중적으로 던져 어떤 아이를 제일 쉽게 잡을 수 있을지에 대해 따져 보고 있을 때 (일반적인 운동신경, 몸의 중심이 위와 아래 어느 쪽에 있는지, 공을 보고 겁을 먹는지 여부 따위를 고려한다) 나는 조지 워싱턴 중학교의 아스팔트 운동장에서 보낸 끔찍한 날들의 기억 속으로 빠져들었다. 키 큰 금발머리 여자애와 눈이 마주치는 순간 온몸을 부들부들 떨었던 기억이 났다. 그 여자애는 중 2학년인데도 이미 성숙할 대로 성숙했다. 그 애는 웃으면서 강한 팔

로 공을 잡고 뒤로 한번 젖힌 다음 획 던졌다. 공이 공중으로 날아
오르기도 전에 나는 벌써 바닥에 드러누워 버렸고, 두 손으로 머리
를 감싸 쥐고는 벌벌 떨며 울음을 터뜨렸다. 공에 얻어맞기도 전이
었다.

"너희 체육 선생님께 이를 거야." 나는 이렇게 말했다.

아이들은 입을 딱 벌린 채 나를 쳐다보았다.

"엄마, 무슨 말이에요?" 소피가 물었다.

"피구는 안 돼. 그건 너무 잔인해."

"아니야, 잔인하지 않아요." 아들이 소리쳤다.

"아니야, 잔인해. 그건 너무 못된 놀이야. 약한 여자애만 골라
골탕을 먹이는 거야. 공을 잘 못 잡고, 잘 피하지 못하고, 빨리 도
망치지 못하는 아이만 골라서 골탕 먹이는 거야."

아이들은 서로 쳐다보다가 나를 쳐다보다가 했다. 이 놀이의 잔
인한 면을 아직 이해하지 못한 게 분명했다.

"엄마, 엄마, 제발. 선생님한테 전화하지 마요, 제발." 딸이 이렇
게 말했다.

하지만 이미 늦었다. 나는 관련 자료들을 모으기 시작했다. 전국
스포츠체육교육협회NASPE에서 피구에 대한 입장을 밝힌 게 있는데,
그들 역시 나 못지않게 피구를 싫어했다. 의견서에 따르면 피구는
초중고교 교과 체육시간에 적합한 활동이 아니라고 했다. 이런 설
명이었다. 약한 어린이를 목표물로 정해 제거해 나가는 게임은 아
이들의 자신감을 키우는 데 도움이 되지 않는다. 일부 신체적 능력
을 키우는 데 도움이 될 수 있을지는 모르나, 굳이 사람의 몸을 목

표물로 하지 않더라도 다른 방법이 얼마든지 있을 수 있다. 더구나 피구를 좋아하는 아이들은 공에 맞지 않고, 쫓겨나지도 않고, 집중 공격을 당하지도 않는 아이들이다. 어떻게 된 영문인지는 모르나 우리 애들이 바로 그런 아이들이다.

나는 전국스포츠체육교육협회의 의견서 내용을 머릿속에 정리하면서 아이들의 체육 선생님에게 할 말을 준비했다. '다른 아이들에게 상처를 입히면서 이기는 법을 애들에게 가르치는 것은 적절치 않다고 생각합니다.' 그리고 나서 나는 전화를 했다. 당시 우리 애들이 다니던 학교에서는 커뮤니티 봉사활동이 정식 교육과정에 들어 있었다. 따라서 애들에게 피구를 시킨다는 건 말이 되지 않다. 이 학교에서는 대화를 통한 문제 해결을 얼마나 중요하게 여기는지 동네 악동들이 4학년 아이들에게 계란을 던진 일이 일어나자 교장 선생님이 그 아이들을 불러 앉혀 놓고 중재 모임을 가졌을 정도다. 이 학교는 어린이들의 따돌림 현상에 대해 아주 훌륭한 책 '따돌림 없는 교실'You Can't Say You Can't Play을 쓴 비비안 거신 팰리의 이론을 충실히 따랐다. 내가 아이들을 이 학교에 넣은 이유는 한마디로 조지 워싱턴 중학교와는 정반대라는 이유에서였다. 체육 선생님과 교장 선생님이 곧바로 응답 전화를 해왔다. 나는 우리 아이들은 피구를 굉장히 좋아하며, 어떤 아이들이 피구를 좋아하지 않는지는 모른다는 점을 미리 설명한 다음, 피구는 학교에서 시키지 말아야 한다는 입장을 이야기했다. 내 말을 듣고 두 사람은 조금도 놀라지 않았다.

나는 교장 선생님에게 피구가 우리 아이들의 신체와 정신을 발달시키는 데 얼마나 해로운지에 대해 진지하게 설명했다. 수십 개의 공이 비처럼 쏟아져 내리는 가운데 그걸 막으려고 두 손으로 머리를 감싸쥐어야 했던 열한 살짜리의 경험도 추가했을지 모른다. 하지만 그런 말을 하면서 내가 정작 하려고 했던 것은 내 어린시절의 망령들을 몰아내려는 것임을 깨달았다. 아이들의 학교에서 이처럼 문제를 일으키는 이유는 순전히 내가 30년 전에 겪은 비참함 때문이고, 그 비참함의 중심에 피구가 자리잡고 있기 때문이었다. 내 정신을 짓뭉개려고 달려드는 모든 세력들이 벌거벗은 채로 피구에 모여 있었던 것이다.

내가 부모로서 갖고 있는 환상 가운데는 내 아이가 다른 애들한테서 따돌림을 당하면 언제든지 나서서 대신 싸워 주는 게 들어 있다. 우리 부모님은 내가 어렸을 때 그렇게 해주시지 못했다. 나는 그런 어린 여자애의 엄마가 될 각오가 단단히 되어 있다. 어떻게 하면 적절하게 애를 위로해 주고, 남자애들이 "어이, 절벽!"하고 놀리면 어떻게 대꾸해 주어야 하는지, 또 우리 딸을 욕하는 글들을 올려놓은 웹사이트를 보면 어떻게 해야 하는지 다 안다. 우리 엄마는 내 뜻을 받아 주고, 나를 사랑했지만 내가 힘든 일을 당하면 그저 당황해서 어쩔 줄 몰라 할 뿐이었다. 엄마는 툭하면 "나는 어릴 때 친구가 많았는데!" 이런 말만 했다. 이제 내가 엄마 노릇을 할 때가 왔다. 어쩌면 내가 과잉 보상을 바라는 것인지도 모르겠다. 나는 아이들에게 어렸을 때 다른 아이들이 같은 점심 테이블에 앉지 못하게 해서 도서관 한쪽 구석에서 책을 보면서 급히 먹어치워야 했다는 이야기를 수시로 해주었다.

한 가지 문제가 남았다. 우리 아이들은 나와 닮은 데가 전혀 없을 뿐만 아니라, 내가 왜 그런 문제에 지나치게 집착하는지 전혀 이해하지 못한다는 것이다. 그들은 나의 어린 시절을 사는 게 아니라 자기들의 어린 시절을 사는 것이다. 그 애들도 문제는 많이 겪겠지만, 그게 어떤 문제이든간에 내가 겪은 문제와는 다르다. 물론 애들도 내가 예전에 겪은 일들을 이야기해 주면 안됐다는 표정을 짓기는 하지만, 내 처지를 진정으로 이해하지는 못한다. 소피는 너무도 자신만만하고, 교실 안에서는 물론 친구들 사이에서 확고한 자신의 위치를 지키고 있다. 항상 인기가 좋고, 잼버리에 가면 여왕벌 노릇을 한다. 지크는 누나처럼 사회성이 뛰어나진 않지만 그렇다고 나처럼 어색하게 굴지도 않는다.

그리고 지크는 피구를 아주 좋아한다.

피구 논쟁이 한창 진행되었을 때쯤 나는 슬그머니 발을 뺐다. 일부러 그런 것이다. 내가 이 놀이의 교육적인 가치를 어떻게 생각하든, 그리고 피구는 금지시켜야 한다는 내 생각이 아무리 옳다는 확신을 갖고 있더라도, 우리 아이들은 피구 때문에 행복하다. 아이들은 체육시간을 좋아했다. 내가 이야기를 나누어 본 다른 학부모들도 자기 아이들이 행복해한다고 했다. 그들의 아이들도 체육시간을 좋아했다. 제 엄마가 자라면서 겪은 정신적 외상을 아이들 체육 선생님 욕하는 것으로 해결하려 드는 것을 우리 애들은 별로 달가워하지 않았다.

부모로서 여러분이 할 일이 그동안 상상해 왔던 부모 노릇, 늘 꿈에 그려왔던 부모 노릇과 다르다는 사실을 깨닫게 되는 때가 있다. 여러분이 할 일은 아이들의 성격과 특성을 잘 고려해서 그 애들이 필요로 하는 부모가 되어 주는 것이다. 부모가 기억하는 자신의 어린 시절과 어린 시절의 감정적 유산을 지금 자라는 아이들의 어린 시절과 분리시키는 것은 어려운 일이다. 운이 좋으면 여러분의 아이들이 그 일에 도움이 되어 줄 것이다. 아이들은 엄마를 보고 난처한 표정을 지으며 코치를 괴롭히지 말고, 생일파티에 자기를 초대하지 않은 남자 아이의 엄마를 제발 괴롭히지 말라고 애원할 것이다. 여러분은 애들을 보호해 주려고 그렇게 한다고 말하겠지만, 실제로 더 무서운 것은 여러분이 겪은 어린 시절이라는 눈사태로 아이들을 덮치는 것이다. 쏟아지는 피구공처럼 여러분의 어린 시절을 뒤덮은 그 눈사태 말이다.

10 정조에 대하여

다른 기억을 가졌으면 하는 아쉬움은 있지만,
그 시절의 섹스 때문에 내가 형편없는 사람이 된 것은 아니다.
나는 상처를 입었지만 망가지지는 않았다.

열두 살짜리 여자애들은 두 종류가 있다. 섹시한 마녀, 그리고 시리얼 상자이다. 더 나이든 십대들도 핼러윈 때면 과자를 얻어먹으려고 집집마다 돌아다니기는 하지만 약간은 빈정대는 투로 캐주얼 복장으로 대충 입고 다닌다. 그렇게 함으로써 핼러윈을 하늘나라에 가까운 무슨 거룩한 날쯤으로 생각하는 어린아이들에게 진부한 우월감을 드러내는 것이다. 열두 살이나 열세 살은 핼러윈에 대해 순진한 기대를 갖는 마지막 시기이다. 무엇을 입을지 겨울에 생각했다가 이듬해 봄에 좀 더 구체적으로 다듬고, 가을이 되면 옷을 만들고 하는 시절의 마지막 해인 것이다.

중학생이 되면 어떤 여자애들은 초보자의 떨리는 손으로 검은색

아이라이너를 그리고, 엄마에게 졸라서 가짜 속눈썹을 얻어 달고
는 섹시한 마녀(혹은 섹시한 고양이, 섹시한 악마, 섹시한 뱀파이어) 복
장으로 동네를 돌아다닌다. 또 어떤 여자애들은 헐렁한 복장을 만
들어서 가능한 한 자기 몸을 숨기는데, 큰 포장용 종이 박스에 팔
다리를 내놓을 수 있는 구멍을 뚫어서 뒤집어쓰고 다니기도 한다.
이런 여자애들은 시리얼 상자나 잭 인 더 박스, 혹은 영화관의 팝
콘 박스로 꾸미고 다닌다.

소피가 4학년 때 나는 학교 운동장에 서서 핼러윈 퍼레이드를
구경했다. 중학교 1학년 아이들이 행진하며 지나가는데 섹시한 마
녀들과 시리얼 상자들이 떼지어서 갔다. 나는 옆에 서 있는 여자에
게 돌아서며 "어떤 게 당신 거예요?"라고 물었다. 그 엄마는 한숨
소리와 함께 엄청나게 섹시한 여승무원을 가리켰다. 끝이 뾰족하
고 높은 하이힐, 핼러윈 피를 곳곳에 뿌리고 (가슴이 V자로 깊이 파
인) 죽여 주는 유니폼을 입고 있었다. "쟤 언니보다는 그나마 나아
요"라고 하면서 그 엄마는 고갯짓으로 중학교 2학년 여자 아이 하
나를 가리켰다. 그 아이는 핫팬츠, 망사 스타킹과 뷔스티에 브래지
어에다 라스베이거스 쇼걸 같은 화장을 하고 5인치 굽의 하이힐을
신은 채 비틀거리며 걸어갔다.

나는 "우와"라고 탄성을 질렀다. 귀여운 귀, 꼬리, 악마의 뿔도
없어서 무엇을 나타내는 복장인지 알 수가 없어 이렇게 물었다.
"뭔가요?"

그 엄마는 또 한번 땅이 꺼지듯 한숨을 내쉬었다. "매춘부랍니
다."

"매춘부?" 나는 물었다 "매춘부요?"

"옙." 그 엄마는 이렇게 대답했다.

우리는 다시 줄지어 지나가는 아이들을 쳐다보았다. 이제는 저학년 아이들이 오두방정을 떨면서 아스팔트를 가로질러 건너가고 있었다. "우리 애도 중학생이 되면 어떻게 될지 모르겠군요." 나는 이렇게 말했다. "시리얼 박스가 될지, 매춘부가 될지."

"당신 딸은 어디 있어요?"라고 그 엄마가 물었다.

나는 다른 4학년 아이들과 함께 행진하는 소피를 가리켰다.

"어머나, 어머나." 그 엄마가 테두리 장식이 달린 검은색 미니 드레스에 번쩍이는 금속 머리띠, 무릎 쪽으로 말아내린 스타킹 차림의 우리집 계집애를 보고 말했다.

"당신 집 애도 매춘부 차림이네요."

소피는 이제 열네 살이다. 그러니 조만간 자기 이름을 책에다 쓰는 것은 말할 것도 없거니와, 공개된 장소에서 입에 담지도 말라는 요구를 공식적으로 해올 것이다. 하지만 아직은 자기에 대해 책에다 써도 좋다는 허락을 받아놓고 있기 때문에 그 애에 대해 소개하자면 이렇다. 그 애는 총명하고, 생각이 깊고, 재미있고, 지혜롭다. 이제 막 남자 아이들 생각을 하기 시작했는데, 지금까지 내린 결론은 대부분의 남자 아이들이 따분하든지 아니면 징그럽든지 둘 중 하나라는 것이다. 작년 핼러윈 때는 닐 게이먼의 '샌드맨의 죽음' 복장을 했다. 내가 보기에 매춘부는 아니고, 그렇다고 시리얼 박스라고 하기도 힘든 복장이었다.

소피는 영리할 뿐만 아니라(여름방학을 이용해 일본어를 배우는 아이다) 키도 크고, 예쁘고, 머리는 곱슬머리로 가득하며, 입술은 앤젤리나 졸리보다 관능적이고, 몸매는 육감적이면서 날씬하다. 다리는 제 아빠보다 더 길다. 남자 아이들은 허기지고 갈증날 때 잘 익은 핑크빛 복숭아를 쳐다보는 눈초리로 그 애를 바라본다.

나는 중학교 1학년 때 캉캉 댄서 복장으로 '트리커트리팅'을 하러 다녔다. 중학교 2학년 때는 무슨 차림을 했는지 기억이 안 나지만, 하이힐과 곡예사 의상을 입은 건 기억이 난다. 시리얼 박스는 아니었다. 나는 그 뒤 2년이 채 안 되어서 순결을 잃었다. 소피는 아직 성관계를 가질 태세는 아닌 게 분명하다. 하지만 섹스에 대해 알고는 있어서 한번은 내가 이 주제에 대해 슬쩍 말을 꺼내 보았더니 얼굴이 새빨갛게 붉어지면서 어이없다는 듯이 꽥꽥 구역질하는 소리를 질러 댔다. 앞서 말했듯이 소피는 이름에 걸맞게 지혜롭기 때문에 나와 같은 실수는 범하지 않을 것이라고 생각하지만 그래도 걱정이 안 될 수는 없다. 오 하느님, 정말 얼마나 걱정이 되는지 모르겠다. 여기에는 그만 한 이유가 있다.

내가 어렸을 적에 엄마는 툭하면 내게 자기를 따랐다는 몇십 명이나 되는 남자애들 이야기를 들려주었다. 모두들 엄마하고 린디홉 댄스를 추고 싶어서 에그 크림을 사주고, 도서관의 엄마 옆자리에 책을 갖다 놓고 자리를 잡기 위해 줄을 섰다는 것이다. 대학 때 남자 친구와 애인들의 명단은 길고 다양했다. 아프리카 귀족에서부터 퀘이커교도 과학자들까지 모든 부류의 사내들이 다 망라되어 있었다. "정말 인기 좋았지." 엄마는 자신의 십대 시절 이야기를 꺼내면 으레 이렇게 시작했다. "남자 친구가 수도 없었단다." 하지만 나는 엄마의 말에 담긴 행간을 읽을 수 있었다. 1950년대 말에서 1960년대 초 사이에는 여자 아이들이 많은 남자 친구를 거느린 것은 아니었다. 그저 남자들과 '어울리기 쉬운' 정도였고, 남자 꼬시기가 다소 쉬웠을 뿐이었다.

내게 망조가 든 것은 중학교 2학년 때 밤샘 파티와 진실 게임을 딱 한번 한 것 때문이었다. 내게 던져진 질문은 간단했다. "너는 언제 순결을 잃을 것이니?"라는 질문이었다.

요즘 같으면 열여섯이나 열여덟이라고 하면 적당한 대답이 될지 모르겠다. 아니면 처녀성을 중시하는 캠퍼스 클럽이 워낙 많은지라 "결혼하면"이라는 대답을 할 수도 있을 것이다. 그러나 당시에는 그런 질문에 뭐라고 답해야 하는지 아무리 바보라도 알고 있었다. 우리는 모두 고등학교에 올라가면 진지한 남자친구를 사귄다는 계획을 갖고 있었고, 고등학교를 무대로 한 주디 블룸의 소설 '포에버…' Forever…의 여주인공처럼 졸업선물로 자신의 처녀막을 선물할 생각이었다. 책의 야한 부분을 얼마나 닳도록 봤던지 금방 찾아 펼 수 있을 정도가 되었다. 하지만 나는 우리 엄마의 딸이었다. 나는 여성의 성이 수천년간 억압과 압제의 수단으로 이용되어 왔다는 것을 알고 있었다. 나는 피임약이 왜 중요한지 정확히 알고 있었고, 왜 엄마 같은 여자들이 '로 대對 웨이드' 같은 사건에 목을 매는지도 알고 있었다. 엄마는 내게 자유로운 여자들은 자신의 성의 주인이 되어야 한다고 가르치셨다. 우리 엄마를 보라! 각양각색의 남자친구 목록을 보면 엄마는 시대를 앞서 간 사람이었다.

"언제 섹스를 할지는 몰라." 나는 지하 놀이방에 침낭을 깔고 누워서 낄낄대는 여자 아이들에게 이렇게 대답했다. "준비가 되면 언제든지 할 거야. 열네 살이 될 수도 있고, 스물네 살이 될 수도 있겠지."

며칠 뒤 장난전화가 걸려오기 시작해서야 내가 어떤 실수를 저지른 것인지 알게 되었다. 그날 함께 있던 여자애 하나가 내가 열네 살 생일이 되기 전에 섹스를 하고 싶다는 말을 했다고 거짓소문을 퍼뜨린 것 같았다. 그 애가 자기 친구 두 명에게 그런 말을 했고, 그 친구들이 자기 친구들 두 명에게 말했고, 그런 식으로 퍼져나가 결국에는 파베르제 샴푸를 사용하는 사람의 수만큼 많은 사람이 섹스에 대한 나의 호기심에 대해 알게 된 것이다. 그때까지만 해도 나는 병 돌리기 게임 때 남자 아이와 입술을 부딪친 적밖에 없었다. 그런데 아무리 장난이었다고는 하나 나는 한순간에 우리 반 '걸레'로 딱지가 붙고 말았다.

오랜 시간 동안 당치도 않은 헛소문의 구름에 덮여 있다 보니 나는 기회가 오자 나의 행실을 기꺼이 그 별명에 일치시켜 버렸다. 고등학교 2학년 때 나는 이스라엘에 교환학생으로 갔다. 부모님들은 나를 키부츠에 일 년만 보내면 조다시 청바지와 초록색 아이섀도의 유혹을 이겨내고, 가수 브루스 스프링스틴에게 미치는 것을 미리 차단할 수 있을 것이라고 기대했던 것이다. 그건 효과가 있었다. 나는 뉴저지 쇼핑몰을 싸돌아다니는 품행 나쁜 여자애가 되는 건 면했다. 하지만 키부츠에서 전혀 다른 종류의 위험에 빠져들었는데 바로 군복 입은 젊은 남자들이었다.

아이로니컬하게도 나는 정말로 조지 워싱턴 중학생들을 그토록 떨게 만들었던 바로 그 나이에 정확히 첫 성관계를 가졌다. 스물두 살 난 이스라엘 군인과 잘 때 내 나이 겨우 열네 살이었다. 이제 어른이 되어 돌이켜보니 그 남자는 십대 여학생들을 찾아다니는 혐오스럽고 불쾌한 섹스 약탈자였다. 그가 정복한 어린 여학생은 내가 첫번째도 아니고 마지막도 아니었다. 몇 년 뒤에 나는 안드레아 도킨과 캐서린 매키넌의 책을 통해 여권주의에 빠져 있었는데, 책에서는 여자와 남자의 모든 성적인 접촉, 특히 열네 살짜리 어린 처녀와 그보다 여덟 살 더 많은 남자 사이의 성관계를 심하게 비난했다. 그때부터 나는 그날 밤에 있었던 일을 데이트 성폭행이라고 부르기 시작했다. 포르노 반대 십자군 운동에 한참 열정을 쏟은 다음부터는 그런 표현 대신 간단하게 "나는 그날 밤 어떤 개자식에게 순결을 잃었다"고 말한다.

나는 그날 밤에 있었던 행위에 적극적인 자세로 가담하지는 않았다. 무서웠고 아팠으며, 일을 치르는 도중에 벌써 후회했다. 하지만 그럼에도 불구하고 내 입으로 싫다는 말을 하지 않은 것도 사실이다. 같은 해에 대여섯 명의 다른 군인하고도 성관계를 가졌는데 그때도 싫다는 말은 하지 않았다. 그 젊은 남자 가운데 한 명은 몇 달을 사귀었고, 내 남자친구라고 불러도 무방할 정도의 사이였다. 하지만 다른 남자들은 하룻밤만 같이 즐긴 것이고, 그러고 나서는 어느 한쪽이 먼저 외면했다. 같이 잔 일을 생각하면 그저 수치스럽다는 감정뿐이었다. 그리고 그 남자들은 모두 다 나보다 나이가 훨씬 많았다.

뉴저지로 돌아갈 때는 '걸레'가 어떤 것인지 확실히 알았고, 그 일을 능숙하게 해낼 줄 알게 되었다. 고등학교 마지막 2년 동안 나는 남학생들하고 그 애들의 자동차에서, 파티장의 어두컴컴한 방 안에 벗어놓은 코트 더미 위에서, 학교 극장의 뒷줄 좌석에서 섹스를 했다. 남학생 기숙사로 몰래 들어갔고, 내 방으로도 남학생을 몰래 데리고 들어왔다. 기회를 놓친 적은 단 한번도 없었고, 일을 끝내고 기분이 좋았던 적도 한번도 없었다. 그 반대로 내 자신이 추하고 이용 당한 기분을 느꼈다. 이용하고 이용 당하고 했던 것이다. 그리고 내 평판이 싫었다. 섹스가 싫었다.

나는 자신이 왜 학교 걸레라는 옷을 그처럼 쉽게 걸치게 되었는지 그 이유를 알아내려고 몇 년을 곰곰이 생각해 보았다. 내 생각에는 내 주위에 있던 사람들의 저급한 기대를 충족시켜 주려는 잘못된 욕구에서 비롯된 경우가 많았던 것 같다. 거역할 수 없는 호르몬의 명령 때문에 그렇게 된 경우들도 있었다. 초등학교 6학년 핼러윈 때 섹시한 도로시 복장을 하도록 만든 것도 마찬가지였다는 생각이 들었다. 단순한 불안정과 깊은 관계가 있을 가능성도 매우 높다. 나는 다른 사람들이 나를 좋아하는 것을 필사적으로 원했던 것이다. 남자애들의 애정이 내 몸을 더듬는 그 몇 분을 지나서 계속된다는 보장이 전혀 없다는 것을 뻔히 알면서도 나는 그들이 내게 관심을 기울여 주는 게 너무 감사해서 도저히 거절할 수가 없었던 것이다.

비난받아야 할 사람은 또 있다. 그리고 솔직히 말해, 누가 자기의 잘못에 대한 책임을 다른 사람에게 떠넘기는 것을 마다할 수 있을까? 오랫동안 고통을 당해온 엄마를 화나게 하는 위험을 무룹쓰고서라도 나는 엄마도 이 일에 책임이 있다고 할 참이다. 만약 엄마에게 회오리바람 같은 틴에이저 시절의 연애 이야기를 듣지 않더라면, 엄마가 자신의 섹스 전력을 멋진 신화처럼 이야기하지 않더라도, 내가 엄마의 흉내를 내려고 덤벼들지는 않았을 것이다.

대부분의 아이들과 마찬가지로 내 경우에도 대학이 굉장한 구원으로 다가왔다. 고등학교를 한 달만 더 다녔더라도 아마 나는 검은 트렌치 코트와 AK 47 소총을 샀을 것이다. 하지만 나는 집을 떠나고서도 여러분이 상상하는 것과 달리 순결한 새 삶에 대한 기회를 잡지 않았다. 오히려 그 반대로, 전처럼 많은 성관계를 가졌다. 어쩌면 더 많이 했다. 그러나 웨슬리언 칼리지에서는 걸레라는 굴욕적인 명성을 덮어쓰지는 않았다. 우리는 섹스 혁명 전선에서 자유롭고, 느긋하고, 자랑스러운 전사가 되었다. 나는 룸메이트들과 잤고 밴드메이트들과도 잤다(하지만 동시에 잔 적은 한번도 없다). 사교 클럽의 남학생들, 마약을 하는 남학생들과 잤고, 교환 학생, 대학원생들과도 섹스를 했다.

스무 살이 되자 같이 잔 남자들의 수가 두 자리 숫자를 훌쩍 넘었다. 그때 첫번째 심각한 남자친구인 엘런을 만났고, 그 때문에 나의 섹스 활약은 6년간 슬럼프에 돌입했다. 그 기간 중 대부분 그 하고만 섹스를 했고, 그것으로 견딜 만했다. 그와 헤어지자마자 나는 곧바로 섹스의 풀로 다시 뛰어들었다.

1992년 5월 9일에 마이클을 만나면서 십수년에 걸친 나의 걸레 클럽 회원 생활은 끝이 났다. 남편을 만나기 전의 내 섹스 전력은 문제될 게 없다. 그리고 걸레로서의 내 과거는 내가 스스로 자초한 것이다. 엄마를 비난한 것과 똑같이 나도 같은 죄를 범한 것이다. 그리고 두 딸의 엄마가 되었고, 그 중 한 명은 이제 이스라엘 군인을 만났던 그해 여름의 나와 같은 나이에 가까워지고 있다. 그런데 내가 지금 무슨 생각을 하고 있나? 그 아이들이 기어이 자기 엄마와 외할머니의 문란한 발자국을 따라가도록 만들겠다는 것인가? 그 아이들도 우리처럼 도중에 세는 것을 포기하고 "축구팀보다는 많고, 악단보다는 적다"라고 말할 운명으로 만들려는가?

두 살 난 소피가 핼러윈 때 공룡 복장을 하고 이 문에서 저 문으로 아장아장 걸어다니던 것이 바로 어제 일처럼 생생하게 기억나는데, 우리 섹시한 마녀가 벌써 십대가 됐다. 딸애의 몸을 보면 아직 자기 손으로 운전할 실력이 안 되는 엄청나게 빠른 최신형 자동차 같다는 생각이 든다. 소피는 엔진을 회전시키고 방을 가로질러 스텝을 밟으며, 제니퍼 로페즈의 공연 모습을 과장되게 흉내낸다. 그러면 젊은 남자들은 그 애를 빤히 쳐다본다. 나이가 더 든 남자애들의 시선은 좀 더 은근하다. 그들은 그 자동차를 어떻게 운전하는지 안다. 열네 살이었을 때 나는 남자친구가 자신있게 으스대며 나를 다루어 주기를 바랐다. 자기가 무슨 짓을 하는지 아는 사람을 원했던 것이다. 왜냐하면 나는 그때 그냥 아는 체 흉내만 냈기 때문이다. 나는 우리 딸이 나와는 정반대로 해주기를 바란다. 나는 그 애 남자친구가 여드름 난 얼굴에다 그 애와 동갑내기이고, 얼굴이 빨개지고 좀 바보스럽게 구는 아이였으면 좋겠다. 아무것도 모르는 딸애처럼 십대 여자애를 어떻게 다루어야 할지 전혀 모르는 그런 남자애를 만났으면 좋겠다. 내가 이렇게 원하는 것은 딸의 순결을 보호해 주고 싶어서가 아니다. 딸애도 언젠가는 섹스를 하게 될 것이다. 서투르고 엉망인 섹스일 테지만, 콘돔이나 제대로 갖추고 한다면 그나마 다행이겠지.

　나는 그렇게 못했지만 내 딸은 꼭 그렇게 했으면 하고 바라는 게 있다. 딸은 정말 '영원한…' 첫 경험을 서로 사랑하는 남자애와 했으면 좋겠다. 하자 말자를 놓고 둘이 서로 티격태격하고, 준비도 철저히 한 다음에 했으면 좋겠다. 나도 촛불과 장미꽃, 그리고 콘돔까지 준비했더라면 얼마나 좋았을까 하는 생각을 해본다. 나의 첫 경험은 11분 정도 걸렸는데, 끝나자마자 나는 방에서 뛰쳐나갔다. 침대 시트에 피를 얼마나 묻혔는지도 모른다. 이제 뒤늦게나마 정신을 차리고 되돌아보니 그때 나처럼 순진한 상대와 서툰 첫 경험을 나누었더라면 훨씬 더 좋았을 텐데 하는 아쉬움이 남는다. 그랬더라면 좀 더 신중하게 처신했을 것이고, 정말로 준비가 안 된 일을 무모하게 해치우려고 덤벼들지는 않았을 텐데 하는 아쉬움이다. 그랬더라면 나의 행동거지를 그 좋지 않은 평판처럼 하지 않았을지도 모른다. 우리가 이야기를 털어놓는 이유 가운데 하나는 의미가 없는 것처럼 보이는 일들에서 의미를 찾고, 가치 없는 일에서 가치를 찾기 위한 것이다. 나의 첫 경험이 조금이라도 의미가 있었더라면 그것에 대한 이야기를 하고 싶다는 생각은 절대로 들지 않았을지도 모르겠다.

　십대들의 섹스 방정식에 대한 사회적인 낙인 같은 것은 이제 사라졌다. 만약에 나의 섹스 경험을 대수롭지 않게 생각하고, 농담의 소재로나 하고 싶은 욕구를 억지로 억누르고, 딸들에게 나도 그때 참고 기다렸으면 좋았을 텐데 하는 말을 한다고 치자. 그러면 우리 딸들은 혼란스러움 반 연민의 정 반으로 나를 쳐다보며 이렇게 말할 것이다. 섹스 한다고 엄마를 마을에서 쫓아낸대요?

그러나 사실은 모를 일이다. 실제로 바뀐 것은 거의 없다. 우리 딸이 다니는 중학교는 아주 진보적인 분위기여서 중학교 2학년 남학생이 자기는 양성 섹스를 좋아한다는 말을 아무 거리낌 없이 고백할 수 있는 학교다. 그렇게 해도 폭행을 당하는 일이 없고, 솔직히 말해 애들은 놀라지도 않는다. 그럼에도 불구하고 혐오스러운 용어를 쓰는 건 예전과 달라진 게 없다. 그것을 '너무 많이 하는' 여자애는 걸레다. 그러면 남자애는? 남자애를 가리키는 단어는 없기도 하고, 있다고 해도 애들이 겁내지도 않을 것이다. '개' '바람둥이'라는 표현이 있지만 그건 칭찬이지 욕이라고 생각하지도 않는다.

십대들의 행동에 대해 어른들이 보인 히스테리 반응이 쓸데없는 기우로 드러난 게 한두 번이었던가? 나는 오늘날의 걸레들이 느끼는 기분이 과거의 나보다 더 나을 것이라고 생각하지 않는다. 당시 나는 겁에 질리고 죽고 싶은 심정으로 엄마에게 편지를 보내 제발 이스라엘로 와서 나를 도와달라고 애원했다. 그 이스라엘 군인과 첫 경험을 한 다음 임신한 게 틀림없다고 생각했기 때문이었다.

우리 딸들이 이 바위투성이의 여울을 무사히 건너도록 내가 어떻게 도와 주어야 할지 도무지 모르겠다. 내가 가지고 있는 기본적인 모성의 원칙을 믿을 수밖에 없다. 다시 말해 확신이 서지 않을 때는 진실을 말하라는 것이다. 나도 거짓말을 하고 싶은 마음은 굴뚝 같다.("아니야. 애야, 엄마는 대마초를 한번도 피운 적이 없단다." "나는 우리 엄마한테 너처럼 말한 적이 없어." "엄마는 네 아빠와 결혼할 때 숫처녀였어.") 하지만 거짓말이 우리가 바라는 대로 결과가 나타나는 경우는 없다. 아이들은 진실인지 아닌지 기막히게 집어내는 기술을 갖고 있다. 더구나 아이들로부터 신뢰를 한번 잃으면 다시 얻기는 매우 어렵다. 그리고 지금 우리는 에이즈, C형 간염과 매독이 수시로 유행병처럼 번지는 시대에 살고 있다. 섹스 문제와 관련해 아이들로부터 신뢰를 잃게 되면 그 대가가 너무 크다.

그래서 나는 딸들에게 나의 섹스 경험에 대해 가볍게 말하지도, 극화해서 말하지도 않고 정직하게 사실 그대로를 말해 주려고 한다. 난잡한 섹스가 매력적이고 멋있는 것처럼 말해 아이들을 망칠까 봐 겁이 난다. 하지만 한편으로 아이들로 하여금 내가 하는 충고를 듣지 않도록 만드는 제일 좋은 방법은 아이들에게 그런 행동이 초래하는 피해를 과장해서 말하는 것임도 나는 안다.

공중위생국 장관이 약물 사용 문제를 쉬쉬하지 않고 적극적으로 다루기 위해 만든 마약폭력추방교육DARE 프로그램에서도 그렇게 한다. 약물은 하기만 하면 목숨을 잃는다는 말을 듣는 아이들은(혹은 섹스를 하기만 하면 임신이 되고, 화농과 염증이 생긴다) 마리화나 중독자인 자기 사촌이 죽기는커녕 예일대를 우등으로 졸업했다는 것을 알 나이가 되면 부모가 하는 경고는 모조리 외면해 버릴 것이다. 마을 사람들이 "늑대다"라고 외치는 소년의 말을 믿지 않는 것과 마찬가지다. 아이들은 여러분이 하는 마리화나 임신에 대한 말을 듣지 않을 것이고, 헤로인과 메스암페타민에 대한 경고를 무시하고, 친구의 꽃다운 열여섯 번째 생일파티에서 만난 스물다섯 살짜리 남자와 콘돔 없이 성관계를 가질 것이다.

나는 우리 딸들이 섹스에 대해 좋은 느낌을 갖게 되기를 바란다. 그 애들이 섹스를 좋지 않은 것으로 생각하는 걸 나는 원하지 않는다. 소피가 어느 날 갑자기 순결 서약 금반지를 끼고 나타나 앞으로 남편 될 사람을 위해 "순결을 지키겠다"고 선언하는 것을 나는 절대로 용납하지 못할 것이다. 나는 에리카 종과 메릴린 프렌치의 작품을 계속 읽으며 자랐고, 16년 전이나 지금이나 똑같이 나를 흥분시키는 남편과 결혼했다는 사실을 기억해 주기 바란다. 과거 전력에도 불구하고 나는 섹스를 아주 좋아하고, 내 딸들도 그러기를 바란다. 솔직히 말해, 고교 때 걸레라고 불린 것은 기분이 나빴고, 일찍이 만난 남자들과의 섹스는 대부분 공허했지만, 그래도 그런 전력이 나를 망치지는 않았다. 다른 기억을 가졌으면 하는 아쉬움은 있지만, 그 시절의 섹스 때문에 내가 형편없는 사람이 된 것은 아니다. 나는 상처를 입었지만 망가지지는 않았다.

나는 딸애들과(남자애들과도) 섹스에 대해 이야기를 나눔으로써 섹스의 의미를 제대로 알려주려고 한다. 나는 아이들에게 섹스가 얼마나 중요한 것인지, 또한 얼마나 중요하지 않은 것인지를 이해시켜 주고 싶다. 섹스는 삶의 한 부분이고, 어른이 되면서 누리는 한 가지 즐거움이다. 하지만 섹스를 하느냐 하지 않느냐가 우리의 존재를 규정하도록 해서는 안 된다. 그리고 나중에 실수를 하고, 후회를 하게 되면, 제 엄마가 썼던 방식으로 의미를 찾았으면 좋겠다. 이야기를 털어놓고, 대화를 나누는 것이다.

이것은 외줄타기와 같은 육아의 중요한 한 면이다. 어느 쪽으로든 한 발만 잘못 디디면 그물 위로 떨어져 출렁이게 된다. 감사하게도 아직 소피는 섹시한 마녀처럼 보이지만 본인은 시리얼 상자라고 생각하고 있다. 남자 아이들을 보는 눈도 아직 호기심이 최고조로 어린 그 이상 선을 넘어가지는 않았다. 같은 반 여자 아이들과 달리 소피는 아직 한번도 같은 반 남자 애들과 '데이트를 나간' 적이 없고, 연극 '어톤먼트'에서 주인공 역을 맡은 녀석에게 매력적인 구석이 있다는 점을 인정하는 정도다.

하지만 나는 소피와 그 여동생에 대해 이미 마음의 준비가 되어 있다. 아들 녀석들한테도 마찬가지다. 얼마 전에 콘돔마니아에 우리 부부가 쓸 콘돔을 주문했는데 박스가 도착해서 열어 보니 50개들이 캔디색 콘돔 한 통이 선물로 들어 있었다. 막대기 없는 막대사탕이 가득 들어 있는 것 같아 보였다. 나는 그 봉지를 내다버리려고 하다가 (아무리 내가 짠순이고, 엄청나게 얇고 예쁜 그 일본제 콘돔이 아무리 값비싼 것이라 하더라도 데이글로같이 반짝거리는 그런 물건을 내 은밀한 부위에 들어오게 할 생각은 추호도 없었다) 멈추었다. 몇 분 생각하다가 나는 그 봉지를 아이들의 욕실 맨 위 선반의 거의 눈에 띄지 않는 곳에 올려놓았다. 그렇다고 아주 보이지 않는 것은 아니었다.

몇 달 뒤 욕실에서 누가 바닥에 미끄러져 목이라도 부러진 것 같은 비명소리가 들렸다. 뛰어들어가 봤더니 지크가 그 콘돔봉지를 들고 서 있고, 누나는 옆에 서서 놀란 표정으로 두 손으로 자기 입을 막고 서 있었다.

"이게 그거예요?" 지크가 물었다.

"글쎄다. 넌 그게 콘돔이라고 생각하니?"

"이게 왜 우리 욕실에 있어요?"

"언젠가 필요하게 되면 쓰라고." 나는 이렇게 대답했다. "이게 대단히 신비스러운 물건이라는 생각은 하지 말았으면 좋겠구나. 아주 먼 훗날이 되겠지만 너희들도 언젠가는 섹스를 하게 될 것이고, 그러면 보호장비가 필요할 것이다. 봐라." 나는 막대사탕 봉지를 들고 말했다. "자 이제 엄마가 봉지를 뜯었다. 하나 꺼내 가도 아무도 몰라." (유효기간이 언제인지 봤어야 하는데. 우유통에 쓰인 것처럼 유효기간 같은 게 적혀 있을까?)

"세상에, 엄마." 소피는 이렇게 말하며 등을 돌려 욕실에서 성큼성큼 걸어나가 버렸다. "정말 징그러워." 내 눈에는 그 애가 시리얼 상자에서 걸어나가는 모습이 보였다. 앞으로 그 애가 시리얼 상자에 들어 있을 날도 얼마 남지 않았다.

11 낙태:내가 죽인 아들

남편에게 용서를 구하고,
우리 아기에게 용서를 구했다.
완전하지 않은 아이를 받아들이지 못한
못난 엄마를 용서해 달라고 빌었다.

셋째 아이를 임신한 지 4개월째 되었을 때 우리는 하와이로 휴가 떠날 준비를 하고 있었다. 나는 기저귀 수영복, 선크림, 겨드랑이에 끼우는 튜브를 여행 가방에 채워 넣었다. 한눈에 임신 비만임을 알아볼 수 있도록 만든 임신부용 수영복도 샀다. 구조공학을 응용해 만든 정말 대단한 수영복이었다. 신문 배달을 중지시키고, 이메일에 휴가 통보를 설정하고, 강아지는 봐주는 집에다 맡겼다. 애들한테는 새 장난감을 잔뜩 사다 안겼다. 비행기 안에서 피플 매거진을 실컷 읽든지, 아니면 나의 저급한 문학적 취양을 감추려고 산 하퍼스 매거진이라도 읽을 시간을 만들기 위해서였다. 이제 할 일은 한 가지만 남았다.

여행 가기 전 주에 처음으로 양수검사를 해보았다. 앞의 두 아이는 태아에게서 유전적인 이상이 발견될 위험성이 높아진다는 '마법의 나이'에 도달하기 전에 낳았다. 소피는 스물아홉에 낳았는데, 그때 벌써 내 산과기록에는 '고령 임신부'라고 자주색 스탬프가 찍혀 있었지만 아직 난자의 질을 걱정할 정도는 아니었다. 2년 뒤 지크를 가졌을 때도 나는 여전히 안전지대 안에 있었다. 이번에는 임신 3개월이 되었을 때 서른다섯 번째 생일이 지났다. 검사를 안 하고 그냥 지나가도 되었겠지만, 나는 언제나 비관론자이고 최악의 경우를 생각하는 사람이다. 나는 최악의 상황에 미리 대비하는 것이 더 달콤한 결과를 가져다 준다며 변명을 내세웠지만 그건 사실이 아니었다. 무서운 일이 어둠 속에 숨어서 무방비 상태로 있는 나를 언제 덮칠지 모른다는 두려움 때문이었다.

그래서 산과의사가 양수검사를 권하자 나는 얼른 동의했다. 검사받을 때의 기억은 지금도 생생하다. 엄청나게 큰 주삿바늘이 내 배를 깊게 찌르고 들어왔기 때문이 아니라 초음파 화면 때문이었다. 통증 때문에 내가 펄쩍 뛰기라도 하면 그 바람에 의사가 양수 주머니 대신 태아를 찌르기라도 할까 봐 걱정이 되어서 몸의 근육 하나하나에 어찌나 세게 힘을 주었던지 더 아팠다. 제일 먼저 본 것은 태아의 발이었는데, 두 개의 발판에 뚜렷한 진주 발가락 열 개가 달려 있었다. 그 어리고, 연약한 아기의 발을 보자 눈물이 났다. 의사가 인쇄해 준 초음파 사진을 가지고 와서 2주 동안 냉장고 문에 붙여두었다. 지금은 파일에 옮겨 보관하고 있는데 끔찍한 기록을 모아놓은 가장 비극적인 파일이다.

"보세요." 조금 있다 의사가 말했다. "보이시지요? 아들입니다!" 오이디푸스 콤플렉스의 광신적인 신도인 내가 소망했던 것이 이루어진 것이다.

"안녕, 꼬마 로켓선!" 나는 이렇게 속삭였다. 우리는 그때까지 몇 주 동안 아기를 '로켓선' 이라는 태명으로 불렀다. 태아의 성별이 가려지기를 기다리는 동안 지크가 생각해낸 이름이었다.

병원에서 집으로 온 다음 아이들에게 꼬마 로켓선의 발을 보여 주며, 앞으로 몇 달만 더 있으면 새 남동생이 태어날 것이라고 말해 주었다.

하와이로 떠나기 전날 오후에 나는 혹시 양수검사 결과가 일찍 나왔는지 알아보기 위해 병원에 전화를 걸었다. "홀가분한 기분으로 비행기 타고 태평양 위를 날아가면 좋을 것 같아서요"라고 말했다.

전화기 저쪽에서 잠시 침묵이 흘렀다. 그러더니 "지금 앉아 계신가요?"라고 묻는 것이었다.

내 기억으로는 그 말을 듣고 천장까지 붕 떠서 밑에서 벌어지는 장면을 내려다본 것 같았다. 나 자신은 기절해서 바닥에 누워 있었다. 비명을 질러대는데 목이 쉬어 있고, 어찌나 큰소리로 질러대는지 창문이 산산이 부서질 것 같았다. 남편이 내 옆에 무릎을 꿇고 앉아서 꽉 움켜쥐고 있는 내 손에서 수화기를 빼냈다. 남편은 울고 있었다. 이런 장면들을 나는 천장 위에 떠서 다 내려다보고 있었다.

나는 이런 생각을 했다. "정말 무시무시하고 충격적인 고통을 경험하면 소리를 지르며 바닥에 쓰러지는구나. 기억해 두어야지." 직업이 작가라서 어쩔 수 없는 모양이다. 자기가 보고 느낀 것을 글로 표현하기 위해 정확하게 관찰하는 것이 본업이라서 그런 모양이다. 작가라서 멀리 떨어져서 자신의 가슴이 찢어지는 장면을 지켜보고 있었던 것이다.

우리는 하와이에 가지 않았다. 대신 사흘 동안 무엇을 어떻게 해야 할지 생각하며 보냈다.

로켓선은 '삼염색체증' trisomy이라고 부르는 유전적 결함을 갖고 있었다. 두 개만 있어야 할 염색체가 세 개 있는 것이었다. 21번 염색체의 다운증후군이 삼염색체증의 가장 흔한 질환이라고 했다. 로켓선은 더 드문 경우에 해당되었는데, 당시로서는 연구된 것도 거의 없었다. 우리는 곧바로 인터넷에서 병에 대한 정보를 찾아보기 시작했고, 유전자 전문 상담사와 만나기로 약속하고 사무실에 찾아갔을 때는 우리가 그 상담사보다 아는 게 더 많았다. 유전적인 결함에 대해 본격적인 연구가 하나 있었지만 이런 증세를 보인 태아들이 태어난 다음 조사한 것이어서 도움이 안 되었다. 그 연구를 보면 로켓선은 두드러진 유전적 결함 없이 태어날 확률이 컸고 근육긴장저하, 중추신경계 구조적 이상 및 발작, 안면기형, 발달장애와 발달지연을 겪을 확률이 약간 있었다. 그러나 우리 아기가 어느 쪽에 해당될지는 알 방법이 없었다.

상담사는 "주사위 굴리는 것과 마찬가지입니다"라고 했다. 운에 맡길 수밖에 없다는 것이었다.

바로 여기에 장애물이 있었다. 그때까지 지나치게 운이 좋았던 우리의 삶에서 겪게 된 그 최악의 비극적 사건이 가져다 준 여러 고통 중의 하나가 바로 그것이었다. 물론 나는 운이 좋을 것이라는 생각은 해본 적이 없다. 양수검사를 받은 가장 큰 이유도 서른다섯 살인 내가 유전적 결함이 있는 아기를 낳을 확률은 365대 1밖에 안 되지만, 끔찍한 결과가 나타날 가능성도 있다는 사실을 심각하게 받아들였기 때문이다. 나는 이미 최고로 끔찍한 복권에 당첨된 사람이다. 그런데 어떻게 또다시 주사위를 굴린단 말인가? 몇 달 뒤에 한 친구가 이런 말을 했다. "그런 경험을 한 번 하고 나면 다시는 건강한 아이를 낳을 확률이 50대 50을 넘지 않아 보인단다. 임신검사 때 두 줄짜리 핑크색 라인을 보면 '아홉 달 지나면 아기를 낳겠지'라고 생각하다가도 돌아서면 금방 '아니야 안 그럴 수도 있어'라는 생각이 들어. '아기가 건강하겠지. 아니야, 그렇지 않을 수도 있어.' 이런 식으로 모든 게 자신이 없어져."

로켓선의 이상 증상에 대해서 인터넷에 나온 정보들을 뒤지면서 나는 눈에 띄는 기형이 없는 신생아와 정상적인 지능을 갖고 태어난 아이들에 대한 것은 그냥 건너뛰고 신장암과 요도암, 정신지체 발병 소질을 타고나는 아이들에 관련된 정보들을 자세히 살펴봤다. '긴머리증'(길고 좁은 두상)과 '척추후만증'(꼽추) 같은 단어들이 눈에 들어왔다. 내가 견딜 수 있는 게 어떤 것인지 머릿속으로 계산해 보았다. 신체적 기형? 그건 괜찮아. 그게 무슨 상관이야? 나도 키가 5피트밖에 안 되는데. 물론 세상에는 자기 자식이 5피트 이상 자라지 못할 운명을 타고난다면 놀라 자빠질 부모들도 분명히 있기는 할 것이다. 하지만 발달지연이라면? 생각만 해도 뼛속까지 으스스한 기분이 들었다. 정신지체는? 그건 도저히 견딜 자신이 없었다.

나와 달리 마이클은 항상 운이 좋은 쪽으로 생각한다. 그는 영원한 낙천주의자다. 물 잔에 물이 반밖에 없는 게 아니라, 반이나 남았다는 식이다. 나는 인터넷의 행복 설문 테스트를 받아보면 겨우 30점밖에 못 얻는다. 하지만 남편이 그걸 해보면 99점은 받을 것이다. 내가 남편 대신 테스트를 해보았더니 그렇게 나왔다. 물론 그거야 내가 생각하는 남편의 정신상태를 반영한 것이지만, 남편의 실제 생각도 내가 생각한 것과 다르지 않을 것이라고 나는 확신한다. 우리 로켓선이 유전적인 조건의 영향을 받지 않을 가능성에 대해 듣고 마이클은 안도의 한숨을 내쉬며 이렇게 말했다. "그럼 걱정할 것 없네."

그렇게 반대되는 반응을 보인 두 사람이 어떻게 해서 어떤 조치를 취할지에 대한 합의에 이를 수 있었을까?

마이클과 나는 소피와 지크에게 매달렸다. 소파에 앉아 있는데 아이들이 우리 무릎에 걸쳐 드러누워 있었다. 로켓선이 안에서 발로 차는 게 느껴졌고, 그의 완벽한 작은 발가락이 배를 찔러 댔다. 그동안 그를 안전하게 잘 지켜준 배였다. 나는 손가락 아래 만져지는 지크의 비단처럼 매끄러운 피부와 소피의 머리카락에서 나는 향에 온 의식을 집중했다. 강아지처럼 달콤하면서 매캐한 냄새가 났다. 나는 몸을 남편한테 기대고, 아이들을 꽉 안아 주면서 그건 하면 안 된다고 필사적으로 자신을 말리고 있었다. 하지만 결국 그렇게 하고 말 것이라는 걸 스스로는 분명하게 알고 있었다.

이후 며칠 동안 나는 조사를 계속했다. 유전적 임신 중절을 고려하는 사람들을 도와주는 전문의를 찾았고, 그녀는 길고 고통스러운 한 시간 동안 우리가 결정을 내릴 수 있도록 도와주었다. 그리고 랍비를 찾아가서 정신적인 상담과 정서적인 상담을 받았다. 친구들, 엄마, 시어머니와도 이야기를 나누었다. 우리 애와 같은 증상을 갖고 태어난 남자아이의 아버지와 이메일로 연락도 주고받았다. 지금은 완벽하게 정상적이고, 영리하고, 활달하게 자라는 아이였다. 또 시누이가 우리와 같은 진단을 받은 사람을 안다고 해서 이스라엘에 사는 그 사람에게 전화를 걸었다. 그 여자는 의사의 말에 따라 중절 수술을 했다고 했다. 이렇게 여기저기 물어 본 결과 비정상아로 태어날 확률이 좀 더 높은 것 같았다.

'가슴 아픈 선택' A Heartbreaking Choice이라는 이름의 인터넷 서포트 모임이 있다는 것을 알아냈다. 모임을 만든 사람들은 정말 두고두고 잊지 못할 만큼 친절하게 내게 도움과 위로를 주었다. 그들은 내가 이 세상에서 자기 아이의 생명을 끊으려고 생각하는 첫 번째 엄마가 아니라는 확실하고도 현실적인 위안을 주었다.

결국 사흘째 되던 날 새벽, 그날도 뜬눈으로 밤을 꼬박 새운 끝에 나는 수화기를 들고 뉴욕시 전화번호 안내를 찾았다. 우리 아이의 증상과 관련해 본격적인 연구 보고서를 냈다는 그 의사들이 뉴욕시에 살지 모르고, 그러면 전화번호 안내에 나와 있을 것이라는 생각이 들었기 때문이다.

기적처럼 그 중의 한 명을 찾아냈다. 내 전화를 받을 때 그 여자는 아침을 먹는 중이었다. 믿기지 않을 정도로 친절한 이 여자는 모르는 사람이 자기 프라이버시를 침범하는데도 전화를 끊지 않았다. 내가 눈물을 참느라 볼멘 목소리로 도대체 어떻게 하는 게 좋으냐고 묻는데도 그녀는 크게 놀라지도 않고, 화를 내지도 않았다. 그 의사는 친절하기는 했지만 발표된 것 외에 다른 정보는 없다고 잘라 말했다. 이후 연구를 더 계속하지 않았기 때문에 내가 궁금해하는 문제에 대해 의학적인 실마리를 줄 수가 없다는 것이었다. 그렇게 말하면서 그녀는 하지만 같은 부모로서 말해 줄 수는 있다고 했다. 정신지체가 있는 아들이 있는데 지금 십대라고 했다. "그 아이는 내 삶의 빛이에요." 그 여자는 이렇게 말했다. "나는 그 애를 너무도 사랑합니다."

그 말을 들으면서 나는 내가 과연 이 여자처럼 자신을 버리는 엄마, 다시 말해 '좋은 엄마'가 될 수 있을까 하는 생각이 들었다.

"하지만 그때로 되돌아갈 수 있다면 말이에요." 그 여자는 이렇게 덧붙였다.

"나는 임신중절을 할 겁니다."

수화기를 손에 들고 있는데 숨이 목에 턱 걸렸던 기억이 지금도 생생하다. 아직 해가 뜨기 전이었고 뿌연 새벽 기운이 희미하게 부엌으로 스며들고 있었다. 그녀의 목소리가 들렸고 나는 울음을 터뜨렸다. 그녀의 친절함에, 그리고 그토록 잔인한 솔직함에 감사했다. 답이 무엇인지 알게 된 것이었다.

하지만 내가 임신상태를 끝내야 한다는 확신을 갖게 된 것과 마찬가지로 마이클은 그러면 안 된다고 확신하고 있었다. 우리는 그 다음날 하루 종일 이 문제를 가지고 이야기했다. 하지만 두 사람 모두 단 한번도 화를 내지는 않았다. 항상 서로 두 손을 꼭 잡고, 울면서 서로에게 미안하다고 말했다. 그리고 마침내 낙관적인 남편이 이렇게 말했다. "이제 더 이상 다른 선택의 여지는 없는 것 같네. 당신이 원하는 대로 임신중절을 한다고 칩시다. 그런데 나중에 우리 로켓선이 건강한 아이로 태어날 수 있었다는 사실이 밝혀지더라도, 그래서 당신 생각이 틀렸다는 것이 밝혀지더라도 나는 괜찮아. 앞으로 무슨 일이 있더라도 나는 당신을 사랑해. 그러나 만약에 내가 원하는 대로 했다가, 아이한테 이상이 있는 것으로 드러나게 되면 그건 너무도 큰 실책이 될 거야. 그 결과는 오래 지속되고, 우리에게뿐만 아니라 소피와 지크한테도 영향을 미치게 될 거야. 나의 실수가 그 애들에게 평생 동생을 돌봐야 하는 짐을 지우게 되는 거겠지. 그 부담 때문에 우리 두 사람의 관계까지 위험에 처해질 수도 있어."

그 순간만큼 남편이 사랑스러워 보인 적은 없었다. 그는 나를 위해 자신과 자신의 행복을 포기한 것이다. 내가 로켓선을 낳아서 키울 자신이 없는데도 그는 나를 사랑하겠다고 했다. 그는 자기가 생각하기에는 납득할 수 없고, 끔찍한 결정인데도 내 뜻을 따르기로 했다. 남편이 내게 보내 준 사랑은 너무도 너그럽고, 용서로 가득 찬 사랑이었다.

자동차로 한 시간 거리에 그 수술을 하는 병원이 한 곳 있었다. 또 내가 다니는 부인과에도 수술을 해주겠다는 의사가 있었는데, 휴가 중이었다. 그리고 별로 대단한 이야기도 아닌 우리의 사연에 등장한 한 명의 영웅이 있었다. 그 의사는 아기들이 세상에 태어나는 일을 도우며 평생을 지냈지만, 세상이 원한다면 중절을 해주어야 한다는 생각도 하고 있었다. 하지만 전문가의 솜씨와 따뜻한 마음으로 중절수술을 하는 의사는 극히 드물던 시절이었다. 우리가 찾아갔던 그 의사는 오직 임신 종료 수술만 했다. 그는 임신중절 허용에 반대하는 사람들이 '집단 학살자'라고 부르는 의사들 가운데 한 명이었다. 사람들은 그런 의사들의 집을 감시하고 창문에 돌을 던지고, 총을 쏘기도 했다.

진찰실에 앉아 있는데 눈물을 멈출 수가 없었다. 그가 손을 뻗어 책상 뒤 선반에서 두툼한 사진 더미를 꺼냈다. 아이들의 사진이었다. 피부, 생김새, 크기가 모두 각양각색이었다. 잠깐, 이런 사람이 어떻게 그런 잔인한 짓을 한다는 말인가? 의사가 내게 물었다. "이 아이들이 누군지 아세요?"

나는 고개를 흔들었다.

"내가 수술해 준 환자였던 여자들에게서 태어난 아기들입니다. 그 아이들을 봐요."

나는 사진을 모두 훑어보았다. 사진을 보고 눈물 지은 사람이 내가 처음이 아니었다. 많은 사진에 이미 다른 사람들이 흘린 눈물 자국이 군데군데 남아 있었다.

"하나같이 건강한 아이들입니다. 모두 부모가 원해서 낳은 아이들이고, 모두 사랑받고 있는 아이들입니다." 의사는 이렇게 말했다. "당신도 다시 아기를 갖게 될 것입니다. 아주 건강하고 사랑스러운 아기를 갖게 될 것입니다."

"약속할 수 있으세요?" 마치 그 의사가 내 소원을 들어 줄 능력이라도 가진 것처럼 나는 이렇게 물었다. 마치 그가 우리 아기의 운명을 결정짓는 룰렛을 돌리는 사람이라도 되는 것처럼.

"예." 그가 대답했다. "약속할 수 있어요."

진찰실에서 나오는데, 그 의사가 함께 따라나와 마이클의 어깨에 두 손을 얹고 시선을 마주하며 이렇게 말했다. "당신 대신 잘 보살펴 드릴 테니 걱정 말아요."

그날 밤은 뜬눈으로 새웠다. 침대에 누워 두 손을 배 위에 올려놓고 있으니 아기가 발차기하는 게 느껴졌다. 엄마 배 속의 작은 바다에서 노니는 한 마리 물개처럼 구르고 방향을 홱 돌리고 하면서 꿈틀대는 게 느껴졌다. 슬프고 죄책감이 밀려왔지만 그래도 아기가 움직이는 것을 보니 좋았다. 아기의 움직임을 느끼는 것도 그게 마지막일 것이다. 아기에 대해 아는 것도 그게 마지막 순간일 것이다. 무서운 운명의 장난이라는 걸 알면서도 나는 아기의 마지막 시간들을 단 한순간도 놓치지 않으려고 신경을 곤두세웠다.

이튿날 아침에 우리는 병원의 외래환자 수술실로 갔다. 수술 준비를 하는 동안 마이클은 병원 예배당으로 랍비를 만나러 갔다. 두 사람은 함께 기도했지만, 내 생각에 마이클은 기도 내내 울기만 했을 것 같다. 마치 나의 눈물만 허락되기라도 한 것처럼 마이클은 내 앞에서 눈물을 보이지 않으려고 애를 썼다. 마치 내 눈물이 자기 눈물보다 더 뜻있기라도 한 것처럼. 마치 자기는 나만큼 고통을 느끼지 않는 것처럼, 혹은 나보다 더 고통을 느끼지는 않는 것처럼.

전신마취를 했다. 뇌 속의 불빛이 완전히 사라지기 전에 나는 의사에게 제발 아기가 고통을 느끼지 않게 해달라고 부탁했다. 제발 우리 로켓선이 아무것도 모른 채 떠날 수 있게 해달라고 애원했다. 의사가 택한 수술 절차는 임신중절 합법화에 반대하는 사람들이 국민들을 상대로 '영아살해낙태'라고 호소하는 자궁경관 '확장 후 적출'dilation and extraction이 아니라 '확장 후 배출'dilation and evacuation이었다. 그러나 실제 수술과정은 나을 게 하나도 없었다. 만약에 끔찍하다는 이유로 영아살해낙태를 금지한 것이라면, '확장 후 배출'의 적법성도 언젠가는 도마에 오를 것이라고 나는 생각한다.

우리 엄마 시대의 여자들은 낙태권 허용을 위해 싸우면서 괴로운 물리적 현실까지 대면할 필요는 없었다. 하지만 우리 세대의 여자들은 화상이 흐릿한 초음파 사진을 냉장고 문에 부착해 놓고, 임신 6주 때 3차원 모니터를 통해 첫 심장박동을 지켜보고, 임신 4개월째가 되어 태아가 엄지손가락을 빨고, 발가락을 꼼지락거리는 모습을 본다. 이것이 바로 도저히 부정할 수 없는 태아의 물리적 현실이다. 낙태를 선택하면 태아에게 어떤 결과가 초래되는지 너무도 생생하게 알 수 있는 것이다. 그걸 제대로 이해 못한다면 그건 위선이며, 현실과 책임에 대한 이기적인 자기 부정이라고 나는 생각한다.

우리 로켓선 일을 겪은 뒤부터 나는 프라이버시와 낙태권에 대한 기본 신념을 제외하고는 낙태를 둘러싼 다른 모든 논점에 대해 회의적인 입장을 갖게 되었다. 내가 고통 속에서 허덕일 때 사람들은 내가 떠나보내는 것은 아기가 아니라 그냥 태아일 뿐이다, 그냥 세포묶음일 뿐이다라는 말로 위로하려고 했다. 그 말에 나는 이렇게 대꾸했다. "세포일 뿐이라지만 손가락과 발가락이 있고, 작지만 고추도 달려 있고 팔, 다리, 팔꿈치, 무릎, 그리고 재수없게 손상되었을지 모르지만 뇌도 있었어요." 연방대법원도 로 대對 웨이드 사건 때 명확한 입장표명을 하지 않았지만, 낙태를 둘러싼 논란은 생명의 시작을 언제로 보느냐 하는 문제로 귀착되는 경우가 많다. 임신 때, 출생 때, 아니면 태아가 실제로 생존능력을 갖출 때 시작되는 것인가? 로켓선 이전에 나는 이 논란과 관련된 조건들을 의심한 적이 한 번도 없었다. 그러나 이제 모든 문제가 생명의 시작 시점이 언제인가 하는 데 달려 있다면 우리가 임신중절할 수 있는 권리는 없어진다는 생각이 들었다.

물론 달리 생각하는 사람들도 있겠지만 나는 낙태를 하기로 결심할 때, 그게 우리 아기의 생명을 끊는 결정이라는 생각이 들었다. 태아가 아니라 아기, 흐릿한 생명의 가능성이 아니라 분명한 하나의 생명체였다. 죄책감과 비참한 기분에 사로잡힌 나머지 내가 살아 남을 수 있는 유일한 길은 책임과 정면으로 마주하는 것이라고 생각했다. 로켓선은 내 아기였고 나는 그 아이를 죽였다.

이 문제에 대한 나의 생각은 아직 다듬어지지 않은 것이고, 동조자도 많지 않다는 것을 안다. 나와 같은 경험을 한 많은 엄마들은 '낙태'라는 말을 가급적 입에 올리지 않으려고 한다. 한때 그토록 아기를 갖고 싶어 한 것은 사실이지만, 그 애의 생명을 거둔 것은 별개의 일이라고 생각하는 것 같기도 하다.

낙태 후 몇 주 동안 나는 매일 '가슴 아픈 선택' 웹사이트에 들어가서 몇 시간씩 보내면서 다른 여자들이 올려놓은 사연을 읽고, 위로를 주기도 하고 받기고 했다. 하지만 사이트에 올라오는 용어들 때문에 그 짓을 그만두었다. 그곳에 오는 여자들은 낙태를 한 게 아니라 '가슴 아픈 선택'A Heartbreaking Choices을 했다고 했다. 그래서 'AHC'란 표현을 썼다. 예를 들면 "AHC를 하고 난 뒤 다시 임신하는 데 6개월이 걸렸다." "성당의 대모는 내가 AHC를 하고 난 뒤부터는 나와 말을 하지 않는다." 이런 식이었다. '죽음'과 '분노'라는 단어처럼 '낙태'라는 말은 이들에게 금기시된 단어였다.

하지만 나는 그걸 보고 엄청나게 화가 났다. 내 운명에 화가 났고, 자신에게 화가 났다. 내가 무슨 악마의 화신이라도 된 듯한 기분이 들었다. 나는 아이를 제 손으로 죽인 엄마다. 이번 일에 비하면 그동안 내가 엄마로서 범한 모든 죄는 아무것도 아니다. 이번 일이 쓰나미라면 그 전에 저지른 모든 범죄는 파도에 이는 흰 물결에 불과했다. 내가 이 책의 제목을 '나쁜 엄마'로 한 계기를 굳이 찾는다면 아마도 그때 생각을 떠올렸기 때문일 것이다. 나는 그저 나쁜 엄마가 아니라 가장 나쁜 엄마였다.

마취에서 깨어나자 나는 로켓선의 삼염색체증이 그에게 아무런 손상을 입히지 않았을 것이라고 확신했다. 만약 믿음이 깊고 용기가 더 많은 엄마를 만났더라면 그는 완전히 정상인으로 태어날 수 있었을 것이다. 이런 확신은 놀라운 일이 결코 아니다. 비관적인 사람은 혼신을 다해 최악의 상황에 집착한다. 그리고 내가 상정한 그 최악의 상황 때문에 나는 아무런 명분도 정당성도 없이 내 아기를 죽인 것이다.

그건 인터넷에 올리기에는 너무 무서운 감정이었다. '가슴 아픈 선택' 회원들은 내가 쓴 수치심과 분노를 보고 충격을 받았다. 나는 그들의 마음을 불편하게 만들었다. 그들 가운데는 임신중절 합법화에 반대하는 여자들도 많았는데 특히 그런 여자들은 우리가 한 짓이 낙태라고 한 나의 주장에 대해 매우 기분이 상했다. 나는 우리가 한 행위는 낙태가 분명하다고 포스트에 올렸다. 의회나 법정에서 낙태 금지에 대해 이야기하면 그 대상이 우리 같은 여자들이라는 건 숨길 수 없는 사실이었다. 우리가 이 명백한 진실을 정면으로 바라보지 않는다면 앞으로 우리와 같은 결정을 내리게 될 여자들에게 큰 피해를 주는 것이다.

결국에는 나와 같은 생각을 가진 몇몇과, 블랙 유머감각을 갖고 있고, 정치의식이 매우 강하면서 슬픔에 전 여자들이 따로 모여서 작은 서포트 그룹을 만들었다. 우리는 우리의 슬픔과 블랙 유머를 섞어 클럽 이름을 '죽은 아기 클럽' 이라고 지었다. 클럽 회원수는 계속 늘었다. 이런 일을 해보면, 부가부 유모차를 밀고 다니고 유치원 소풍에 몰려다니는 행복해 보이는 엄마들 중에서도 상실감, 유산, 사산, 임신중절, 영아돌연사증후군SIDS을 경험한 사람들의 은밀한 모임이 있다는 것을 알게 된다. 우리 클럽은 여러분이 생각하는 것보다 회원이 훨씬 많다.

'죽은 아기 클럽' 회원들은 정기적으로 만났다. 베이 에어리어 지역에 위치한 식당들을 돌아다니며 모임을 가졌는데, 가는 곳마다 회원들이 차례로 울음을 터뜨리는 바람에 웨이터들이 놀라고, 다른 손님들을 슬금슬금 나가게 만들었다. 우리는 어리석을 정도로 천진난만한 임산부들을 보면 너무 화가 났다. 하루 시간을 내서 점심시간에 산부인과 병원 대기실로 가서 우리 이야기를 들려 주면서 잘난 체하는 임산부들을 한 수 가르치려고도 했다.

이 격노는 일종의 광기였고, 퀴블러 로스가 말하는 슬픔의 여러 단계들 가운데 하나인 것 같았다. 그 광기는 오직 다시 임신함으로써만 해소될 수 있을 것이라고 나는 생각했다. 죽은 아기클럽의 회원들이 하나 둘씩, 그리고 마침내는 대부분이 다시 임신을 했다. 나도 길고 긴 5개월 동안, 전에 한번도 경험해 보지 못한 무서운 절망의 시간을 보낸 끝에 다시 임신했다. 우리 가운데 단 한 명도 아무런 부담 없이 축복과 희망 속에 임신을 하지는 못했지만, 모두들 용케 분노를 이겨냈다. 마침내 우리는 다른 임산부들을 향해 불길하고 언짢은 경고를 보내는 대신 축하인사를 다시 건넬 수 있게 되었다.

유대교인들이 한데 모여 자신의 죄를 고백하고, 하느님께 사죄를 청하는 욤키푸르 날에 나는 로켓선에게 쓴 편지를 우리 유대교 회당에서 크게 읽었다. 나는 우리의 죄를 심판하는 하느님을 믿지 않기 때문에 하느님 앞에 용서를 구하지는 않았다. 그 대신 나는 우리 커뮤니티와 가족, 나 자신에게 용서를 구했다. 남편에게 용서를 구하고, 우리 아기에게 용서를 구했다. 완전하지 않은 아이를 받아들이지 못한 못난 엄마를 용서해 달라고 빌었다. 나도 네 아빠 같았으면 얼마나 좋았을까 하고, 나도 도박사들처럼 내기를 한번 했더라면 얼마나 좋았을까 하고 속으로 울었다.

금식일이 지나도 해방된 기분이 얼른 들지 않았다. 자신을 곧바

161

로 용서할 수가 없었다. 그건 지금도 그렇고 앞으로도 영원히 용서하지 못할 것이다. 하지만 아주 약간씩 마음이 놓이기 시작했다. 죄책감을 느끼는 방법에 약간의 변화가 일어나기 시작한 것이다.

나는 로켓선 일을 겪기 전에 마미 트랙 미스터리 시리즈를 몇 권 출간했다. 자기가 사는 로스앤젤레스 주변의 우범지대에서 발생하는 여러 건의 살인사건을 해결하는 쾌활한 엄마를 주인공으로 한 가벼운 소설이었다. 하지만 낙태수술을 한 뒤 곧바로 소설 집필을 다시 시작할 수는 없었다. 머릿속에 농담 잘하는 유쾌한 엄마의 이미지가 남아 있지도 않았다. 나는 세상에서 제일 나쁜 엄마였고, 자기 애를 죽인 엄마라는 생각밖에 없었다. 그러니 어떻게 유쾌한 엄마 이야기를 쓸 수가 있겠는가?

하지만 너무도 쓰고 싶었다. 내가 겪은 일을 글로 쓰지 않고서는 영원히 그 일을 이해하지 못할 것 같고, 제대로 살아가지도 못할 것 같았다. 혼자서 글을 쓰지 않고서는 예전에 쓰던 팩시밀리 하나도 다시 만질 수가 없었다.

처음에는 로켓선에 대한 이야기를 직접 쓸 수가 없었다. 너무도 생생한 고통이었기 때문에, 조금 떨어져서 바라볼 감정적인 거리가 필요했다. 그래서 대신 소설 '도터스 키퍼' Daughter's Keeper 를 썼다. 원래 나는 일종의 선언문, 다시 말해 마약과의 전쟁이 가져오는 우리 사회의 파괴현상에 반대하는 선언문을 쓴다는 심정으로 소설을 쓸 생각이었다. 하지만 쓰다 보니 나도 모르게 딸을 잃는 엄마의 이야기를 쓰게 되었다. 아이들이 아무리 성인이 되었다고 해도 엄마가 그 아이들에게 갖는 마음의 부채 같은 것에 대해 썼다. 언제 아이들이 자기 곁을 떠날지 모른다는 불안감, 언제 자기가 아이들을 쫓아내 보내게 될지 모른다는 불안감, 그리고 자신의 욕구를 아이들의 욕구보다 우선시하고서 느끼는 수치심에 대해 썼다. 나는 소설의 엔딩을 달콤씁쓰레하기는 하지만 마침내 모녀간에 사랑을 되찾는 것으로 만들었다. 실제로 나는 세상에서 제일 나쁜 엄마라는 심정이었지만, 소설 속의 엄마에게만은 좋은 엄마가 될 기회를 주었던 것이다.

마치 내가 겪은 일들을 중심으로 그려진 여러 개의 동심원 안에서 글을 쓰는 것 같았다. '도터스 키퍼'는 제일 바깥쪽 원이었다. 시간이 좀 지나자 나는 안쪽 원으로 넘어 들어갈 수 있게 되었다. 하지만 딱 하나만 뛰어넘는 것이었다. 죽은 아기의 유령에게 젖을 먹이는 엄마를 소재로 단편소설을 썼다. 소름 끼치고, 무서운 소설이다. 다른 귀신 소설들처럼 우리가 진짜로 느끼는 고통을 초자연적인 고통으로 바꾸어서 감내하기 쉽게 만들었다. 로켓선의 진실에 가깝게 원 하나를 더 뛰어넘어 가서 쓴 소설이 바로 '사랑 그리고 여러 불가능한 소망들' Love and Other Impossible Pursuits 이다. 이 소설에서 나는 아이를 잃은 엄마가 느끼는 끔찍한 슬픔, 죄책감과 온 힘을 다해 마주 섰다.

그리고 18장 중에서 열한 번째 장을 쓰는 지금 나는 제일 안쪽에 위치한 핵심 원에 들어와 있다. 로켓선에게 어떤 일이 있었는지, 그리고 그때 내가 어떻게 했고, 내 심정이 어땠는지에 대해 이처럼 상세하게 쓴 것은 처음이다. 이제 로켓선에 대해 쓸 수 있게 되었기 때문에 나는 모든 상처, 가장 고통스러운 상처까지도 마침내 치유되었다는 사실을 받아들일 수 있다.

아기를 낙태시킨 것은 내가 저지른 모성 범죄 가운데서도 가장 심각한 범죄였다. 내 머릿속으로 생각해낼 수 있는 가장 저질의 범죄, 나쁜 엄마라는 딱지가 딱 들어맞는 범죄행위 중에서도 가장 나쁜 범죄였다. 지금도 나는 가끔 자신을 심판대에 올려놓고 바라본다. 하지만 우리 아이들이 나를 너무도 필요로 하기 때문에 지독한 죄책감에 빠져 시간을 낭비할 수는 없다는 것도 잘 안다.

낙태 후 처음으로 맞은 어머니 날 아침에 마이클이 나를 침실 창문으로 데리고 가서 집 마당을 가리켰다. 대문 옆에 붙은 손바닥만 한 땅뙈기에 가느다란 어린 자두나무를 심었는데 그걸 가리킨 것이다.

"즐거운 어머니 날이네." 남편은 이렇게 말했다. "사랑해, 여보."

태어났더라면 로켓선은 올해 여덟 살이 된다. 그 8년 동안 어린 자두나무는 많이 자랐다. 몸통은 네 뼘 정도 되고, 붉은 금색 잎사귀가 봄 햇살을 받아 반짝거렸다. 우리는 이 나무를 '로켓선의 나무'라고 부른다. 올봄에 처음으로 열매가 열렸다. 작은 보라색 자두가 달렸지만 처음에는 따먹을 생각을 못했다. 소피 혼자만 용감하게 자두를 따서 입에다 쏙 집어넣었다. 그리고는 함박웃음을 지으며 "맛있다, 완벽해요!"라고 말하고는 나한테도 하나 건네주었다.

한 입 베어 먹어 보았다. 잘 익은 자두는 지금까지 내가 먹어본 세상의 어떤 자두보다도 달콤했다. 하지만 안쪽으로는 신맛이 났다. 못 먹을 정도는 아니지만 혀끝에 좀 시큼하고 짜릿한 맛이 감 돌았다. 즐거움과 고통을 모두 기억시켜 주는 맛이었다.

12 부모의 프라이버시

침실탁자 서랍 안에 있는 바이브레이터를 작동해 보고,
연한 핑크색의 피임기구 상자를 열어 보고, 킹사이즈 침대에
대자로 누워 보고, 펜트하우스 포럼 잡지를 넘겨 보았다.

얼마 전 어느 날 저녁에 아이들이 제일 좋아하는 식당에서 가족 식사를 하고 있을 때였다. 그린데이 밴드 단원들 소유의 식당으로 미트 로프와 밀크 셰이크를 전문으로 하는 곳이었고, 피어싱을 한 젊은이들이 서브를 했다. 그런데 마이클과 나는 누군가가 우리를 훔쳐본다는 느낌을 받았다. 그 전날 밤에 부부싸움을 했는데, 아주 드문 일도 아니고, 그렇다고 흔한 일도 아니었다. 마이클과 나는 집안에서 일어나는 중요한 문제를 대부분 함께 해결한다. 우리는 두 사람이 함께 있기를 좋아하고, 하루 대부분의 시간을 같이 보내지만, 종종 일이 뒤틀릴 때가 있다. 우리는 결혼한 지 15년째인데, 일정한 시간이 지나면 부부 사이에 오가는 모든

166

논란들은 하나같이 본질과 관계없는 것으로 변질된다. 다시 말해 누가 싸움을 먼저 시작했고, 누가 먼저 소리를 질렀고, 먼저 사과할 사람은 누구고, 잘못했다고 하는데 진정성이 보이지 않는다 등등 밑도 끝도 없는 문제를 가지고 서로 따지게 된다는 말이다. 정말 어리석은 짓이고, 우리는 서로를 존중하기 때문에 사실 그런 말다툼을 할 사이는 아니다. 그렇기 때문에 티격태격은 불과 몇 분도 지속되지 않으며, 보통은 내가 집을 뛰쳐나가 자동차로 동네를 몇 바퀴 돈 다음, 싫증이 나서건 아니면 잘못했다는 생각이 들어서건 집으로 다시 돌아오면 끝이 난다. 우리는 지난 15년 동안 아무리 심하게 싸우더라도 잠자리에 들 때까지 화가 풀리지 않은 적은 단 한번도 없었다. 그리고 하룻밤만 자고 나면 전날 두 사람 사이에 무슨 일이 있었는지 새까맣게 잊어버린다.

우리는 지은 지 오래된 집에서 사는데 벽도 두껍고 단단하다고 생각했다. 그래서 소피가 우리가 싸우는 소리를 들었다는 말을 했을 때 매우 놀랐다. 소피는 우리가 싸우면서 한 말들을 하나도 빠뜨리지 않고 차분하게 이야기했다. 그 말을 들으며 우리는 얼굴에 핏기가 싹 가실 정도로 놀라고 말았다. 우리에게 있어서 그러한 말다툼은 발단이 무엇이었든 관계없이, 몇 분만 지나면 이전의 말다툼들 속으로 묻혀 버리는 것이었다. 하지만 소피는 우리가 싸운 내용을 우리보다 더 잘 기억하고 있었다.

"사과는 잘하신 거예요, 엄마." 소피는 약간은 공손한 투로 이렇게 말했다. "하지만 아빠가 처음 사과하라고 하셨을 때 했더라면 더 좋았을 거예요."

혀가 말려 올라가 마른 입천장에 닿는 것을 느꼈다. 나는 물 한 모금을 들이켠 다음 이렇게 말했다. "아빠와 내가 한 이야기를 다 들은 거니?"

이야기. 맞아, 그것도 이야기를 하는 한 가지 방법이지. "네." 딸은 밝은 목소리로 대답했다. "다 들었어요. 엄마 아빠가 무슨 일을 하는지, 무슨 말을 하는지 항상 다 들려요." 식탁 맞은편에 앉아 있던 마이클은 말 없이 공포에 질린 채 손으로 자기 입을 막고 있었다. "하지만 아빠와 엄마가 싸울 때만 들어요. 다른 때는 신경 안 써요, 걱정 마세요."

프라이드 치킨과 비스킷을 먹느라 정신이 없는 남동생에게 물었다.

"너도 다 들리니?"

"아니요."

"다행이다."

"나는 엄마와 아빠가 음음음 할 때만 들려요." 녀석은 눈썹을 응큼하게 올렸다 내렸다 하며 이렇게 말했다.

그런 말에 내가 왜 그토록 놀라는지 모르겠다. 우리 아이들은 나보다 한결 더 조숙한 편이다. 내가 부모님의 프라이버시에 정기적으로 관심을 갖기 시작한 건 중학생이 되어서였다. 그러나 열세 살이었을 때는 부모님의 서랍장을 뒤지고, 두 사람이 하는 대화를 몰래 엿듣는 것 두 가지가 내 관심의 전부였다. 왜 부모님의 비밀이 내 비밀보다 더 성스럽고, 더 재미 있을 것이라는 생각을 했던 것일까? 하여간 그때는 그렇게 생각했다.

부모님은 두 분 다 직장에 일하러 나가셨고, 내가 초등학교 6학년, 남동생은 2학년 때부터 우리가 학교에서 돌아오면 빈집이었다. 그때는 우리가 해야 될 일과 하지 말아야 될 일에 대한 엄격한 규율이 있었다. 숙제를 해야 했고, 강아지 산책을 시켜야 했다. 싸우면 안 되고 사탕을 먹어도 안 됐다. 제일 중요한 것은 절대로, 절대로 텔레비전을 보면 안 된다는 것이었다. 그 명령을 따르겠다고 생각한 적은 한번도 없었지만, 1970년대 후반은 텔레비전이 지금처럼 그렇게 놀라운 세계가 아니었다. 오후 늦은 시간에는 우리가 제일 좋아하는 프로였던 '해피 데이즈'나 '메리 테일러 무어 쇼'를 재방송했다. 간혹 벌받을 각오로 '일렉트릭 컴퍼니'를 보기도 했다. 그리고 보고 싶은 프로가 시작되기 전 몇 시간 동안 나는 엄마의 속옷 서랍과 아빠의 옷장 맨 위 서랍과 책상 제일 아래쪽 서랍, 엄마의 책장 맨 위 모서리쪽을 신나게 탐험했다. 나의 주관심은 당연히 섹스와 관련된 것이었고, 조금이라도 음란한 것이 있는지 찾아 온 데를 뒤졌다. 1970년대였고, 부모님은 때때로 플레이보이 잡지, 책장 머리가 접힌 패니 힐 잡지, 미국 전역의 도시 변두리 청소년들에게 엄청난 인기였던 '섹스의 즐거움' 같은 책으로 나의 호기심을 만족시켜 주었다. 한번은 '동성애 섹스의 즐거움'이라는 책도 '진주'라는 빅토리아 여왕시대의 포르노 책 옆에서 찾아냈다.

나이가 들면서 나의 관심은 단순히 성적인 것을 넘어섰다. 부모의 서랍장을 뒤지면서 편지와 서류를 뒤졌는데, 되도록이면 부모님이나 우리 형제를 욕하는 내용이 없는지 찾았다. 학교장이 보낸 편지, 심리 보고서, 진료서, 아빠의 전 부인이 보낸 욕설로 가득한 편지 같은 것이었다. 이런 것을 찾으면 나는 너무 기뻐서 전율하듯이 온몸이 떨렸다. 언니가 대학 우등생 명단에 올랐다는 것과 아빠의 콜레스테롤 수치가 정상이라는 편지에서는 그만 한 스릴을 느끼지 못했다. 오직 나쁜 소식에서만 쾌감을 느꼈다. 불행, 오직 불행만이 나에게 만족을 느끼게 해주었다.

우리집 서랍장만 뒤진 게 아니다. 나는 인기 있는 베이비시터였고, 그래서 온 동네에서 애를 봐달라는 요청이 빗발쳤다. 나는 애들과 같이 있는 걸 좋아했고, 애들도 나를 좋아했다. 나는 부엌청소도 맡겨 주면 잘했다. (언제부터 십대 베이비시터에게 이런 일을 시키면 안 되는 것이 되었는지 모르겠다.) 그리고 제일 중요한 것은 데이트 있다고 일감을 거절한 적이 단 한번도 없었다는 사실이다. 어쨌든 나는 맡은 애가 잠만 들었다 하면 애 부모의 침실을 뒤지기 시작했다. 침실탁자 서랍 안에 있는 바이브레이터를 작동해 보고, 연한 핑크색의 피임기구 상자를 열어보고, 킹사이즈 침대에 대자로 누워 보고, 펜트하우스 포럼 잡지를 넘겨 보았다. 자기중심주의 시대 Me Decade의 마지막 몇 년간 젊은 엄마들은 일기 쓰는 것을 무지무지 좋아했던 모양이다. 남편과 시어머니와 벌인 말다툼, 간혹 오르가슴을 느낀 것이며 아이들 배변 교육, 사친회에 대한 이야기 등을 나는 눈이 벌겋게 충혈되도록 읽었다.

나는 항상 모든 것을 정확하게 있던 자리에 제대로 돌려놓으려고 세심한 주의를 기울였다. 만에 하나 실수할 수도 있었겠지만 그토록 귀엽고 믿을 만한 베이비시터가 그런 일을 할 것이라고 의심할 사람은 없을 것이라고 생각했다. 그래서 나는 네 명의 스파이를 내 손으로 집안에 키우고 있다는 사실을 알고도 크게 놀라지 않았다. 나도 그랬으니 말이다.

딸이 우리가 싸울 때만 귀를 기울인다고 한 고백을 듣는 순간 나도 모르게 그 또래 어린 시절로 돌아갔다. 나는 부모들이 심하게 싸우면 집안의 계단 제일 위 칸에 앉아서 그 소리를 들었다. 내 유년시절의 기억에는 두 분이 큰소리로 다투었다는 사실만 남고, 어떤 일로 어떤 말을 하며 싸웠는지는 세월이 지나며 서서히 기억에서 사라졌다. 부모님이 싸우는 소리를 듣는 게 여러분이 상상하는 것처럼 무서운 경험은 아니었다. 부모님은 서로 물리적인 폭력을 행사한 적이 한번도 없었다. 나는 두 사람이 말다툼하는 것을 들으면서 저러다 서로 때리기라도 하면 어쩌나 하는 걱정은 하지 않았다. 그런 장면은 한번도 본 적이 없다. 두 사람이 싸우는 소리를 엿들으면 스릴 같은 게 느껴졌는데 일종의 대리 흥분이었을 것이다.

아이는 계단 제일 위 칸에 있고, 부모는 아래쪽에서 싸우는 장면은 청소년 성장소설의 주요한 주제다. 나는 어릴 적에 그런 유의 소설을 수도 없이 읽었다. 그러나 소설의 등장인물들처럼 반응하지는 않았다. 겁을 잔뜩 집어먹은 채 말없이 울먹이며, 곰인형을 가슴에 꼭 껴안고 쪼그려 앉아 있지는 않았다. 나는 앞으로 몸을 내밀고 귀를 쫑긋 세운 채, 심리적 거리감을 유지하면서 두 사람이 싸우는 소리를 들었던 기억이 난다. 하지만 그때 들은 것을 적어두지는 않았다.

내 생각에 우리 딸은 제 엄마와 같은 천으로 만들어졌다. 몇 십

년의 세대 차이가 있지만 우리 두 사람은 복잡하게 얽힌 어른들의 관계를 이해할 수 있는 제일 좋은 방법은 그들이 최악의 상태에 있을 때를 보고 평가하는 것이라고 믿는다. 그들이 약하고 망가져 있을 때의 모습을 통해 하나하나 분석해 보는 것이다.

소피는 동생들을 데리고 항상 그렇게 한다. 애들 아빠와 나는 끊임없이 대화를 한다. 우리의 결혼생활은 꼭 필요할 때만 중단되는 긴 대화와 같다. 아이들은 일반적으로 우리가 하는 얘기를 무시하고 나름대로는 복잡한 자신들의 우주에 몰입해서 지낸다. 그들은 우리가 일에 대해, 읽고 있는 책, 전날 밤에 본 영화, 애들 삼촌이 새 직장을 얻었다는 것, 안투라지Entourage 최신 에피소드에 관해 나누는 대화에는 거의 관심을 나타내지 않는다. 우리가 키스를 하거나 포옹을 하면 슬쩍 째려본다. 기껏해야 콧방귀를 한번 뀌든지 "징그러워"라고 한마디 던지는 정도다.

하지만 누가 싸웠다는 이야기나 안 좋은 소식을 우리가 입에 담으면 잽싸게 관심을 나타낸다.

"뭐라고 했어요?" 지크는 미니밴 뒷좌석에서 큰소리로 이렇게 묻는다.

그러면 나는 "아니야. 아무 말도 안 했어." 이렇게 대답한다. 나는 내 친구가 쓴 책이 뉴욕타임스에 좋은 서평이 실렸다는 말을 할 때와 유방암 진단을 받은 친구 이야기를 할 때 똑같은 톤을 유지할 수가 있다. 그런데도 지크는 드래건볼 Z 카드 놀이에는 더 이상 관심이 없다.

"말했잖아요, 누가 암에 걸렸다고. 그럼 그 여자는 죽어요?"

또는 "누가 이혼을 한다고요? 왜 이혼을 한대요?"

또는 "아빠 엄마 지금 싸우는 거예요? 방금 아빠한테 뭐라고 했어요?"

아이들은 '월래스 앤드 그로밋'Wallace & Gromit에 빠져 있으면 아무리 손 씻고 밥 먹으러 오라고 소리를 쳐도 못 들은 체한다. 하지만 제 아빠와 내가 말다툼을 하든지, 목소리를 낮춰 밖에서 들은 안 좋은 가십을 입에 올리면 강아지들이 개밥 캔 따는 소리를 들은 것처럼 반응을 보인다. 갑자기 부엌으로 달려와서는 실눈을 뜨고 "무슨 이야긴데요?"라고 묻는 것이다.

* * *

우리 침실 문에는 자물쇠가 있는데, 밤에는 대부분 잠근다. 그리고 원래 있던 침대 곁 나이트스탠드를 치우고 자물쇠가 붙어 있는 서랍장을 사다 놓고 아이들이 보면 안 될(제 친구들까지 데려와 보여준다) 물건들을 그 안에 넣어두었다. 우리 책장에는 외설스러운 책들이 많이 있다. 그리고 나는 우리 애들이 니콜슨 베이커나 브렛 이스턴 엘리스의 소설을 끝까지 읽는다면 야한 부분도 읽을 권리가 있다는 생각이다.

그 정도는 괜찮다고 나는 생각한다.

하지만 그보다 훨씬 더 복잡한 문제가 있다. 우리보다 더 훌륭한 부모들은 아무리 화가 나더라도 소리를 낮출 줄을 아는지 모르지만, 내 경우에는 그게 자제가 안 된다. 소리를 낮춰 말다툼을 할 바에는 얼마든지 그냥 참고 넘길 수 있다. 어쨌든 우리 딸의 민감한 귀와 우리 집 벽의 부실한 방음효과를 감안한다면, 소리를 아무리 낮춘다 해도 큰 차이는 없을 것이다. 만약 내가 더 좋은 엄마, 혹은 다른 부류의 사람이었더라면, 마이클과 다시는 싸우지 않겠다고 결심했을지도 모른다. 그러나 그 맹세가 실제로 실현될 확률은 딕 체니나 세라 페일린이 버클리 시장으로 뽑힐 확률만큼이나 희박하다. 큰 도움이야 안 되겠지만 마이클과 나는 아이들이 우리가 싸우는 소리를 들었다면 화해하는 소리도 듣도록 해준다. 그래서 다투는 말뿐만 아니라 뉘우치는 말도 듣게 해주는 것이다. 그 애들도 나중에 자기 배우자와 싸우게 되겠지만, 그때 마음에서 우러나오는 사과를 할 수 있도록 단련시켜 주자는 뜻이다.

맘에 들지는 않지만, 우리에게는 아이들이 어른들의 세상을 이해하는 것에 맞추어서 사는 것 외에는 달리 선택권이 없다. 발버둥쳐 봐도 결국 마찬가지다. 업보인 것이다. 우리 부모님도 내가 어렸을 적에 서랍장과 옷장을 뒤지고 다녔고, 자기들이 하는 말을 엿들었다는 사실을 알면 기분이 편치 않으셨을 것이다. 하지만 그때는 그런 일을 입 밖에 내지 않았다. 나는 내 비밀을 지켰고, 스스로 결론을 내렸다. 나는 절대로 프라이드 치킨과 비스킷을 먹으면서 내가 엿들은 것을 유쾌하게 떠들어 대는 일은 하지 않았다.

나는 이렇게 생각하려고 애쓴다. 내가 어릴 적에 그랬고, 모든 어린이들이 그러한 것처럼 아이들은 갈등, 절망, 불행과 슬픔의 사례들을 통해 어른이 되는 게 어떤 것인지 배운다. 어린이들은 항상 그랬다. 그런 어두운 면들이 바로 어린이 문학과 동화의 소재다.

우리 아이들은 파멸과 재앙으로 가득찬 이야기들을 좋아한다. 조용조용하고 기분 좋게 나누는 어른들의 대화는 무시하고, 말다툼을 하면 관심을 갖는 것과 마찬가지다. 우리 애가 제일 좋아하는 그림 형제의 신데렐라를 보자. 발가락을 모두 잘라 버리고 새들이 이복자매의 눈을 파먹도록 하는 것보다 더 신나고 무섭고 무자비한 이야기가 또 어디 있을까? 우리 결혼생활을 가지고 오래오래 잘 먹고 잘 살았다는 월트 디즈니 버전으로 만들어 보여줄 수도 있겠지만, 그러면 우리 애들은 관심도 없고 믿지도 않을 것이다.

아이들은 계속해서 문 밖에서 우리가 하는 말을 엿듣고, 서랍장을 뒤진다. 부모인 우리가 어느 날 갑자기 행동거지를 바꾸지는 않을 것이라고 믿는 것이다. 이럴 때 우리는 어떻게 해야 하나? 나는 달라질 게 하나도 없다고 생각한다. 그냥 하던 쇼나 계속 하면 되는 것이다.

13 진화하는 엄마

에이브러햄의 엄마와 소피의 엄마는
완전히 다른 사람이나 마찬가지다. 소피의 엄마는
젊고 열심이었으며, 유아원에서 하는
모든 일을 재미있어했다.

큰 딸이 유아원에 다닐 때였는데, 얼굴을 한번도 나타낸 적
이 없는 엄마가 있었다. 베일에 싸인 그 엄마가 보낸 보
모가 매일 아침 여자애를 학교에 데려오고, 오후에 데려갔다. 금요
일 모임 때와 발표회, 각종 행사에도 보모가 나타났다. 우리는 이
신비한 엄마에 대해서 항상 말들을 주고받았다. 무슨 엄마가 애 유
아원에 데리고 다니는 것도 못할 정도로 바빠? 애를 이렇게 내팽개
칠 거면 뭣하러 애를 낳았느냐며 우리끼리 귓속말을 주고받았다.
그건 일종의 자녀 유기행위였다. 나쁜 엄마였던 것이다.

그리고 10년이 지났고 지금은 에이브러햄이 유아원에 다닌다.
베이비시터가 아침에 애를 데려다 주면 오후에는 마이클과 내가

가서 데리고 온다. 그런데 다른 대부분의 아이들과 달리 에이브러햄은 '테디 베어 곰 인형'이다. 유아원 은어인데 다른 애들처럼 오후 1시가 아니라 3시 30분까지 유아원에 남아 있는 애들을 가리키는 말이다. 유아원에 가는 시간도 다른 아이들보다 빠른 아침 8시 30분이다. 대부분의 아이들은 아침 9시에 와서 오후 1시까지 있는다. 그러다 보니 3년을 다닌 유아원 졸업식이 다가오는데도 내가 얼굴을 알아보지 못하는 아이들이 더러 있고, 모르는 엄마들도 많았다.

금요일 마지막 모임 날이었는데 '공룡이 우리집 문을 두드리고 있네요'라는 노래를 열일곱 번째 따라 부르면서 나는 손목시계를 슬쩍 보았다. 그때 어떤 엄마가 다가오더니 "어머나, 오셨군요. 왜 그렇게 보기 힘들어요"라고 속삭였다.

유아원에서 그런 황당한 일을 당한 게 그때가 처음은 아니었다. 그 금요일 모임 사건이 있기 얼마 전에 학부모들끼리 모여서 이메일 리스트에서 아빠들 이름을 지우기로 결정했다. 애들 소풍가고 수업시간 바뀌는 것은 엄마들만 알면 된다는 것이었다. 우리는 그런 일들을 부부가 같이 분담하기 때문에 답장 메일을 쓰면서 나는 평등주의 육아 정신에 입각하여 남자들 주소를 도로 올리는 게 어떻겠느냐고 부탁했다. 그러면서 이렇게 썼다. "어쨌든 말입니다. 내가 피자 봉사를 해야 한다면, 남편도 해야죠."

그러자 어떤 엄마가 그룹 앞으로 이런 이메일을 보내왔다. 자기는 (나와 달리) 아이들을 워낙 사랑하기 때문에, 피자 봉사를 허드렛일이 아니라 특권이라고 생각한다는 것이었다. 내게 분노를 표시

177

한 그 엄마가 누구인지 나는 몰랐다. 아침에 애를 데려간 적이 없으니 만날 일도 없었을 것이다.

나는 이 편지 내용을 내 친구에게 전달하기로 했다. 성녀인 체하는 그 엄마에게 직접 쏘아붙이려다가 겨우 참았던 욕설까지 함께 보내기로 했다. 그러나 나는 친구 앞으로 '포워드' 버튼을 누르려다 얼른 생각을 바꿔 '모두에게 답장'을 눌러 버렸다.

그렇게 해서 나는 그 반에서 도깨비 엄마라는 신분을 계속 유지했다. 분명히 말하지만, 유아원 이메일 리스트에서 뺄 사람은 마이클이 아니라 나였다.

그 전에 소피가 유아원에 다닐 때는 나도 엄마로서의 합격점을 쉽게 통과했다. 그때는 집에서 살림하는 엄마였다. 매일 아침 집 밖으로 나오는 게 좋아서 아이 유아원에 데리고 가는 일을 즐겼다. 아이를 따라다니다 보니 다른 엄마들과도 많이 어울렸다. 애들과 놀아 주기도 많이 하고, 수요일 점심 때 베이글 나눠 주는 자원봉사도 실컷 하고, 야외 소풍 나갈 때 자동차 운전 봉사도 실컷 했다. 가진 건 시간밖에 없었다. 애 젖 먹이고, 장 보고, 애들과 놀아 주고 유아원 정치 하느라 하루하루를 바쁘게 보냈다. 바쁘게 보내면서도 내 활동의 근원이 바로 우리 애들이었기 때문에 나는 기꺼이, 항상, 그리고 무슨 일이든 나서서 할 준비가 되어 있었다.

넷째가 태어난 것은 내가 마감일을 맞추어야 하는 작가로 일할 때였고, 그래서 그날 할 일은 애들이 학교에서 돌아오기 전에 모두 마무리지어야 했다. 일거리를 너무 많이 맡은 건 사실이지만, 솔직히 말해 유아원에 가서 봉사할 시간을 내기 힘든 게 내 일거리 때문만은 아니었다. 아침 간식으로 먹일 과일도 썰어야 하고, 애들 빨랫감도 수북했다. 문제는 넷째 아이 유아원 첫해였지만 나로서는 벌써 유아원 뒷바라지 8년째라는 사실이었다. 그동안 나는 입학 설명회에 네 번, 유아원 교사와 학부모 모임에 열네 번, 학부모와 유아원 원장 간담회에 스무 번을 꼬박꼬박 나갔다. 안식일 때 노래 부르기 모임에는 280번쯤 참석했다. 에이브러햄은 이제 갓 시작했지만 나는 졸업할 때가 된 것이었다.

에이브러햄의 엄마와 소피의 엄마는 완전히 다른 사람이나 마찬가지다. 소피의 엄마는 젊고 열심이었으며, 유아원에서 하는 모든 일을 재미있어했다. 에이브러햄의 엄마는 나이가 들어 맨바닥에 다리를 꼬고 앉으면 무릎이 아팠다.

우리집 냉장고 문에는 우리의 가족생활을 너무도 정확하게 보여주는 '베이비 블루스' 만화 스트립을 붙여 놓았다. 첫 장에는 '첫아기 사진들'이라고 적혀 있는데, 꼼꼼히 분류하고 배치해 놓은 스크랩북과 사진 앨범들이 그려져 있다. 두 번째 장에는 '둘째 아이 사진들'이라고 붙어 있는데, 사진을 신발 상자 안에 닥치는 대로 쑤셔넣어 둔 그림이다. 세 번째 장은 '기타 등등'이라고 써 있는데, 부모들이 핸드폰으로 찍은 사진을 보면서 "이제는 정말 사진을 다 운받아 놓아야겠어"라고 하는 그림이 있다.

소피가 태어나고 생후 1년 동안에 나는 예쁘게 배열한 사진 앨범 6개를 다 채웠다. 내 컴퓨터에는 소피가 웃고, 걸음마를 하고, 응가하는 사진 수백장이 디지털 이미지 파일로 저장되어 있다. 집안 벽에는 전문 사진가들이 찍은 흑백사진 시리즈가 하나도 아니고 두 개씩이나 액자에 걸려 있다. 그 사진 값으로 지불한 돈이 내가 처음으로 산 자동차 값보다 더 많았다. 또한 소피가 발가락을 만지며 노는 모습, 보행기에서 구슬을 돌리는 장면, 잠자는 모습을 찍은 동영상 테이프가 플라스틱 통에 한가득이다. 소피의 잠자는 모습을 찍은 이유는 그 애가 자는 것을 보며 세상에 어떤 아기도 그처럼 예쁘지는 않다고 생각했기 때문이다.

에이브가 첫돌 될 때까지 찍은 사진 가운데 쓸 만한 것은 딱 12장뿐이다. (디지털 사진은 앞으로 많이 다운받을 생각이다.) 사진 12장이 있는 이유는 소피가 태어난 뒤 아기를 매달 '1개월' '2개월' 하는 식으로 사진을 찍어 표시하고, 연말에 가서 사진 열두 장을 포스트 크기 액자 하나에 넣어서 벽에 걸어놓았기 때문이다. 소피 때는 이것을 열심히 했고, 지크 때는 그럭저럭 했고, 로지 때는 마지못해 했고, 그러다 결국 에이브 때는 아이가 커서 나중에 정신과 치료를 받을 때 할 말이 너무 많을까 봐 했다.

에이브러햄을 찍은 동영상은 4년 동안 합쳐서 90초 정도밖에 없었다. 그리고 소피의 성인식 때 행사를 촬영하던 친구가 다행히 에이브러햄이 누나와 춤추는 장면을 찍어 준 게 있었다. 그것도 없었더라면 큰일날 뻔했다. 왜냐하면 애가 만약에 미친 사람에게 납치라도 당하면 텔레비전 뉴스나 고속도로변에 설치된 대형 알림판에 내보낼 마땅한 동영상 하나도 없다는 생각이 들었기 때문이다.

그렇게 된 게 소피가 어렸을 적보다 우리가 더 산만해졌거나 관심도가 떨어진 것 때문만은 아닐 것이다. 물론 그것도 사실이기는 하다. 하지만 분명히 말하건대 현실적으로 우리는 같은 부모가 아니었다. 소피의 엄마는 29살이었다. 첫 아기가 생겨 모든 게 다 설레고 새로웠다. 그리고 자신도 전혀 없었고, 실수할까 봐 두려웠고, 그래서 자기 엄마가 했던 것과는 다르게 하려고 엄청나게 노력했다. 엄마 노릇이라는 게 한마디로 계속 무엇을 이리저리 따져 보고, 추측해 보는 것이라고 생각하며 지냈다.

소피의 엄마는 아기들이 생후 6주가 되면 60살 때와 같은 개성을 가지며, 그러한 개성은 좀처럼 바뀌지 않는다는 사실을 아직 모르고 있었다. 아기를 어르고 달래고, 버릇을 고치려고 얼마든지 노력해 볼 수야 있지만 사실 좋은 쪽으로든 나쁜 쪽으로든 바뀌는 게 별로 없다. 아기가 밤에 자는 버릇을 들이려고 애를 쓰더라도 원래 밤에 잘 안 자는 아이로 태어났다면 두 사람은 헛고생만 실컷 하고 마는 것이다. 애더러 열심히 노력해서 별을 충분히 모아 레고 스타워즈 임페리얼 스타 디스트로이어를 사라고 시킬 수는 있지만, 애가 원래 게으른 성질을 타고났다면 그걸 고치기가 쉽지 않다.

소피의 엄마는 그런 점들을 미처 깨닫지 못했다. 반면에 에이브의 엄마는 너무 느긋한 나머지 한번은 아이스크림 가게에 애를 두고 나온 적도 있었다. 애가 태어난 지 불과 몇 주 지나지 않아서였는데, 아이스크림 가게 문을 나서면서 나는 엄마가 하는 아이들 재고조사 같은 것을 했다. 1번 아이 있고, 2번 아이 있고, 3번 아이, 어디 갔지? 옳지, 저기 있네. 강아지 있고, 선글라스 있고, 가방 있고. 오케이, 가자. 거리를 반쯤 내려가고 있을 때 아이스크림 가게 점원이 헐레벌떡 따라왔다. "저기요, 아줌마." 그러고는 유모차를 한손으로 잡으며 이렇게 소리쳤다. "뭐 잊으신 거 없으세요?"

에이브의 엄마는 느긋한 태도를 일찍 터득했다. 아이가 배가 고파 거의 죽을 지경이 되더라도 느긋했고, 네 살째 되던 해 한 해 동안 는 체중이 겨우 0.75파운드밖에 되지 않는데도 별로 개의치 않았다. 그러니 유아원 학부모 모임에 참석하고 안 하고는 관심권 밖이었다.

가운데 두 아이에게도 서로 다른 엄마가 있었다(지금도 마찬가지다). 지크의 엄마는 적어도 처음에는 굉장히 소심해서 누나와 달리 아이를 항상 엄마 손길 아래 두고 싶어 했다. 다른 세 아이들은 다 각자 좋아하는 '로비스'를 갖고 있었다. 작은 인형인데 머리는 동물이고 몸체 대신 담요가 붙어 있는 것이다. 소피는 그때까지도 미스터 번을 침대 위에 올려놓고 끌어안고 지냈다. 얼마나 닳아 헤졌던지, 이제는 귀도 하나도 없고, 담요도 날아가고 없고, 눈도 하나밖에 남지 않은 불쌍한 토끼 머리였다. 로지와 에이브의 엄마는 영리해서 애들이 좋아하는 인형 복제품을 반 다스 정도 준비해 두었다. 그러나 아이들이 정말 좋아하는 인형은 핑크 번이나 미스터 펍 하나뿐이었다. 지크는 자기 인형을 찾다가 없으면 대신 엄마 혹은 엄마 젖을 찾아 물었다. 생후 2년 9개월이 될 때까지 지크는 엄마 젖에서 위안을 찾았다. 그 다음부터는 지크도 "이 찌찌 비었어. 다른 거 줘"라는 불평을 하기 시작했다. 소피의 엄마는 차분하지 못하고 툭하면 소리를 질렀지만, 지크의 엄마는 거의 화를 내지 않고, 간혹 아주 엄숙한 표정도 지어 보였다.

로켓선 다음에 태어난 로지의 엄마는 자기 손으로 아무것도 할 줄 모르면서, 아이 응석은 무조건 다 받아주는 엄마였다. 아이가 원하는 것은 무조건 다 들어주고, 버릇 없이 만들고, 교육적으로 어떻든 상관없이 애가 화를 내거나 짜증을 부리면 아이 편을 들었다. 로지는 생후 18개월이 될 때까지 걷지를 못했는데, 그 이유는 작은 발이 애의 통통한 몸무게를 받쳐주지 못해 그런 것일 수 있겠지만(그렇게 통통한 아이는 드물었다), 엄마가 애를 너무 애지중지한 나머지 바닥에 내려놓지 않았기 때문일 수도 있다.

에이브의 엄마는 훨씬 더 무관심하고 신경이 무뎠다. 아이의 건강에 대한 걱정, 모유 짜는 데 쏟는 신경, 마감일 지키느라 신경 쓰고, 아이 넷을 여기저기 데리고 다니는 데 드는 기술적인 노력만 해도 벅찼기 때문이다.

넷 가운데서 누가 더 나은 보살핌을 받았다고 말하기는 곤란하다. 에이브는 어린이 박물관 견학 갈 때 한번도 엄마 손을 잡고 가는 즐거움을 맛보지 못했다. 하지만 에이브는 막내라서 버릇없이 키우고, 해달라는 건 무조건 다 들어주고, 하여간 귀여움을 많이 받았다. 에이브는 넷째이기 때문에 손해를 보는 게 많았다. 예를 들어 엄마가 유치원 일에 수동적이었고, 큰누나와 비교하면 사진도 비교가 안 될 정도로 적다. 하지만 막내라서 누리는 것도 많다. 아이 넷이서 거실 소파 베개와 종이 박스로 요새 만드는 놀이를 할 때 보면 막내라고 얼마나 대접을 받는지 쉽게 알 수 있다.

이름 대신 "애기야"라고 불리던 막내는 올해 유아원을 마치고 유치원에 들어갔다. 에이브러햄과 함께 나도 이제 유아원을 졸업했다. 이제는 안식일에 싱어롱 할 일도 더 이상 없게 되었다. 유아원 소풍에 따라갈 일도 없고, 유아원 선생님들과 아침 먹으러 나갈 일도 없게 되었다. 유아원에서 애의 소지품을 모두 들고 나온 지불과 몇 달 되지 않았는데도 나는 벌써 그 시절에 대한 향수가 모락모락 피어오른다. 세계 물의 날이 언제였더라? 유아원 쥐를 예고 없이 시골농장으로 옮겨간 주말이 언제였더라? 금요일 오후에 다른 아이들과 함께 공원에 가서 놀았는데. 그때 애들 이름을 다 아는 체하면서 파커라는 애만 다른 애와 자꾸 혼동하는 바람에 애를 먹었지. 그 애 이름이 뭐였지? 아담이었던가? 아니면 요나? 아니야, 요나는 소피 반에 있는 아이였지.

9월이 되면 또 새로운 부모들을 만나게 되겠지만, 그들과 알고 지내기는 힘들 것이다. 소피의 엄마는 학급 부모를 맡아 볼까 하고 고려도 했다. 에이브의 엄마는 두 눈을 파먹히는 한이 있더라도 새 학기에는 한 가지 결심을 꼭 관철시키겠다는 다짐을 했다. 그 다짐이란 다른 학부모들이 얼굴도 모르는 엄마는 되지 않겠다는 것이다.

유감스럽게도 소피를 제외한 다른 세 아이는 새로운 학교생활을 시작했다. 다시 말해, 세 반에 해당되는 아이들과 학부모를 새로 만나고, 세 반에 해당되는 피크닉과 포틀럭, 세 반에 해당되는 필드 트립과 가든 투어를 해야 한다는 뜻이다. 내가 아무리 최선을 다하더라도 파커의 엄마에게 상처를 줄 수 있고, 아담의 아빠를 피트 커피숍에서 마주쳤는데 알아보지 못하는 일이 생길 것이다. 아무리 노력을 해도 다른 엄마들 입에서 "어머나, 오셨어요! 왜 그렇게 보기 힘들어요"라는 말을 듣게 될 것이다.

그러나 애들이 이제 많이 컸고, 예전에는 죽어도 집에서 살림만

했던 많은 엄마들이 파트타임이라도 다시 직장에 다니고 있다. 그 엄마들 가운데 한 명이 에이브의 엄마에게 다가와서 약간 주저하면서 "맥스 엄마 맞죠, 그렇죠?"라고 하면 에이브의 엄마는 그냥 미소를 지어 보이며 같이 커피나 한잔 하자고 할 것이다. 유치원에서도 친절한 마음씨를 가진 엄마 하나쯤은 분명히 만나게 될 것이다.

14 내가 물려줄 유산

제일 큰 걱정은 내 조울병이 애들에게
나쁜 영향을 미치지 않을까 하는 것이다.
나 때문에 애들이 비뚤어지고 제 구실을 못하는
사람이 되면 어쩌나 하는 걱정이다.

로지와 지크는 마이클의 눈을 빼닮았다. 눈의 색깔이 기분
과 날씨에 따라 코발트빛 청색에서 연한 초록빛이 도는
청색 유리알처럼 바뀐다. 소피와 에이브는 내 눈을 닮았다. 밤색
얼룩이 있는 바닷빛 녹색이다. 여자 아이들의 눈은 깊이 박혀 있
고, 마이클의 외가쪽 사람들처럼 안쪽으로 몰려 있다. 에이브와 지
크는 내 남동생처럼 속눈썹이 길고 서로 엉켜서 선글라스 알에 닿
기 때문에 불편하다. 여자 아이들의 속눈썹은 나처럼 짧다. 소피는
불공평하게 너무 짧다며 이렇게 투덜댄다. "도대체 남자애들이 폴
외삼촌처럼 긴 속눈썹을 갖고 있는 이유가 뭐야? 남자애들이 속눈
썹 아무리 길어 봐야 누가 신경을 쓰냐고요."

우리는 아이들 눈이 누구한테서 물려받은 것인지 안다. 로지의 유대인답지 않은 작은 코는 누구한테서 물려받았는지 (시어머니다), 그리고 소피의 짧은 허리와 긴 다리는 누구로부터 물려받은 것인지도 (역시 시어머니다) 잘 알고 있다. 아주 심각한 우성 유전자다. 소피와 에이브는 애들 아빠의 입술을 물려받았고 로지의 입술은 할머니를, 그리고 지크는 내 입술을 닮았다.

네 명의 아이들이 갖고 있는 특징과 특성들을 보면 직계 조상으로부터 물려받은 것임을 쉽게 알 수 있다. 어디서 물려받은 것인지 도무지 짐작이 안 되는 부분들, 예를 들어 로지의 허리까지 내려오는 금발, 그리고 에이브의 등에 난 털은 우리가 잊고 있는 친척들로부터 물려받은 유산이다. 우리의 유전적인 유산은 레고가 가득 든 서랍장과 비슷하다. 거기 담긴 수백 개의 작은 조각들을 이리저리 끼워 맞추는 방법은 무한대에 가깝다. 여러 가지 독특하고 멋진 유전적인 구조가 그 서랍에서 만들어져 나오는 것을 보는 일은 유전적인 부모가 되어서 누리는 기쁨 가운데 하나다.

우리의 유전적인 유산 가운데는 기분 좋은 게 아니라 끔찍한 것들도 있다. 파랑, 노랑, 빨강, 녹색 블록들 가운데 미운 밤색 블록이 섞여 있는 것처럼 말이다. 우리 아버지 쪽으로 조울증이 하도 심해서 나는 아이 넷이 그 영향을 받지 않을까 항상 그게 걱정이다. 이 나쁜 엄마가 하는 걱정 중에서 이게 제일 큰 걱정거리다. 내 DNA에 잠복해 있는 어떤 것이 우리 아이들에게 깊은 상처를 입힌다는 것은 생각만 해도 끔찍한 일이다.

유전적인 질병 가운데서 양극성 장애bipolar disorder는 다른 질병들처럼 그렇게 무서운 게 아닐 수도 있다. 헌팅턴 무도병과 마르판 증후군처럼 양극성 장애 때문에 사람이 죽지는 않는다. 그리고 낭포성 섬유증처럼 폐 이식을 받으려고 기다리며 젊은 시절을 다 보내야 하는 것도 아니다. 하지만 이 병에 걸린 사람은 자기가 아주 불행하다는 기분에 빠지게 되고, 자살률이 보통 사람들보다 15배 내지 22배까지 높다.

친척 가운데 한 분이 양극성 장애를 심하게 앓으면서 우리 가족은 병명이 조울병mancic depression인 이 병에 대해 제대로 알게 되었다. 이 병 때문에 생기는 여러 무서운 일들 가운데 하나는 환자 본인은 물론 주위에 있는 사람들까지 비참하게 만든다는 것이다. 이 병을 앓으면 자기가 하는 행동, 그리고 자기 자신이 부끄럽게 생각된다.

맞는 비밀번호를 누르면 자물쇠가 찰칵 하고 열리는 것처럼 갑자기 모든 게 이해되었다. 우리 아버지의 변덕스러운 성품이 어디서 유래되었는지 알게 되었다. 그 진실을 마주하기가 겁났지만 우리가 겪은 일에 이름을 붙일 수 있게 된 것은 크게 안도할 일이었다.

아빠는 일생의 대부분을 지켜보는 사람이 어지러울 정도로 기분이 변덕스럽게 바뀌셨다. 아빠를 잘 아는 우리도 그 변덕스러움에 도저히 익숙해질 수가 없었다. 내가 어렸을 적에 아빠는 변덕이 죽 끓듯 하셨다. 어떤 날은 기운이 넘치고 생기가 넘쳐서 말도 많고 자기 주장도 많았다. 싱글벙글 하시며 아침에 차도 손수 끓여 주시고, 학교에 데려다 주시고, 달라고 하지 않아도 우리 손에 용돈을 몇 달러씩 쥐어 주셨다.

기분이 좋을 때 아버지는 아주 호인이셨다. 키는 작아서 5.5피트밖에 되지 않았지만 그나마도 나이 드시며 2인치 정도 줄어들었다. 하지만 실제 키는 작았어도 거구 같은 체형을 갖고 계셨기 때문에 아무도 아버지를 깔보지 못했다. 아버지는 재미있고, 매력적이고, 이야기를 시작하면 다른 남자들이 모두 귀를 기울이는 그런 사람이었다. 알고 보니 여자들한테도 그랬다.

하지만 기분이 안 좋은 날은 도저히 참고 봐 주기 힘든 사람으로 변했다. 아무도 뚫고 들어갈 수 없는 침묵의 외투에 싸인 채 아버지는 식탁의 자기 자리에 앉아 접시에 머리를 처박은 채 천천히 그리고 차분하게 식사만 하셨다. 아버지가 그런 기분에 휩싸인 날은 아무도 감히 말을 걸려고 하지 않았다. 드문 일이기는 하지만 화를 냈다 하면 물불을 가리지 않았다. 그보다 횟수는 잦지만 한결 부드러운 어머니가 화내실 때보다 훨씬 더 무서웠다. 하지만 아버지는 대부분 화를 내지 않으셨다. 그냥 음울한 구름에 짓눌린 채 가만히 앉아 있었고, 그 분위기는 결국 식탁 전체를 뒤덮었다. 나중에는 우리 식구들 모두가 아버지와 마찬가지로 우울한 기분에 젖어들었다.

절망의 바이러스는 겨울철 독감처럼 우리 집 전체를 휩감았다. 유전적인 원인이 밝혀지기 전에는 아버지가 왜 그런 기분에 빠져드는지 설명할 길이 없었다. 그 우울증이 자신의 내부에서 기인되는 내인성內因性이라는 사실을 몰랐기 때문에 우리는 아버지가 세상과 가족에게 쏟아내는 불만을 그대로 받아들였다. 어떻게 보면 우리 가족 모두 아버지의 양극성 우울증 때문에 같이 고통 받았다. 아버지가 기분 좋고 낙관적인 기분일 때는 우리도 기쁘고 낙관적인 기분을 갖게 되었다. 모든 일이 순순히 잘 풀리고 세상은 아름다운 곳이었다. 그리고 우리는 세상에서 제일 행복한 가족이었다. 아버지와 엄마의 직업도 모두 좋았고, 남동생과 나는 앞길이 밝은 우등생들이었다. 하지만 기분이 갑자기 바닥으로 떨어지면 아버지는 아침에 잠자리에서 제대로 일어나지도 못하셨고, 우리도 모든 게 엉망이 된다는 것을 알았다. 우리 가족 모두 다 마찬가지였다. 우리는 지난 몇 십년을 영문도 모른 채 아버지가 앓는 병에 갇혀서 같이 이리저리 흔들렸다.

아버지는 양극성 장애 치료에 자주 이용되는 리튬 치료를 받았다. 우리 모두가 원하는 만큼은 아니지만 약간 차도가 있었다. 오락가락하는 횟수가 줄어들었으며 기분이 아주 저조할 때도 예전처럼 그렇게 고약하지는 않았고, 기분이 좋을 때도 예전같이 끝 모르게 좋아하지는 않았다. 정기적으로 보이던 조울 증세가 사라지자 아버지는 그 전보다 활력이 떨어지셨고, 소파에 앉아서 코카 콜라와 오렌지 주스 같은 혼합음료를 끝도 없이 마시며 소련 역사나 에이브러햄 링컨의 전기를 읽었다. 그래서 나는 그 혼합음료가 아버지의 병과 관련이 있지 않을까 하는 생각이 간혹 들기도 했다.(좋지도 않은 음료를 그렇게 마셔 대면 부작용이 없을 수 없을 것이라고 생각한 것이다.)

정신과 약물치료는 조울병 환자의 증세가 통제불능의 상태로 악화되는 것을 막아 주기는 하지만 만병통치약은 아니다. 그냥 방치

하면 조울병 환자들은 통제불능의 상태로 절망감에 빠지기도 하지만, 얼토당토않은 사람을 도와준다며 10만 달러짜리 수표를 마구 남발하든지, 아니면 국가에서 자기 생각을 조종하려고 초단파를 보내고 있다며 그걸 막겠다고 은박지로 만든 모자를 쓰고 다니는 등의 과대망상 증세를 보일 것이다. 항우울제SSRI와 신경안정제는 거의 기대하는 만큼 약효를 내지 못한다. 그러면서 치료하려는 병보다 부작용이 더 심한 경우들이 많다. 병적인 비만, 당뇨병, 자신의 섹스 취향을 잊어버릴 정도의 지독한 성욕 감퇴 같은 부작용에 비하면 은박지 모자를 쓰고 다니는 것쯤이야 아무것도 아니지 않겠는가?

아버지가 유전적인 조울병 진단을 받은 뒤 여섯 명의 자녀들 가운데 적어도 몇 명은 그 유전적인 이상, 그 병을 일으키는 DNA 조각을 물려받았을 것이 분명했다. 내 형제들 가운데서도 두 명은 조울병에 시달렸고 사회로부터, 가족으로부터 외면당해 실망스러운 삶을 살았다.

이러한 증거만 가지고도 나는 우리 아이들이 그 병의 희생자가 될까 봐 겁낼 만했다. 그렇다고 가족의 병력 때문에 밤중에 자다가 일어나 아이들 침대 옆에 붙어서서 곤히 자는 얼굴에 혹시라도 우울하거나 도취된 표정이 있는지 몰래 살피는 정도는 아니었다.

아이들 걱정이 된 것은 나도 양극성 우울증 환자이기 때문이다. 아버지와 우리 형제들이 그랬던 것처럼 나도 처음에는 진단을 거부하고 믿지 않았다. 그러다 예전에 아버지가 우리에게 하셨던 똑

191

같은 짓을 내가 애들한테 되풀이한다는 사실을 깨달았다. 우리 아이들도 내가 그 애들 또래였을 때처럼 내 기분의 변화에 따라 계속 눈치를 보는 것은 아닐까 겁이 났다. 기분을 측정하기 위해 손가락에 끼는 작은 무드 링처럼 내 기분은 수시로 변했다. 내가 행복하고 조용할 때는 아이들이 느긋하게 지낼 수 있었다. 대부분은 그랬다. 멋진 삶이었고 세상만사가 잘 풀려나갔다. 하지만 내가 자제력을 잃고 셔츠 칼라에 다리미 자국이 남아 있다고 불쌍한 세탁소 직원에게 고래고래 소리를 지르거나, 혼자 문을 잠그고 방안에 처박혀 울고 있으면 아이들은 제 아빠에게 슬금슬금 다가간다. 사태가 자기들이 걱정하는 만큼 심각하지 않다는 위안의 말이라도 듣고 싶은 표정으로.

우리 아이들은 나보다 운이 좋다. 마이클은 우리 엄마보다 훨씬 더 밝은 성격을 갖고 있고, 타고난 본성이 긍정적이고 쾌활하다. 그가 갖고 있는 좋은 마음씨 덕분에 우리 아이들은 세상에 대한 믿음, 제 엄마에 대한 믿음을 잃지 않고 있다. 하지만 나는 확실히 무서운 존재로 변할 때가 있다. 특히 심리학자들이 '혼합 상태'라고 부르는 혼란 상태에 빠질 때 그러한데, 그것은 기분은 좋지 않은데 몸은 활기가 넘치는 상태를 말한다. 혼합 상태일 때는 불안과 분노의 빨간색 안개가 뇌를 휘감아, 도저히 용서가 안 되는 행동을 하고 말을 내뱉는다. 그러다 착한 본성이 악을 몰아내고, 자신이 얼마나 못된 짓을 했는지 깨닫게 되면 곧바로 우울한 기분으로 푹 가라앉아 버린다.

나는 분노와 환희 사이를 오가는 기분, 낙관적인 생산성과 비관적인 절망감이 번갈아 일어나는 기분과 평생을 싸워야 했다. 그러다 마침내 나의 상태가 우리의 결혼생활과 가족을 위험에 빠뜨릴 수 있는 지경에 이르렀다는 것을 깨닫고는 정신과 의사를 찾아갔다. 남편과 아이들을 위해서라도 반드시 치료를 받아야만 했던 것이다.

나는 항우울제SSRI를 조금씩 복용하기 시작했다. 그러자 즉시 변화가 나타났다. 마이클과 아이들, 은행 직원들에게 더 이상 부당한 분노를 폭발시키지 않는 것이었다. 아침에 눈을 떴을 때 나의 삶과 가족, 일 모두가 언짢고 절망스러운 것 같은 기분도 더 이상 들지 않았다. 반대로 기분이 홀가분했다. 독약처럼 내 지각능력을 중독시킨 지독한 회색 안개가 날아가고, 마침내 내 자신을 바로 볼 수 있게 되고, 자신을 찾게 된 것 같았다.

그렇게 두 주 동안 유쾌하고 조용한 시간을 보낸 다음 나는 욕실에 앉아 바지를 발목까지 내리고 임신 테스트지에 핑크색 라인이 두 줄 기운차게 깜박이는 것을 충격 속에 쳐다보고 있었다.

나는 약 복용을 즉시 중단했다. 그 결정은 나 혼자서 내렸고, 의사에게는 물어보지 않고 통보만 했다. 그 전에도 임신하면 나는 자신이 어떤 것에 빠져들어 가는 것을 허락하지 않았다. 커피를 마시지 않았고, 익히지 않은 참치와 블루 치즈도 끊었다. 약물을 복용할 생각은 다시 하지 않았다. 심한 정신질환을 앓은 것은 아니었던 모양이다. 골든게이트브리지에서 뛰어내릴 생각도 들지 않았다. 그저 비참한 기분이 들고 우울했고, 그러다가 한번씩 도저히 설명할 수 없는 분노가 발작처럼 일어났을 뿐이었다. 하기야 임신부라면 다 그런 것 아닌가?

나는 자제력을 발휘하며 만족스러운 두 주를 보냈다. 그 두 주 동안은 소피와 지크가 텔레비전에서 '탱크 기관차 토마스'와 '심슨네 가족들'을 보겠다고 싸워도, 마이클이 세탁물 찾아오는 것을 잊어버려도, 갓난 로지가 울음을 멈추지 않아도, 편집자가 내 에세이를 보고 싫은 소리를 해도 나는 침착하게 응답했으며 절대로 분하다거나 비참한 기분을 드러내 보이지 않았다. 행복이 뇌에서 일어나는 화학작용에 의해서가 아니라, 자기가 처한 삶의 상태에 의해 좌우되는 사람이 된다는 게 어떤 것인지 알게 된 것이었다. 그보다 더 중요한 것은 내 가족이 안정감이라는 게 어떤 것인지 경험해 보게 되었다는 점이다. 그동안 이러한 안정감 없이 도대체 어떻게 살았을까?

인터넷에 들어가 보았다. 임신 웹사이트는 확신에 찬 합창으로 넘쳐났다. 당연히 조심할 필요가 있기는 하지만, 자신의 행복을 위해 필요하면 항우울약을 먹으라고 나는 권했다. 계속 자료를 찾아본 결과 엄마가 SSRI를 복용해도 태아에 아무런 손상이 없다는 내용으로 덴마크에서 만든 보고서가 있다는 사실을 알아냈다. 스웨덴의 출생기록 분석이 그런 사실을 뒷받침해 주었다. 나는 특히 이 마지막 기록에서 위안을 많이 받았다. 안전의식을 설계로 나타낸 볼보 자동차의 발명가들이 그 약을 먹어도 아무런 문제가 없다고 말해주는 것 같았다. 물론 그 약을 안 먹는다고 내 손목을 칼로 그을 정도는 아니었지만 말이다.

이번에는 스스로 결정을 내리기 전에 산부인과와 정신과 의사에게 먼저 전화를 걸었다. 내가 찾아낸 연구서들을 보고 의사들도 안심했고, 내가 항우울제를 다시 복용하는 데 동의했다. 나는 임신 기간 끝까지 셀렉사를 복용했고 많은 일을 잘 견뎌냈다. 친한 친구가 그 기간 중에 죽었는데, 만약에 약을 복용하고 있지 않았더라면 그 일은 나를 곧바로 발작적인 절망으로 몰아넣었을 것이다.

하지만 그 뒤, 임신 중에 SSRI를 복용하면 신생아에게 문제를 일으킬 수 있다고 우려하는 조사들이 나오기 시작했다. 그럼에도 불구하고 미국질병통제예방센터CDC는 최근에 항우울제가 임신부와 태아에게 안전하다는 결론을 내렸다. 그리고 전반적으로는 안전한 게 사실이다. 엄마가 임신 중에 항우울약을 복용한 아기들 대다수는 완벽하게 정상이다. 하지만 여러 가지 선천적 기형과 다양한 SSRI 금단증상을 나타내는 신생아들도 더러 있기는 하다.

에이브는 조사보고서에 언급된 선천적 기형 가운데 어떤 것도 나타내지 않았다. 경기도 하지 않고, 끊임없이 울어대거나, 호흡곤란 증세도 없었다. 그러나 구개 기형 때문에 젖먹이는 데 문제가 있었다. 6개월 동안 기를 쓰고 먹여 보려고 해보았지만 애는 끝까지 젖을 제대로 먹지 못했다. 나는 여러 조사보고서를 읽으면서 목이 콱 메는 것을 느꼈다. 내 병을 치료하려고 먹은 약 때문에 애한테 손상을 입혔을지 모른다는 생각에 속이 뒤집힐 것 같았다. 오랜 시간에 걸쳐서 아이가 지닌 모든 문제와 사소한 기형을 냉정하게 임상적인 눈으로 평가해 보았다. 임신 기간 중에 아이가 손상을 입었을 가능성이 조금이라도 있는지 상세히 따져 보았다. 애가 젖을 빨지 못하는 데 뜻깊은 의미가 담겨 있는 것은 아닌지도 생각해 보

있다. 나는 구글에서 '털이 많은'과 '선천적 기형'이란 단어를 검색해 보았다. 나는 아이의 예쁘고 길쭉한 발을 찻잔처럼 두 손에 받쳐들고는 작은 발목을 이리저리 움직여 보았다. 처음 걸음마를 배울 때 절뚝거린 게 정말 의사 말대로 자궁 내 위치 탓인지, 아니면 내 기분을 좋게 만들려고 먹은 약이 아기를 가장 편하게 지내야 할 곳에서 불편하게 헤매도록 만들었는지 알고 싶었던 것이다.

나는 이런 결정을 앞두고 고민하는 임신부들의 입장을 이해한다. 내용이 서로 일치하지 않는 의학적 연구조사들의 의미를 제대로 이해하지 못하고, 자기가 겪는 우울증이 얼마나 심각한 것인지를 제대로 이해하지 못한 채 계속 우울증에 시달리고 임신 상태를 지속한다는 것은 정말 힘든 일이다. 여기다 나쁜 엄마를 감시하는 경찰들의 비난 소리까지 가세한다. 이들은 여러분이 태아를 약물 위험에 노출되도록 해도 욕하고, 그렇게 하지 않아도 욕한다. 어떻게 해야 할지 결정하기란 정말 어렵다.

에이브러햄을 임신하기 전에 이런 여러 가지 연구조사 결과들이 발표되었더라면 나도 약물을 복용하지 않고 견디려고 더 노력했을 것이다. 태어날 에이브에게 피해를 주지 않기 위해서 나는 큰아이들과 남편, 내 자신이 아무리 심한 고통을 겪더라도 약물 복용만은 피했을 것이다. 의사들이 아무리 괜찮을 거라고 해도 약을 먹지 않았을 것이다. 나 자신은 몇 달간 속이 뒤집힐 듯한 불안과 불행의 심연을 헤맬 각오를 하고, 가족들은 거친 행로를 이겨내기 위해 안전벨트를 단단히 조여맬 각오를 했을 것이다.

하지만 나는 몰랐다. 그런 연구결과들은 구해 볼 수도 없었다.

그러니 이건 내 잘못이 아니다. 무슨 정보가 있어야 그걸 근거로 판단을 내릴 것이 아닌가. 그래서 나는 우리 아이들 가운데 혹시 누구라도 우울병 증세를 나타내게 될까 봐 초조해하는 가운데서도, 내가 잘못한 게 아닌가 하는 생각 때문에 더 불안하다.

유전적인 요소가 있다는 진단을 받은 뒤부터 내 병은 어느 정도 억제가 되었다. 하지만 유감스럽게도 약물치료와 인지행동치료 cognitive bahavior는 조울병이라는 악마를 억제하는 데 어느 정도의 효과밖에 내지 못한다. 나처럼 더 강한 약 처방을 거부하는 경우에는 특히 더 그렇다. 나는 약을 항상 잘 챙겨먹고 치료 시간을 어기지 않는다. 하지만 그러한 노력에도 불구하고 기분이 오락가락할 때가 있다. 빨간색 안개가 내 주위에 내려앉고 침대에 누워서 증오에 찬 이메일을 보낸 일, 남편과 싸운 일, 애한테 목청이 터지도록 소리를 지른 일 때문에 수치감에 싸여 훌쩍이는 것이다.

아이들과 관련해 제일 큰 걱정은 내 조울병이 애들에게 나쁜 영향을 미치지 않을까 하는 것이다. 나 때문에 애들이 비뚤어지고 제 구실을 못하는 사람이 되면 어쩌나 하는 걱정이다. 혹시 애들까지 이 병에 걸리지 않을까 하는 걱정보다 사실은 이게 더 큰 걱정이다. 하기야 상어의 공격을 받는 것과 퓨마의 밥이 되는 것을 비교하는 것처럼 둘 다 치명적이기는 마찬가지다. 어떤 곳에 있느냐에 따라 내가 느끼는 공포의 종류가 달라질 뿐이다. 큰 바다에서는 상어에 대한 두려움이 거의 끊이지 않는 대신 육지의 포식자에 대한 걱정은 하지 않아도 된다. 한밤중에 종종 잠이 깨면 공포가 목과 배를 엄습한다. 그러고는 사랑하는 우리 아이들이 제대로 좋은 엄마를 만났더라면 얼마나 좋았을까 하는 생각에 휩싸인다. 그리고 자다가 수시로 일어나 아이들이 짜증을 내거나 특별히 자제력을 잃는 모습을 보인 게 없는지 곰곰이 분석해 본다.

기분이 안정되었을 때는 이보다 더 고약한 유산들이 있다는 생각이 든다. 우선 유전적으로 전해지는 무서운 병들을 모두 체크해 보았다. 마이클의 조부모 네 분은 모두 암으로 돌아가셨고, 그의 숙모와 삼촌도 그랬다. 그런 일이 없기를 바라지만 남편 역시 암과 관련된 유전적인 결함을 갖고 있는 것은 아닌지 모르겠다.

한편 양극성 장애가 갖고 있는 더러운 작은 비밀 하나가 있는데, 그건 바로 이 병을 앓는다고 무조건 나쁜 것은 아니라는 사실이다. 이 병이 창조적인 재능과 연결이 되는 경우가 종종 있다. 경증조울병 hypomania 때 가장 왕성하게 일하는 작가는 나뿐이 아니다. 나는 운 좋게 남편 잘 만나 책 10권을 출판하고 수필 수십 편을 발표했다. 일종의 문학적 사기꾼인 셈이다. 나는 자신이 그토록 부러워하는 작가로서의 자질은 타고나지 못했을지 모르지만 작가들이 앓는 병을 나도 갖고 있다고 생각하면 큰 위로가 된다. 우리 아이들도 나처럼 미쳤으면, 버지니아 울프, F 스콧 피츠제럴드, 레오 톨스토이, 윌리엄 포크너, 헨리 제임스처럼 미친 천재 작가가 될지도 모를 일이다.

경증조울병 때 맛보는 흥분도 다른 형제들과 마찬가지로 내가 리튬을 복용하지 않는 이유 가운데 하나였다. 리튬을 비롯한 신경안정제들은 좋은 기분을 위에서부터 눌러 밋밋한 상태로 만들기 때문에 아주 위험할 수 있다. 기분이 처지는 상태는 몸이 쇠약

해지기는 하지만 일반적으로 병원에 강제 입원하게 되는 사태로까지 발전되지는 않는다. 강제 입원당하게 되는 것은 흥분 상태를 보일 때이다. 돈을 물 쓰듯 하고 온갖 헛생각을 다 하고 피해망상, 미친 듯한 흥분상태를 보이기 때문이다. 하지만 나는 흥분상태를 나타낸 적은 없다. 최악의 경우 이 두 가지가 혼합되어 나타나기는 했다. 그런 상태에 빠지면 기분이 언짢고 파괴적이 되지만, 아직 모든 것을 파괴해 버릴 정도로 위험한 적은 없었다. 그러면 상태가 최고로 좋을 때는? 좋을 때는 정말 훌륭하다. 경증조울병 때 나는 바쁘게 움직이고, 자신감이 넘치고, 활달하고 재미있는 사람이 된다. 집필할 때는 SAT 시험 보기 전에 아데랄을 먹은 아이처럼 집중이 아주 잘된다. 그리고 평소보다 훨씬 더 우수한 작품을 써낸다. 사람이 많이 모인 저녁파티에 가면 갖가지 재담으로 사람들을 즐겁게 하고, 다른 사람들이 기피하는 일도 앞장서서 해치운다. 실제로 내 조울병의 가장 큰 문제들 가운데 하나는 경증조울병 때 한 약속들을 우울할 때 지키느라고 버둥거리는 것이다.

때때로 경증조울병 상태가 아주 심하게 진행될 때가 있다. 그럴 때는 앰비언을 추가로 더 복용해야 잠을 잘 수 있다. 안 그러면 저녁파티에서 스스로 자제가 안 되어 대화를 혼자서 독점하려고 든다. 더 나쁜 것은 아무 대화에나 끼어드는 것이다. 파티에 가서 다른 조울병 환자가 있으면 금방 알아본다. 그런 사람은 예를 들면 자기 남편의 심한 헤르페스 증상에 대해 히스테리컬하게 떠들어대며 방 전체를 휘어잡는다. 경증조울병은 무서운 쌍둥이 형제 격인 혼합 상태와 마찬가지로 자제력 상실 증상을 나타낸다. 일반적으로 사람들은 자신이 놓인 상황에 맞는 행동과 말을 하는 예의를 갖춘다. 경중조울병 환자들에게는 그러한 판단력이 없다. 경중조울병 증세가 있으면 나는 일 년에 책 세 권을 쓸 수 있는 능력이 생기지만, 또 한편으로는 결혼생활의 은밀한 이야기까지 모두 블로그에 포스트하는 위험에 빠진다. 양극성 장애 환자들은 자기 삶의 아주 은밀한 이야기까지 공개하는 충동을 억제하지 못하는데, 양극성 장애를 앓는 회고록 집필자가 많은 것도 그 때문이다. 가능한 한 자신을 좋게 보이려고 하고, 추한 면은 진실이라도 쓰기를 회피하는 작가들은 결국 자아도취 외에는 아무것도 보여주지 못한다. 정말 자신을 위험에 빠뜨리는 것은 면도날처럼 잔인할 정도의 정직함 위에서 양극단의 춤을 출 때뿐이다. 그런 때는 자신을 위험에 빠뜨리는 일도 서슴지 않기 때문에 자아도취를 넘어 일종의 절대정직으로 나아가게 되는 수가 있다. 하지만 자기 현시를 위해 양극단 강박증에 빠지는 경우에는 대부분 유아주의로 끝이 난다. 나는 그 선을 넘게 될까 봐 숱하게 걱정도 했고 넘고 나서 후회도 많이 했다. 그 선은 정말 구분짓기 어려운 '신 라인'thin line이다.

많은 이들이 경중조울병을 즐긴다. 그리고 병을 치료하겠다는 생각을 확고하게 가지지 않는다. 하지만 우리 가족은 그렇지 않았다. 활기에 넘치고 일의 효율성이 아주 높아지기 때문에 좋아할 수도 있겠지만, 그에 따르는 부작용이 너무 크기 때문이다.

내가 나의 경중조울병을 아무리 감싸고, 아무리 우리 아이들이 작가와 예술가가 되고, 광적인 창의력을 즐길 수 있게 되기를 바란다고 하더라도 나는 우리 애들을 너무 사랑하기 때문에 그 애들이나 그 애들이 사랑하는 사람들에게 이 병의 짐을 지우고 싶지 않다. 그래서 애들을 세심하게 관찰하는 것이다. 그들이 내 기분을 저울질하는 것처럼 나도 그 애들의 기분을 측정한다. 이 녀석이 자기 누나와 싸우고 나서 화를 지나치게 많이 내는 것은 아닌가? 딸애가 마당에서 뛰어노는데 그냥 활기찬 것인가? 혹시 자제력이 부족한 것은 아닌가? 그러면 문젠데. 저것은 보통의 사춘기 우울증인가? 저건 보통 수준으로 성질내는 것인가? 저 녀석 정상인가? 딸애는 정상인가? 내가 우리 아이들에게 초록색 눈, 작은 키, 천재성, 예쁜 새끼발가락만 물려준 것일까? 혹시 내가 앓는 병까지 물려준 것은 아닌가?

이런 밑도 끝도 없는 걱정은 그것 자체가 불안감의 원인이 된다. 정신이 온전한 부모들도 아이들을 감시하는 것과 독립심을 허락해주는 것, 아이들을 안전하게 지켜주는 것과 아이들이 실수를 저지를 수 있는 여지를 허용해 주는 것 사이에서 균형을 잡느라 버둥거린다. 마이클은 낙관적이고 나는 비관적인 사람이다. 우리는 이런 타고난 성격 차이 때문에 아이들을 감시하는 방법도 서로 다르다. 일들이 끔찍하게 잘못될 수 있다고 믿기 때문에 나는 마치 핵시설 안전조사요원처럼 아이들의 행동을 관찰하고 평가한다. 사랑스럽고 밝은 성격의 남편은 나의 이런 걱정을 무시한다. 대부분은 그의 생각이 옳다.

로켓선에게 일어난 일이 우리에게 그토록 파괴적인 결과를 가져오게 된 것은 그 안 좋은 테스트 결과가 나의 비관적인 불안감의 희생물이 되었기 때문이다. 마이클에게 맡겼더라면 아마 양수검사도 하지 않았을 것이다. 하지만 나는 운명이나 확률에 맡기기 싫어서 내 고집을 밀어붙였다. 그렇게 해서 그런 결과가 일어나게 된 것이다. 항상 축복받은 것처럼 살았는데 갑자기 세상이 우리에게 비열한 손을 내민 것이다. 그 일은 불붙은 나의 숙명론에 기름을 부었다. 이번에 이렇게 불행한 일을 당했는데 앞으로 또 무슨 일이 일어날지 모르는 것 아닌가.

그 일을 겪고 난 다음부터는 다른 경우에도 의심의 눈초리를 가진 내 판단이 옳았음이 드러났다. 여러 해 동안 지크가 학교에서 하는 행동 때문에 나는 불안하고 걱정이 되었다. 아이는 행복해하지 않았고, 특이한 행동을 했다. 시험 결과도 너무 들쭉날쭉해서 담임 교사에게 애한테 무슨 문제가 없는지 한번 검사를 해봐야 하지 않겠느냐고 물어보았다. 무언가 이상했다. 나는 담임 교사에게 계속 물어보았지만, 별일 아니니 너무 걱정하지 말라는 답만 들었다. 결국 나는 우리가 모르는 무언가가 있다고 확신했고, 마이클의 반대를 무릅쓰고 지크를 신경심리학 의사에게 데려가자고 주장했다.

지크는 일련의 미세한 문제들을 겪고 있는 것으로 드러났다. 주의력결핍 및 과잉행동장애ADHD가 있고 정보처리속도가 늦었으며 기억력이 아주 좋지 않았다. 하지만 모두 다 장애라고 할 수준에까지 이르지는 않았고, 분명히 치료가능한 수준이었다. 조금만 더 일찍 검사를 받았더라면 이렇게 문제 있는 4학년생이 되지는 않았을 것이다. 그 애 여동생도 마찬가지였다. 나는 아이가 읽을 줄을 모르는데 괜찮겠느냐고 거의 정신병자처럼 일년 내내 안절부절못했다. 가끔 읽기를 깨우치는 데 시간이 많이 걸리는 아이들이 있다는 걸 뻔히 알면서도 그런 것이다. 제 언니도 일곱 살이 다 될 때까지 책을 줄줄 읽지는 못했다. 그래도 나는 검사를 한번 받아 보자고 우겼고, 아이한테 글자 해독에 문제가 있다는 것이 나타났다. 지금은 전담 교사가 붙어서 가르치는데 순조로운 진전을 보이고 있다.

그러니 내 걱정이 효과가 있었던 게 아닌가? 하긴 엄마들이 제일 쓰기 좋아하는 말이 바로 "그것 봐, 내가 그럴 거라고 했지?"라는 말 아니던가. 하지만 그런 경우를 제외하고는 끊임없이 어떤 문제나 장애가 없는지 찾아 뒤지기 때문에 멀쩡하게 건강한 아이들을 병자로 만들 위험이 있다. 그리고 부정적인 일이 일어날 가능성에 너무 집착하다 보면 긍정적인 가능성을 놓치게 될 수 있다. 버클리에서 나와 친하게 지내는 이웃사람의 말로는 아이들에게 "세상에 대한 부정적인 견해"를 주입시킬 위험이 있는 것이다.

천성이 파국적인 일이 일어날 가능성에 대비해야 한다고 믿는 사람이고, 게다가 양극성 장애가 정말로 겁나기 때문에 내가 모든 증상을 다 두려워하게 된 것이다. 과잉 경계심이란 말로 나의 모성애를 규정지을 수는 없다. 그리고 나를 엄마로 둔 우리 아이들도 과잉 경계심의 틀에 가둬서는 안 되겠다. 우리 아이들의 기분을 모두 병의 증상으로 보는 유혹에 넘어가지 않도록 해야겠다. 이제는 정신을 바짝 차리고 나의 경계심을 경계하도록 해야겠다.

에이브러햄을 임신한 지 3개월째 되었을 때 나는 마이클과 함께 CVS 검사를 하러 갔다. 일종의 유전학적 스크리닝 검사인데 양수

검사보다 훨씬 더 일찍 해볼 수 있는 것이었다. 로지 때 한번 받아본 것이기 때문에 마음의 준비는 되어 있었다. 하지만 초음파 검사를 하는 전문가가 아기를 이리저리 검사하는 표정을 보고 우리는 겁을 잔뜩 먹고 말았다. 그 여자는 검사를 마치고 병실에서 나가더니 의사를 데리고 다시 들어왔다. 그리고 아주 심각한 표정으로 하는 말이 무언가 크게 잘못되었을 가능성이 매우 높다는 것이었다. 11주 된 태아의 크기가 너무 작다는 말이었다.

의사는 의자 뒤로 몸을 기대고 젤 바른 내 배 위에 접힌 종이를 천천히 벗겨냈다. "임신 날짜를 정확하게 재어 보셨나요?" 그는 이렇게 물었다. "마지막 생리 날짜를 기억하십니까?"

"예." 나는 단호하게 대답했다. 달력에 표시를 해놓았기 때문이다. 더구나 임신 초기에 산부인과에서 초음파 검사를 했는데 태아의 위치가 정확하게 나타났고, 6주가 틀림없었다.

"무엇이라고 생각하세요?" 나는 이렇게 물었다. "무엇이 아이의 성장 지연을 일으킨 것인가요?"

의사는 고개를 가로저으며 말했다. "이유는 여러 가지가 있을 수 있습니다."

나는 그를 닦달하듯 몰아붙였고, 그는 염색체 문제에 대한 유전학적인 지식을 백과사전처럼 알고 있는 형사사건 전문 변호사 출신과는 말상대가 되지 못했다. 그는 어떤 점이 의심스러운지 입 밖에 꺼냈다가 이내 잘못 말했구나 하는 표정을 지었다. 내가 그게 치명적인 문제이고, 아이가 임신 기간을 다 채우고 태어나면 곧바로 목숨을 잃을 것으로 받아들인다는 걸 알아챘기 때문이다. 그는 아직 정확하게 알 수 있는 방법은 없다고 내게 주의를 주면서, 13번 삼염색체증은 여러 가능성 가운데 하나일 뿐이라고 했다. 일주일 후에 와서 태아를 다시 측정해 보고 융모막 검사를 하면 무엇이 문제인지 정확히 알 수 있을 것이라는 말을 했다.

그날 오후에 우리는 부모님들께 문제가 있을지 모른다는 말씀을 드렸다. 아이들한테는 아무 말도 하지 않았다. 아이들에게 또 고통을 안겨 줄 자신이 없었기 때문이다. 지난 번에 우리한테 그 불행한 수술을 해주면서 아주 친절하게 대해 주었던 그 의사를 다시 찾아갔다. 거기서 우리는 울음을 터뜨렸다. 울 수밖에 없었다.

이튿날 저녁은 유대인들의 새해인 로시 하샤나였고 모두들 유대교 회당에 가서 염소뿔 나팔소리를 듣는 날이었다. 기쁨과 불행의 또 한 해가 시작되었음을 알리는 것이었다. 나팔소리가 희미하게 사라지고 나자 랍비가 걸어나와서 운명과 소망, 그리고 자기 자신과 하느님에 대한 믿음을 주제로 설교를 했다. 희망을 가진다면 우리는 예상치 못한 방법으로 보상을 받을 것이라는 요지의 말이었다.

나는 신앙심이 깊은 사람이 아니다. 나는 하느님의 존재와 종교에 대해 회의적인 생각을 가진 부모님 밑에서 자랐다. 부모님은 종교를 너무나 싫어했는데, 아버지는 만약에 내가 정통파 유대교도가 되면 죽은 딸로 치겠다는 말까지 하셨다. 우리가 랍비를 모시고 결혼식을 치르겠다고 하자 엄마는 "그냥 훌륭한 판사를 모셔놓고 하면 안 되니?"라고 불평했다. 나도 요가와 명상을 하지만 그건 초자연적인 존재와 교감하기 위해서가 아니라 살을 빼고 마음을 편하게 가지기 위해서 하는 것이다. 유대교 회당에 앉아서 랍비의 설교를 듣고 있는데 마이클의 기도 숄에 달린 줄들이 내 손가락 사이로 들어왔다. 그러자 마치 순금 불빛이 내 몸 안으로 쏟아져 들어오는 것 같은 느낌을 받았다. 온몸이 따뜻하고 축복받은 느낌이었다. 내 귀에 속삭이는 어떤 목소리가 들렸다. 내 아기는 괜찮을 것이라고 했다. 아이는 건강하고, 유전자에도 아무런 문제가 없다고 했다. 그 순간 나는 내 이름을 확실이 아는 것처럼 모든 걸 분명하게 깨달았다. 나는 이 아기를 출산할 것이며, 그 아이를 내 팔에 안고, 그가 말하는 첫마디를 내 귀로 듣게 될 것이며, 첫 걸음마를 뗄 때 내가 그의 한 손을 옆에서 잡아 줄 것이며, 그의 결혼식 때 함께 춤을 추게 될 것이다.

나는 얼굴이 눈물범벅이 된 채 미소를 짓고 있었다. 나는 마이클에게 기대며 이렇게 말했다. "아기는 이상이 없어요. 아기는 정상이에요."

"오, 여보." 내 말에 마이클은 슬픈 표정으로 이렇게 말했다. "당신한테 정말로 미안해요."

"그런 게 아니에요." 나는 다시 이렇게 말했다. 랍비의 설교는 끝났고 사람들이 노래를 부르기 시작했다. 나를 내 남편, 내 가족과 연결시켜 주는 멜로디였다. 수천 년 전 고대로부터 유대인들이 매년 신년을 축하하는 노래였다. "아니야, 마이클. 아기는 괜찮아요. 약속할 수 있어요. 아무 이상도 없어요."

마이클은 나를 쳐다보았다. 처음에는 연민의 정이 담긴 표정으로 보더니, 곧 이어서 마치 깨달음을 얻은 듯한 표정으로 보았다.

"세상에서 제일 비관적인 사람이 갑자기 낙관적인 믿음의 불꽃을 보았다는데 내가 무슨 딴 소리를 할 수 있겠어?" 당시 그는 이런 생각이 들었다고 했다. 그 순간 그는 나의 믿음을 믿기로 마음을 굳혔다고 했다.

내가 틀린 게 아니라면 초음파가 틀렸다는 말이었다. 나는 산부인과 의사에게 전화를 걸어 초음파 기계가 문제를 일으킨 적은 없었느냐고 물어 보았다. "아, 솔직히 말씀 드리자면요." 의사는 이렇게 말했다. "애를 실물보다 좀 더 크게 보여줍니다." 마이클은 인터넷에 들어가서 배란과 비행기 여행의 상관관계에 대해 알아보았다 (우리는 그 전 달에 이탈리아에 다녀왔다). 결과는 시차가 배란 지연과 관계가 있는 것으로 나타났다. 아기는 이상이 없다고 나는 확신했다. 생각했던 것보다 더 늦게 만들어진 것일 뿐이라고 우리는 생각했다.

그 다음 주에 기쁜 마음으로 유전자 검사실로 갔다. 병원 같은 곳에서는 나쁜 소식이 나올 것 같으면 대우가 달라진다. 대기실에서 기쁜 마음으로 아이를 기다리는 부모들과 함께 기다리게 하지 않고, 안으로 들여보내는 것이다. 서로 놀라거나 마음 상하는 일이 없도록 그런 사람들과는 격리시켜 준다는 배려에서다. 간호사들은 우리가 미소를 짓는 것을 보고 놀란 표정을 지어 보였다.

"아기는 이상이 없어요." 나는 이렇게 말했다.

간호사들은 눈을 내리깔았다.

"옷 벗을 필요 없습니다." 초음파 전문가가 내게 이렇게 말했다. "그냥 이 테이블에 올라오시면 제가 측정을 하겠습니다."

슬픔과 조바심 속에 일주일을 보내는 동안 태아는 정확하게 자랄 만큼 자라 있었다. 처음으로 초음파 검사를 받으러 갔을 때 나는 임신 6주가 된 것으로 알았는데, 실제로는 내가 겪은 시차 때문에 평소보다 배란이 일주일 더 늦어진 것이었다. 실제 나의 임신 기간은 5주였다. 문제가 있는 초음파 기계는 태아를 실제 크기보다 더 크게 측정했지만 우리는 잘못된 기대 때문에 그것도 알아채지 못했다. 유전자 검사실의 스캔은 아웃라이어였지만, 결과는 정확했다.

그로부터 일주일 뒤에 CVS에서 나온 결과는 내가 이미 알고 있는 내용을 확인해 주었다. 유전적인 장애는 없었고 아기는 정상이었다.

우리는 처음부터 아기 이름을 우리 할아버지의 이름을 따서 짓기로 했다. 내게 믿음을 불어넣어 준 설교를 한 그 랍비의 이름도 에이브러햄이었다는 사실은 우연의 일치라고 믿기에는 너무도 신기했다.

에이브러햄은 사실 문제를 안고 태어났다. 병약한 아기였다. 하지만 그가 가지고 있는 문제들 중에서 유전적인 것은 하나도 없었고, 심각한 것도 하나도 없었다. 그리고 걱정스러운 며칠을 지나고 나서 보니 아이의 목숨을 위태롭게 할 만한 증상도 전혀 없었다. 이제 나는 우리 아이들 때문에 심한 걱정이 들고, 내 걱정이 옳다는 실마리를 찾아 허둥대려는 마음이 들면 이렇게 자신을 타이른다. 비관적인 생각은 대가를 치르게 하고, 낙관적인 생각은 보상을 안겨다 준다. 나는 자신에게 그때 그 희망의 순금 불빛을 기억하

자, 순수하고 기쁨으로 가득찼던 그 확신을 기억하자고 스스로 다
그친다. 바로 그 순간, 그 순간 내가 가졌던 그 믿음도 내가 우리 아
이들에게 물려줄 유산이다.

15 게이 아들

유전적인 요인, 태아가 호르몬에 노출되는 정도,
기타 운명의 수레바퀴처럼 돌아가는 여러 가지
물리적, 화학적인 작용 때문에 게이가 되는 것이다.
당사자의 의지와 상관없는 일이고,
엄마가 들볶는다고 달라지는 게 아니다.

살롱닷컴Salon.com에 들어온 사람들은 지크 걱정을 했다.
그들은 아이가 "제 엄마한테 버림받고 창피를 당했다"고
걱정했다. 그리고 이기적인 엄마의 마음에 들려면 그 불쌍한 사내
는 게이가 되어야 할 것이라고 했다. 사람들이 이처럼 집단으로 걱
정을 하게 된 원인은 내가 2005년에 동성애자의 결혼에 대해 쓴 에
세이 때문이다. 그 글에서 우리 아들이 "나도 게이가 될지 모르겠
다"고 한 말을 그대로 인용해 소개했던 것이다. 이 같은 불만의 소
리들이 동성애를 혐오하는 빨간 주(공화당 지지 주)에서 나오는 혹
평이라고 오해하지 마시기 바란다. 살롱닷컴에 들어와 글을 읽는
사람들은 진보주의자들과 시민권 자유 옹호론자들뿐이라는 사실

을 분명히 말씀드리는 바이다.

그러한 걱정과 분노, 공포는 다름아닌 진보 성향의 형제들 입에서 나온 것이다.

에세이는 당시 일곱 살이던 지크가 갖고 있던 동성애에 대한 생각을 소재로 쓴 것이었다. 글은 아이의 제일 친한 친구인 59세의 레즈비언 이야기로 시작된다. "지크는 그 여자와 샌프란시스코 자이언츠, 다크 초콜릿 트러플, 뉴욕 프랑크푸르터 핫도그에 대한 열정을 공유하고 있다. 제 아빠와 달리 지크는 나를 포함해 다른 누구보다도 로라와 같이 있는 걸 좋아한다." 지크는 로라의 성적 취향을 잘 알고 있었고, 그녀가 자기 파트너와 애정관계를 유지하고 있다는 사실도 알고 있었다.

글에서 나는 아이들에게 처음으로 동성애 혐오에 대해 소개해 주었던 순간을 적었다. 우리 모두 동성애자들의 시민권을 중요하게 생각하고 있었다. 우리는 로라의 파트너를 항상 그녀의 와이프라고 불렀는데, 그 이유를 나는 에세이에다 이렇게 썼다. "두 사람의 관계를 아이들이 이해할 수 있는 방법으로 설명할 방법은 없는 것 같다. 다시 말해 이들의 사랑을 아이들이 알고 있는 다른 지속적인 애정 관계(예를 들면 부부 사이인 부모나 조부모의 관계)와 연관 짓고, 다른 일시적인 관계와는 구분시켜 줄 수 있는 방법이 없는 것 같다." 샌프란시스코 시장인 개빈 뉴섬이 지난 2005년에 결혼 허가증을 발급하기 시작하자 우리는 그 일을 축하했다. 그런데 우리 아이들에게도 그것이 미국 역사상 처음으로 동성애자들에게 법적으로 결혼을 허가해 준 사건이라는 것을 설명해 주어야 했다. 그 말을 듣고 지크는 충격을 받았다. 그의 생각으로는 결혼은 상대가 누구든, 어떤 사람이든 상관없이 자기가 사랑하는 사람과 하는 것이었기 때문이다.

그러나 정말로 사람들을 흥분하게 만든 것은 내가 그 글에서 우리 아들이 앞으로 동성애자가 되더라도 나는 걱정하지 않는다고 쓴 대목이 아니라, 사실 그 아이가 동성애자가 되었으면 좋겠다고 쓴 대목 때문이었다. 아들이 게이가 되었으면 좋겠다고 한 것은 그냥 한번 해본 말이었다. 예를 들면 이런 투로 한 말이었다. "동성애가 아닌 남자들 가운데 엄마와 정말 다정하게 지내는 사람이 몇이나 될까? 엄마가 쇼핑하러 갈 때 따라나서는 남자가 과연 몇이나 될까요?"

그랬다가 나는 그건 편견일 뿐이라는 책망을 들었다. 어떤 게이 남자는 이렇게 비난했다. "쇼핑을 따라가? 엄마와 정말 다정하게 지낸다고요? 지금은 1950년대가 아니고 이러한 고정관념은 게이들에 대한 모욕입니다. 부시 대통령의 미국에서 게이로 사는 게 여전히 힘든 것도 바로 이런 편견 때문입니다." 그는 계속해서 이렇게 말했다. "이러한 말들은 게이들을 깔보는 데서 나온 것이며, 현실을 모르는 말이고, 아주 모욕적인 언사라고 생각합니다. 동성애자들의 권리를 지지하든 말든 그건 상관없어요. 하지만 쓰레기 같은 섹스 상대 역할을 하는 억눌린 욕망을 가진 사람들이란 고정관념으로 게이와 레즈비언을 쳐다보지는 마세요."

좋은 지적이고 나도 여기에 동의한다. 그래서 나도 내 고정관념을 "오랫동안 팔리지 않은 케케묵은 표현"이라고 묘사했다.

하지만 더 많은 분노를 사는 위험을 무릅쓰고라도 나는 그냥 앞으로 돌진해서 편견이 철철 넘쳐 흐르는 용암 구덩이로 머리부터 뛰어들겠다. 나와 친구로, 서로 사랑하는 사이로 지내는 남자들 가운데 이성애를 하는 남자들이 몇 명 있다. 하지만 내가 같이 시간을 보내고 싶은 친구로는 이성애 남자보다 게이 남자가 조금 더 많다. 대체로 내가 아는 게이 남자들은 같이 있으면 그냥 더 즐겁다. 게이 친구들은 밥 먹을 때도 더 맛있게, 더 신나게 먹는다. 디자인 감각도 더 뛰어나고, 가구 하나 배치하는 데도 내가 아는 이성애 남자들보다 더 뛰어나다.

오랫동안 게이 커뮤니티와 어울려 지내다 보니 그들의 독특한 문화에 친밀감이 생겼다. 오페라에 함께 가고, 극장에 가고, 마돈나 콘서트에도 멋진 옷을 입고 갔다. 이것은 우리 세대의 의식 같은 것일지도 모르겠다. 이성애를 하는 남자들 중에서 나와 베네치아의 골동품 가게를 샅샅이 훑고 다니고, 전혀 싫증내지 않고 술 달린 예쁜 베개를 사러 가는 데 같이 가 주는 남자는 마이클 한 명밖에 없었다.

엄마와 게이 아들의 관계에 대한 언급은 농담으로 한 것이지만, 그 말을 하면서 앞으로 생기게 될 며느리 생각을 하면 겁이 덜컥 났다. 나도 며느리이기 때문이다. 나는 우리 아들이 게이가 되어서 사랑스러운 젊은 남자들을 집에 데리고 오고, 그 남자애들이 내 부엌장식을 바꾸어 주었으면 좋겠다(이것도 고정관념!). 지크와 그의 남자친구, 그리고 나 이렇게 3인조는 낄낄거리고 수다를 떨면서 지미 추 가방과 구슬 장식이 있는 빅토리아 램프를 사러 다니고(이것

도 고정관념!) 그런 다음에야 남자애들끼리 서킷파티에 춤추러 갈
것이다.

고정관념 이야기는 이 정도로 해두자. 귀에 피어싱도 하지 않고
'디바인 미스엠' Divine Miss M 같은 앨범에 별로 관심을 보이지 않는
게이 남자들도 있다. 이들은 점잖은 양복을 입고 다니며, 사커 대
디 노릇을 하는 아빠들이고, 파트너들을 자동차 쇼에 데리고 가는
컴퓨터 회사 간부들이다. 하지만 이런 남자들에게도 무언가 특별
한 것이 있다. 비록 그게 평생 주눅들고 차별대우 받으며 살아온
데서 생긴 섬세함 같은 것이라 할지라도 말이다.

나는 십대 때부터, 아니 그 이전부터 그런 남자들에게 끌렸다.
여러분은 내가 얼마나 엽기적인 애였고, 왕따였는지 이미 알고
있을 것이다. 나는 부유한 동네에서 자랐지만 우리 가족이 크게
부자는 아니었다. 하지만 내가 왕따였던 것은 우리 부모님이 내
게 살색 이조드 티셔츠와 페어 아일 스웨터를 사줄 형편이 안 되
어서가 아니라 나의 성격 때문이었다. 돌이켜보면 나는 유쾌한
아이가 아니었고, 나중에 우울증 진단을 받기는 했지만 아마 그
때도 우울증 증세를 약간 나타냈던 것 같다. 아웃사이더들은 끼
리끼리 모인다. 아마 다른 데서 받아주지 않고 자기들끼리 동병
상련의 느낌을 갖고 있기 때문일 것이다. 어떤 이유에서였는지
모르지만 몇 명 안 되는 내 친구들 가운데는 수줍은 미소를 짓는
깡마른 남자아이들이 있었다. 그 애들이 모두 게이였다는 말은
물론 아니고 그 중에서 몇 명은 우리 남편처럼 그냥 아주 섬세한
남자가 되었다.

얼마 가지 않아 그런 남자애들을 좋아할 만한 이유가 생겼다. 그런 애들과는 동네쥐처럼 같이 극장을 싸돌아다니면서도 행실 나쁜 여자애라는 평판을 들을까 신경 쓸 필요가 없었다. 나에게 집적거리고, 나와 잠자리를 같이 한 다음 친구들에게 떠벌리는 그런 애들과는 달랐다. 우리는 육체적으로도 애정을 깊이 나누기는 했지만 섹스의 공포, 그리고 섹스를 하고 난 뒤에 생기는 수치스러운 결과를 걱정할 필요가 없는 관계였다.

어른이 된 지금도 이런 관계는 계속 이어지고 있다. 몇 년 전에 마이클과 나는 우리 둘이 읽고 굉장히 감탄했던 전기를 쓴 어떤 게이 남자를 만났다. 맛있는 식사를 하면서 매혹적인 대화를 몇 시간 나눈 다음에 우리는 새로운 친구에게 두 주 동안의 이탈리아 여행에 함께 가지 않겠느냐고 했다. 이성애자인 남자라면 저녁 한번 같이 먹었다고 곧바로 한집에서 휴가를 같이 보내자고 초대할 일은 세상에 없을 것이다. 그 친구는 기대했던 대로 정말 멋진 여행 동료가 되어 주었다.

놀라울 정도로 인내심이 강한 게이 남자친구도 한 명 있는데, 그는 내가 샌프란시스코의 유명한 스트립 바에 재미 삼아 한번 가보자고 했더니 동행해 주었다(소설에 쓸 장면 묘사 때문에 간 것이다. 하느님께 맹세할 수 있다). 혼자 가기에는 쑥스러웠고, 그렇다고 이성애자인 남자 앞에서 다른 여자의 국부를 본다는 것도 창피했다. 그곳 여자들은 완전히 벌거벗고 있어서 면봉과 진찰경만 있으면 자궁 팹 테스트를 열 번도 더 할 수 있을 것 같았다. 나는 그런 곳에서 여자들이 남자에게 어떻게 하는지 보고 싶었지만, 함께 간 상대가

215

발기한 것을 보고 정신이 산만해지고 싶지도 않았다. 유감스럽게
도 신체적 접촉은 성적 지향과 상관없이 남자를 흥분시키는 것으
로 드러났다. 나는 랩 댄스가 세 차례 끝난 다음 게이 친구를 버리
고 혼자 나와야 했다.

내가 게이 남자를 좋아하는 것도 우리 남편을 만나서 사랑하게
된 이유들 가운데 하나다. 아직도 계속 우기는 사람들이 있기는
하지만 남편 마이클은 게이가 아니다. 그가 게이의 커밍아웃이라
고 간주할 수 있는 소설을 한 편 쓴 것은 사실이다. 본인도 그 소설
이 부분적으로는 자신의 경험을 바탕으로 쓴 것이라고 밝힌 적이
있다. 하지만 그럼에도 불구하고 그는 이성애자다. 그리고 게이
남자들을 좋아하고, 그들과 같이 있는 것을 즐기며, 조금은 여자
같은 남자인 것도 사실이다. 예를 들어 '슈퍼맨 리턴즈'가 개봉된
주말에 그는 '악마는 프라다를 입는다'를 보러 갔다. 그는 쇼핑을
좋아한다. 제일 예쁜 옷과 내가 하고 있는 보석은 대부분 남편이
선물로 사다 준 것이다. 음악과 미술에 대한 안목도 나보다 훨씬
더 깊다.

나는 우리 아들들이 제 아빠처럼만 되었으면 좋겠다. 제 아빠처
럼 이성애자이면서도 조금 특이할 수 있으면 좋겠지만, 만약 게이
가 된다면 그렇게 섬세한 심성을 가질 확률은 훨씬 더 높아진다.

우리 딸이 레즈비언이 되었으면 하는 글을 쓸 때 나의 이런 고정
관념은 활짝 꽃을 피웠다. "레즈비언 딸더러 엄마 다리 털을 깎아
달라고 부탁하면 싫어할까? 게슈탈트 심리요법사인 그 애 여자친
구를 포틀럭 모임 때 초대하면 벌거 샐러드를 만들어 올 줄 알까?"

이런 식의 고정관념은 한마디로 말해 편견과 불안한 심리에서 비롯된 것이다. "고정관념 속의 레즈비언은 나를 불안하게 만들고, 내가 여권주의자로서 실패할 것이라는 의식을 일깨워 준다. 나는 마이클보다 수입이 적다. 간단한 집 수리도 그에게 의지해야만 하고 외모에도 신경을 너무 많이 쓴다. 체모를 제거하려고 브라질리언 비키니 왁스까지 받아 본 적이 있다."

문제는 내가 이런 고정관념들을 밝혔다가 게이들까지 포함해 많은 사람들로부터 욕을 먹었다는 사실이 아니다. 코멘트를 올린 많은 사람들이 문제 삼은 것은 내가 우리 아들을 사람들의 조롱거리로 만들었다는 것이다. 아이를 게이라고 부르고, 혹은 아이의 성적인 취향에 이렇다 저렇다 말하는 것만으로도 다른 아이들의 놀림감이 되게 만들었다는 것이었다. 맞는 말인지도 모르겠다. 하지만 우리 가족이 사는 곳은 버클리다. 애들이 다니는 학교에는 게이 가족도 많다. 학교에서 '대디 앤드 파파' Daddy and Papa와 같은 영화를 보여주고, 고등학교에는 동성애−이성애 연합회 모임이 있다. 우리 친구들도 이성애자와 동성애자 숫자가 거의 비슷하다. 다행스럽게도 아이들 세계에서는 동성애 혐오라는 걸 거의 찾아볼 수 없다. 상당히 목가적인 말로 들린다고? 하지만 그건 사실이다. 우리가 생활비가 적게 드는 곳을 마다하고 굳이 이곳에 사는 데는 이런 이유도 있다. 게이들은 놀림 당한 슬픈 경험들이 있겠지만, 요즘 아이들의 경우에는 사정이 달라지고 있다는 게 내 생각이다.

대학에 다닐 때 재능이 그렇게 뛰어나지 않은 레즈비언 포크싱어 콘서트에 간 일이 있다. 그녀가 레즈비언이라는 사실을 처음

털어놓았을 때 자기 엄마가 불러주었더라면 하는 노래를 불안한 음정으로 부르던 일이 생각난다. "아가야, 네가 게이라서 기쁘구나. 아가야, 나는 네가 게이라도 사랑한단다." 우리 아들과 딸들이 혹시 나중에 비슷한 일을 털어놓으면 바로 이런 반응을 듣게 될 것이다.

해밀턴대에서 미국 전역의 젊은이들을 상대로 실시한 여론조사에 따르면 적어도 고등학생의 3분의 2는 동성간 결혼을 찬성하는 것으로 나타났다. 게이들의 권리를 지지하는 쪽으로 세대간 변화가 일어나는 것은 여러 해에 걸쳐 꾸준히 계속되어 온 현상이다.

또 어떤 사람들은 나의 수필을 읽고 내가 자식에게 아이가 실천하기 힘든 부당한 기대를 강요한다고 분노했다. 그런 사람들은 엄청난 위선죄를 범하는 것이란 게 내 생각이다. 여러분은 자식이 이성애자였으면 좋겠는가? 여러분도 아들을 대학 동창 친구의 '꼬맹이 딸'과 결혼시키겠다는 말을 농담처럼 하며 다니고 싶은가? 여러분도 자신의 기대를 아이에게 강요하는가? 우리 아들의 성적인 취향은 내 희망이 어떻든, 내가 꿈꾸는 아들의 미래가 무엇이든 상관없이 그 나름대로 만들어져 나갈 것이다.

유전적인 요인, 태아가 호르몬에 노출되는 정도, 기타 운명의 수레바퀴처럼 돌아가는 여러 가지 물리적, 화학적인 작용 때문에 게이가 되는 것이다. 당사자의 의지와 상관없는 일이고, 엄마가 들볶는다고 달라지는 게 아니다. 연구보고서가 얼마나 더 나와야 동성애는 타고난다는 사실을 사람들이 인정하게 될까? 우리는 아이를 가지게 될 때마다 그 운명의 수레바퀴를 돌린다. 마이클과 내가 한

번 경험한 것처럼 운이 없을 때도 있다. 가끔은 불가사의하게 운명의 룰렛이 여러분에게 정말 멋지고 똑똑한 게이 아들이나 딸을 안겨 주기도 할 것이다. 돌연변이와 변화무쌍한 변화들, 우리에게 그토록 많은 다양성을 안겨주는 모든 일들에 축복 있으라.

16 넷이면 족해

이제 임신을 한 번만 더하면
평생 허리에 고무줄 넣은 옷을 입고 살아야 할 것이다.

그 젊은 엄마는 나보다 더 화장실에서 빨리 탈출하고 싶었던 모양이다. 서둘러 밖으로 나가며 그녀는 어깨 슬링에 매달린 작은 꾸러미를 보호하기 위해 몸을 잔뜩 구부리고, 관리가 허술한 공중 화장실의 고약한 냄새 때문에 코는 잔뜩 찡그리고 있었다. 나는 로지의 대변을 누이려고 아이 둘을 데리고 화장실로 들어갔다.

로지를 더러운 화장실 변기 위에 받쳐 들고 있는 동안 나는 밑의 남동생을 한쪽으로 몰아넣고 아무것도 못 만지게 하고 있었다. (우리 할머니가 물려준 매우 중요한 유산 중의 하나가 공중화장실에서 우리 몸이 직접 닿아도 좋은 곳은 신발 밑창뿐이라는 말씀이다.) 나는 문

밖으로 달려나가는 그 엄마의 뒷모습을 흘끗 쳐다보았다. 내가 아이를 낳을 때마다 산후 몇 달간 그랬던 것처럼 그 여자는 얼굴이 퉁퉁 붓고 놀란 듯한 표정을 하고 있었다. 그 시기에 느끼는 피곤함의 정도를 표현하기에 '지쳤다'는 단어는 너무 약하다는 생각이 든다. 온몸이 무너져내릴 듯이 아프고, 도대체 왜 아기를 낳았을까 하는 생각이 들 정도일 것이다. 아기의 몸 가운데서 면 슬링 바깥으로 드러난 것은 짙은 회색 머리카락밖에 없었다. 마치 솜사탕의 가는 실처럼 나부끼는 그 머리칼이 얼마나 부드러운지 나는 안다. 아기의 부드러운 머리카락이 입술에 닿을 때 느껴지는 감촉, 손바닥 안에서 쉬고 있는 작고 따뜻한 머리에서 전해오는 느낌, 손가락 밑에서 느껴지는 맥박의 감촉을 나는 기억한다.

로지는 그때 네 살이 채 되기 전이었고, 에이브러햄은 두 돌을 갓 넘겼을 때였다. 젊은 엄마가 비틀거리는 걸음걸이로 나가는 것을 보면서 나는 자신이 또 아이를 갖고 싶어 한다는 사실을 깨달았다. 그것은 머리가 아플 정도로 분명한 확신이었다.

"엄마, 닦아 줘"라고 로지가 말했다.

"나도 응가." 에이브가 기저귀에 손짓을 하며 이렇게 말했다.

나는 아이가 넷이다. 넷이면 충분하다. 아니 길거리에서 지나가다가 우리를 보고 눈을 똥그랗게 뜨고 "모두 다 당신 애예요?"라고 묻는 사람들의 의견에 따르면 네 명은 너무 많은 것 같다. 하지만 나는 우리한테는 네 명이 완벽한 숫자라고 생각한다. 넷이면 마이클과 내가 그렇게 좋아하는 열광적인 불협화음을 만들어내기에 충분하다. 네 명이면 '오즈의 마법사'나 '21개의 열기구'를 읽어 주는 저녁시간에 애들이 집중하지 못할 정도로 많은 것은 아니다. 네 명이면 같이 재미있게 놀고, 자기들을 지킬 수 있는 숫자다. 넷이면 미니밴에 편하게 태우고 갈 수 있다.

넷이면 충분하다.

그런데 왜 하나 더 갖고 싶다는 생각을 멈출 수가 없는 것일까?

이건 그야말로 생물학적인 충동에 불과한 것인지도 모르겠다. 나도 그 점을 인정한다. 나도 그렇게 느낀 적이 있고, 내 친구들도 그렇다. 아이가 한 명, 세 명, 혹은 다섯 명 있는 엄마도 그랬다. 내게 아기 욕심이 있다는 것을 처음 알게 된 것은 에이브러햄이 갓 두 돌을 넘겼을 때였다. 걸음마를 하고 간단한 의사표현도 하기 시작한 때였다. 아기 변기도 몇 번 사용했다. 아직 "베이비"라고 부르기는 했지만 완전한 아기 티는 벗어나고 있었다. 어쩌면 내 몸은 오직 진화의 법칙에 따라 움직이고 있었는지도 모르겠다. 아마도 아이가 아장아장 걸어서 유아원에 걸어갈 준비를 하는 것을 보고 내 자궁이 뇌에 호르몬 메시지를 보낸 것일 수도 있다. 오케이, 엄마, 노르스름하게 잘 구워졌어요. 이제 잘라서 먹어도 되겠어요. 오븐에 반죽 한 덩어리 더 넣어 봐요 이제 하는 식이었다.

나는 마흔셋이고, 내년 가을에는 에이브가 유치원에 들어간다. 내 마음의 한 쪽에서는 아직도 하나 더 낳았으면 한다. 마흔이 훨씬 넘어서도 아이를 낳아 잘 키우는 여자들도 많이 있기는 하다. 하지만 나는 이 과정을 내 또래의 다른 여자들보다 더 빨리 시작했다. 나는 스물아홉 살 때 친구들 가운데서 제일 먼저 아이를 가졌다. 임신 8개월 때 병원에 가서 벳시 존슨 미니드레스를 입고 진통실과 분만실을 구경하면서 함께 다닌 다른 임신부들을 쳐다보던 기억이 난다. 그들은 머리가 희끗희끗하고 눈꼬리에는 잔주름이 진 게 그렇게 나이 들어 보일 수가 없었다. 그 뒤 거의 십년이 지나서 에이브러햄을 갖고 남산만 한 배를 해가지고 병원에 갔을 때였다. 부른 배를 내게 부딪치며 지나가는 젊은 여자들의 얼굴에서 옛날에 내가 지었던 연민의 표정을 읽을 수가 있었다.

늙는 것은 피부뿐만이 아니다. 지난주에는 허리를 두 번이나 삐 끗했는데, 한 번은 명예롭게도 역기를 들어올리다가 그랬고 또 한 번은 우스꽝스럽게도 침실등을 피해 지나가려다가 그렇게 되었다. 어쩌면 이런 말들이 그저 젊음을 붙잡아 보려고 하는 헛된 몸부림에서 나오는 것인지도 모르겠다. 눈가에 주름이 있건 없건, 신생아를 안고 다니면 나도 젊은 것 아닌가? 하지만 피부나 근육상태와 상관없이 난자가 예전 같지 않다는 사실은 모두 알 것이다. 그래서 건강한 아이 넷을 키우고 있다면, 이제 또다시 운명의 주사위를 던지는 것은 무모한 짓이라고 자신을 타일렀다.

그렇지만.

그렇지만.

정녕 이제는 두 번 다시 어깨에 샌드백만 한 아기 무게를 느껴보지 못한단 말인가? 이제는 두 번 다시 반투명 불가사리 미니어처 같은 손가락을 내 손 안에 잡아 볼 수 없단 말인가? 이제 다시는 할딱이는 아기 숨소리를 들을 수 없단 말인가?

나는 머릿속으로 이런 말들을 몇 번이고 되뇌었다. 아이 넷을 낳고 배가 있는 대로 늘어나고 처져서 이제는 종이접기하듯이 배를 몇 겹 접어야지 바지 단추를 채울 수가 있다. 이 말은 내가 일찍이 쓴 것인데 엘리자베스 해슬벡이 '더 뷰'The View 에 출연해서 내 말을 도용해 썼다. (그녀는 자기 가슴 이야기를 하면서 이 말을 했다. 우 웩.) 이제 임신을 한 번만 더하면 평생 허리에 고무줄 넣은 옷을 입고 살아야 할 것이다.

복용하는 약을 중단해야 한다면 어떻게 할 것인지도 생각해 보았다. 유전적인 조울병이 있다는 진단을 받기 전에는 몰라서 애를 가졌다고 하겠지만, 이제 알면서 또 아이를 갖겠다고 하는 것은 미친 짓이라는 생각도 들었다. 예전에 착하게 생긴 산부인과 의사가 제왕절개수술 자국이 잘 아물었는지 살펴보면서 "잘 아물었군요. 이제는 이 일을 다시 겪지 않으셔도 되니 다행입니다"라고 하면서 짓던 얼굴 표정이 기억난다. 에델 케네디는 아이 열하나를 모두 제왕절개수술로 낳았다는 말을 들었다. 하지만 그런 기록 도전은 기꺼이 포기하겠다.

공원에 오는 다른 여자들도 나처럼 이런 심적 갈등을 겪고 있을 것이다. 신생아가 나타나면 모두들 하던 일을 멈춘다. 눈물을 글썽거리며 쳐다보는 이들도 있다. 여기저기서 아기 어르는 소리가 들린다. 그러다가 한 애가 다른 애 머리를 삽으로 때리든지, 어떤 애가 미끄럼 타다가 미끄럼틀 위에 걸려 날카로운 비명을 지르면 모두들 머리를 좌우로 흔들며 그 잔잔한 욕망을 다시 포기하게 된다.

아기를 보면 눈물이 글썽해지는 것은 정말 이겨내기 힘든 유혹이다. 하지만 내가 지금 하는 일도 그 유혹에 넘어가지 않도록 나를 붙들어 준다. 아이들이 아주 어릴 적에는 글 쓰기가 힘들었다.

다음 번에는 괜찮겠지 하고 자신을 달랬지만, 아기를 낳는 동안 매번 생후 첫 4개월 동안은 하나도 쓰지 못했다. 다시 일을 시작한 다음에도 수시로 애와 놀아주어야 했고, 젖 먹이기 위해 하던 일을 멈추어야 했으며 아프다고 울어대면(진짜 아픈 경우와 엄살을 부리는 경우 모두) 반창고를 붙여 주어야 했고, 애들이 밤잠을 안 자면 나도 꼬박 잠을 설쳐야 했다. 이런 날들로부터 졸업할 때가 가까워진다는 생각을 하면 마음이 가벼워졌다. 아이들은 계속 나를 필요로 하겠지만 엄마 손을 찾는 방법이 이제 달라졌다. 예전처럼 하루 종일 애들한테 매달려 있을 필요는 없게 된 것이다. 아이들은 하루 종일 학교에 가 있고, 그래서 그 시간에 마음을 다잡고 작업에 전념할 수가 있다. 하루 종일 아이들을 돌보며, 어쩌다 생기는 시간과 집중력을 이용해 틈틈이 글을 쓰던 생활로 되돌아갈 생각은 이제 없다는 걸 깨달았다.

　나의 이런 내적인 갈등은 사실 일종의 과식을 하겠다는 것과 마찬가지다. 많은 친구들이 불임을 극복하기 위해 애썼고, 많은 친구들이 아이 하나라도 낳아서 엄마가 되어 보겠다고 실낱 같은 희망이라도 있으면 매달렸다. 그런데 나는 내 몫보다 훨씬 더 많은 양을 먹겠다고 욕심을 내는 것이었다. 그리고 또 지금은 경제적 안정도 누리고 있다. 애들을 유아원, 여름방학 캠프에도 보낼 수 있고, 내가 작업을 하는 오전 동안 베이비시터를 쓸 형편도 된다. 많은 사람들이 아이 갖는 것을 자궁이나 마음의 상태에 따라서가 아니라 지갑 사정에 따라 결정한다. 다행히도 우리는 찢어질 듯한 경제적인 어려움은 겪지 않지만, 다른 대부분의 가족들처럼 우리가 버는 수입으로 살기 때문에, 우리가 일을 계속해야 경제적인 안정이 유지되는 것이다.

아이를 하나 더 낳지 않기로 한 진짜 이유는 다른 데 있다. 아기한테서 나는 머리 냄새, 갓난아기와 함께 목욕을 할 때 느끼는 감촉 같은 것이야 좋지만 거기서 한 발짝만 더 나아가면 사정이 달라진다. 나는 물론이고 우리 가족들 중에서 그 누구도 그 시절로 다시 돌아가겠다는 사람이 없다. 마이클도 집에 갓난아기가 있었으면 좋겠다는 말을 하면서도 지금의 우리 처지를 좋아한다. 우리 집 식사시간은 예나 지금이나 항상 떠들썩하다. 식구가 적은 집 아이들이 우리 집에 놀러오면 불안해서 벌벌 떤다. 하지만 갓난아기의 울음소리 때문에 모두들 큰 소리로 외쳐 대서 집안이 시끄러운 것과는 질이 다르다. 요즘 집안이 시끌벅적한 것은 매일 저녁 아이 넷이 각자 이야기할 뉴스 거리가 있기 때문이다. 철자법 시험에서 만점을 받았다고 별것 아닌 것처럼 점잖을 빼면서 말하는 아이, 마음이 상했든 몸이 상했든 다친 데가 있으면 시시콜콜 상세하게 이야기하는 아이, 주목 받기 위해 서로 더 큰 소리로 떠들고, 먼저 하겠다고 다투고, 그런가 하면 우유는 아주 조심스럽게 따르고, 마시다가 흘리면 서로서로 닦아 주기도 한다.

이런 사정을 다 인정하면서도 나는 여전히 다섯째 아이를 갖겠다는 생각을 완전히 버리지 못했다. 그러다 몇 년 전 어느 날 저녁에 나는 자신의 한계, 그리고 이미 있는 아이들에게 필요한 엄마의 손길을 감안할 때 네 명이면 충분하다는 결론을 확실하게 매듭지었다.

우리는 아이들 모두에게 골고루 충분한 관심을 기울여 준다고 생각했다. 몇째 아이가 제일 친한 친구의 마음이 변한 것 같아 속상해하는지, 몇째 아이 축구화가 너무 쪼이는지 훤히 알았다. 그런데 이빨의 요정이 찾아온다는 사실을 그만 깜빡 놓치고 말았다.

소피가 열세 번째 이갈이를 할 때였다. 소피는 빠진 이를 하나도 버리지 않고 소중하게 모아두고 있었다. 이번에도 소피는 노란색 어금니를 자랑스럽게 보여주고는 이 열두 개를 모아 베개 밑에 숨겨둔 작은 상자에 조심스럽게 밀어넣었다.

그날 저녁도 다른 날과 다름없이 정신없이 지나갔다. 목욕, 양치질, 이야기책 읽어 주기가 마치 조립라인처럼 후딱 지나갔고, 이어서 애들 각자가 고수하고 있는 특별한 잠들기 전 요구사항을 들어주고 있었다. 한 아이는 누군가 반드시 옆에 누워서 피터 시거의 노래 두 곡을 들려 주어야 하고, 또 한 아이는 무슨 의식을 치르듯 어두워지는 방에서 자장가를 계속 불러달라고 했다. 이 일은 저녁 식사를 마친 다음 애들이 잠들기 전까지 90분 정도 진행되는데, 그러고 나면 나는 녹초가 되어 곧바로 침대에 쓰러지고 만다.

이튿날 아침 6시에 소피가 우리 침대 옆에 와서 서 있는데 얼굴을 보니 화가 나서 어쩔 줄 몰라 하는 표정이다.

"이빨 요정이 다녀가지 않았어요." 아이는 이렇게 말했다. 아이는 이제 '이빨 요정'이 있다는 것을 믿지도 않는다. 오래 전부터 그런 건 없다는 것을 알면서도, 어렸을 적에 믿었던 신화에 대한 일말의 기대 같은 것이 남아 그러는 것뿐이다. 이제 그 마지막 기대마저 사라진 것이다. 아이의 그 마지막 기대가 사라지는 것을 나는 그냥 지켜보면서 내버려 두었다.

나중에 나는 그 일을 유월절 세데르 아피코멘 보물찾기 식으로 재현해 주었다. 내가 이빨을 숨겨놓고, 소피가 그걸 찾아서 가지고 오면 13달러에 사주었다. 마법의 냄새 대신 현금 거래의 기억만 남기는 하겠지만 그런 대로 괜찮았다.

소피는 13년 동안 이빨 요정 이야기를 믿었으니 제법 오래 믿은 셈이다. 아이들에게 내 관심이 골고루 잘 나누어졌다는 말이기도 하다. 네 아이의 요구와 바람, 두려움, 필요로 하는 것을 요술공 가지고 놀 듯 떨어뜨리지 않고 계속 던져 올리는 일은 재미있지만 힘든 일이다. 거기다 다섯 번째 아이까지 있으면 일이 얼마나 더 복잡해졌을까.

그렇다. 네 명의 예쁜 아이들. 분명히 말하건대 이건 내가 애당초 생각했던 것보다 더 많은 숫자다. 대가족이지만 우리한테는 완벽한 사이즈다. 아직도 계란 껍질 같은 작은 발톱과 버터처럼 보드라운 아기 발의 감촉이 그리운가? 입안에 집어넣고 싶은 자그마한 발 하나만 더 가져 봤으면 하는….

17 매튜 하딩의 막춤: 우리 아이들이 사는 세상

낯선 사람들이 함께 어울려 신나게 춤을 추는
세상이야말로 내가 항상 우리 아이들에게 말한 세상이었다.
그래서 눈물이 났다.

몇해 전부터 어떤 동영상 하나가 인터넷에 맴돌았다. 여러
분도 종종 이런 일이 일어난다는 걸 알 것이다. 오랫동안
아무도 관심을 가지는 사람이 없다가 어느 날 갑자기 서른 몇 명이
그 동영상 주소를 내게 알려주는 것이었다. 나는 전에 몇 차례 본
적이 있었는데, 흥겹기는 하지만 쓸데없는 것이라는 생각도 조금
들었다. 어쨌든 보면 웃음이 나왔다. 그런데 워싱턴 DC에 사는 고
집 센 정치언론 애널리스트인 내 동생 폴이 이 동영상 링크를 다음
과 같은 메모와 함께 보내왔다. "이런저런 이유로 나는 이 동영상
에서 인간성에 대한 희망을 보는 것 같아." 폴은 큰아들 일 외에는
감정에 치우치는 사람이 아니다. 그의 아들은 순하고 참한 아이인

데 등짝에 '킥 미'Kick Me 사인을 붙이고 다녔다. 폴은 매우 냉소적인 성격으로 세 살 때 이미 인류에 대한 희망을 버렸다는 사람이다. 그래서 그가 고지식한 메모와 함께 링크를 알려오자 나는 그것을 따라가 보지 않을 수가 없었다.(http://vimeo.com/1211060)

매트(매튜 하딩Matthew Harding은 코네티컷 출신의 30대 백인 남자로 오래도록 아주 아름다운 사춘기를 보낸 사람이다)라는 사람이 4분 28초 동안 수십 개 나라를 다니며 좀 얼빠진 것 같은 막춤을 춘다. 처음에는 혼자서 춘다. 뭄바이의 샛길에서, 부탄에 있는 파로 언덕 중턱에서, 북아일랜드에 있는 작은 둑 위에서. 그러다 얼마 안 가 사람들이 같이 춤을 추기 시작한다. 마다가스카르에 있는 안트시라난에서는 어린아이들 몇 명이, 스톡홀름에서는 히피 패거리, 솔로몬제도에서는 교복 입은 학생들, 한국의 판문점에서는 무표정한 얼굴의 군인, 인도 구르가온에서는 사리를 입은 무용수들, 그리고 몸에 깃털장식을 하고 물감을 칠한 파푸아뉴기니 사람들, 통가의 바바우에서는 흰돌고래 한 마리가 함께 춤을 춘다. 작곡가 개리 슈만이 만든 음악은 자물쇠에 열쇠가 들어맞는 것처럼 감정을 지배하는 우리의 대뇌 변연계에 딱 들어맞는 믿을 수 없을 정도로 멋진 곡이다. 듣고 있으면 살아 있음에 너무도 행복감을 느끼게 해주는 물질인 세로토닌이나 도파민이 흠뻑 솟아나게 해준다. 마드리드에서는 즐거운 표정의 사람들이 화면 양쪽에서 뛰어들어와 세차게 빙빙 돌며, 어지러울 정도로 알레그로를 추어 대는데, 그때부터 나는 울기 시작했다. 차카치노, 희망봉, 팀북투, 도쿄, 샌프란시스코, 상파울루를 거치는 동안 나는 눈을 떼지 못했다. 춤은 시애틀까지 계속되었고 나도 끝까지 지켜보았다.

나는 이 통통한 미국 남자를 보면서 계속 울었다. 그는 자칭 게으름뱅이였고, 돈 떨어질 때까지 세계 전역을 돌아다니는 것 외에는 별다른 계획이 없는 사람이었다. 그는 산꼭대기에 올라, 사찰, 샛길과 해변에서 발뒤꿈치를 차올리고 두 팔을 흔들며 춤을 추었다. 낯선 사람들이 함께 어울려 신나게 춤을 추는 세상이야말로 내가 항상 우리 아이들에게 말한 세상이었다. 그래서 눈물이 났다.

그렇게 정직에 대한 믿음을 가르치면서도, 나는 거의 매일 애들에게 엄마로서 저지를 수 있는 최악의 죄를 범했다. 아이들에게 거짓말을 한 것이었다. 나는 아이들에게 네게브 사막에서 베두인족을 만나면 그들의 텐트로 초청을 받고, 박하차를 대접받을 것이라고 했다. 또 부르키나파소에 가면 일곱 살짜리 어린이도 그들과 축구를 같이 하게 될 것이며, 파리 지하철에서 길을 잃으면 비숑 프리제 강아지를 겨드랑이에 낀 도도하지만 친절한 부인이 오르세미술관으로 가는 길을 알려 줄 것이라고 이야기해 주었던 것이다.

그렇다고 내가 애들에게 로마의 비아 베네토에서 집시 아이들이 옆으로 지나가면 한 손으로 지갑을 꽉 움켜쥐는 게 현명하다는 경고를 해주지 않은 것은 아니다. 그리고 짐바브웨의 하라레로 교환학생 가는 것을 허락해 주겠다는 말도 아니다. 분명히 말하지만 아이들에게 진실을 외면하도록 하지는 않을 것이다. 큰 애들은 IED(급조폭발물)가 뭔지 알고, 이라크에서 군인과 민간인을 합쳐 수십만 명이 죽었다는 사실도 알고 있다. 아부그라이브 수용소에서 어떤 일이 있었는지도 안다. 네 명 모두 다 심상치 않은 지구온난

화의 위기에 대해서도 잘 알고 있다. (로지는 전등불이 켜져 있으면 찰칵 하고 끄면서 "북극곰을 모두 죽이려고 이러는 거야?"라고 큰소리를 지른다.) 아이들은 딕 체니를 싫어하는 것처럼 존 매케인도 싫어한다. 내 여권에 출생지가 예루살렘으로 적혀 있기 때문에 우리 가족이 여행하기에 안전하지 않은 나라들이 있다는 것도 안다. 베이징 올림픽 구경하러 간다고 신이 나서 떠드는 친구들을 보고 베이징의 대기오염 걱정을 해주기도 한다. 지크는 내게 베이징은 대기오염이 세계에서 제일 고약한 도시들 가운데 하나라고 했다.

결코 천진난만한 아이들이 아니지만, 또 어떻게 보면 순진하기 짝이 없다. 나는 세계 도처에서 일어난 재난에 대해 아이들에게 솔직하게 이야기해 주지만, 그러면서도 한편으로는 아이들에게 사람은 모두 다 똑같다는 생각을 갖게 하려고 애썼다. 비록 지금 당장은 정의가 지배하는 세상이 아닌 것처럼 보일지 모르지만 언젠가는 정의가 넘쳐 흐르는 세상이 될 것이라고 했다. 솔직히 나 자신도 그런 생각을 완전히 믿지는 않았지만 아이들에게는 그렇게 주입시키려고 한 것이다.

지크가 어렸을 때 나보고 왜 아이들에게 부정적인 세계관을 강요하느냐고 핀잔을 준 여자가 있었지만, 그 여자는 뭘 모르고 한 말이었다. 물론 아이들 가운데 지크 하나는 반사회적인 '펑크록 키드' punk rock kid 로 제대로 키워냈다. 지크는 툭하면 인류가 이 세상에 가져다 준 것은 파괴뿐이라는 말을 했다. 그러니 인류도 검치호랑이와 큰바다오리처럼 멸종해서 사라지는 게 제일 좋다는 것이었다. 그런가 하면 나는 세상은 설탕처럼 달콤한 것이라는 식의 이야기를 아이에게 수시로 해주었다. 어느 쪽이 더 나쁜 것인가? 거짓 희망을 이야기하는 것과 솔직하게 절망을 이야기해 주는 것 중에서 어느 것이 더 나쁜가?

마이클과 나는 우리 아이들에게 모든 사람은 바람직한 심성을 갖고 있다는 미신 같은 말을 해주었는데, 미국 역사를 보면 이 말이 옳다는 것을 알 수 있다. 우리 아이들은 미국 역사에 대해 우리가 1970년대에 배웠던 것보다는 조금 더 솔직하게 배운다. 하지만 전반적인 톤으로 보면 멜팅폿과 기회의 땅이라는 식의 장밋빛 찬사에서 크게 달라진 게 없다. 우리 아이들은 이제 학교에서 크리스토퍼 콜럼버스가 미국을 발견했다고 할 수는 없다고 배우지만, 대신 그가 아주 중요한 탐험을 한 사람이라고 배운다. 버클리에 사는 학생들이 원주민의 날에 부르는 노래에는 이런 대목이 있다. "그것은 용감한 일이었네. 하지만 누군가 이미 이곳에 살고 있었네. 맞아 누군가 이미 이곳에 있었네." 마이클과 나는 우리 아이들에게 인디언들의 강제이주를 말하는 '눈물의 길', 앤드루 잭슨이 저지른 잔혹행위 같은 이야기들을 해주었다. 그리고 마지막 전사 터컴사와 수우족 추장 시팅불 같은 인디언 영웅들에 대한 이야기도 해주었다.

우리는 아이들에게 이 나라의 잔혹한 역사에 대해서도 가르쳐주고 은총과 용기에 관한 이야기도 들려 주려고 한 것이다. 아주 먼 옛날에는 여자들에게 투표권도 없었지만 지금은 여성참정권론자인 수전 B 앤터니와 엘리자베스 캐디 스탠튼 같은 사람들 덕분에 힐러리 클린턴이 대통령 후보로 나설 수 있고 캘리포니아주 상원의원에 여자가 두 명이나 선출될 수 있게 되었다는 이야기를 해 주었다.

여러분은 내가 말하려고 하는 요지가 무엇인지 알 것이다. 아이들에게 미국의 인종차별 역사를 가르쳐 주려는 것이다. 한번은 큰 아이들에게 인종차별 문제를 주제로 빌리 홀리데이가 부른 '스트레인지 프루트' Strange Fruit 를 들려주고, 불과 얼마 전까지만 해도 남부에서는 사적인 폭력행사가 공공연하게 저질러졌다는 이야기를 해주었다. 그러면서 한편으로는 마틴 루터 킹 주니어, 그리고 소피가 얼마 전 유아원 공민권 문제를 소재로 한 야외극에서 배역을 맡은 로저 파크스와 같은 사람들 덕분에 민권을 쟁취하기 위한 싸움이 승리로 끝났다고 말해 주었다. (백인 꼬마인형이 판지로 만든 버스 뒷좌석에 앉지 않겠다고 거부하는 장면을 보았더라면 파크스 부인도 흐뭇했을 것이다.) 우리 아이들은 개빈 뉴섬 시장이 정의를 수호하기 위해 용감하게 일어나 동성애자들에게 결혼허가서를 내 준 베이 에어리어 지역에 사는 것을 자랑스럽게 생각한다. 우리는 부당함에 대해서 가족끼리 많은 토론을 했지만, 그와 같은 부당함이 지배하던 시대는 이제 거의 끝났다. 참정권이 법으로 만들어졌고 인종, 민족, 국적 또는 성적인 취향과 상관없이 모든 사람이 동등한 대우를 받을 권리가 보장되었다.

우리는 아이들에게 인종차별을 비롯한 모든 종류의 편견이 끝난 것은 필연적인 결과라고 말해 주었다. 나는 우리 아이들에게 미국 역사와 세계에 대해 낙관적인 입장에서 이야기한다. 나쁜 일도 일어나기는 하지만 모든 분야에서 착한 사람들이 맞서 싸우며, 결국에는 정의가 승리한다고 말해 준다. 하지만 그런 말을 하면서도 항상 마음속으로는 내가 아이들에게 가짜 물건을 파는 건 아닐까 하는 걱정을 한다.

마이클은 타고난 애국자다. 그의 생각을 따른다면 우리는 집 앞에다 성조기를 게양해 놓고 살 것이다. 그것은 마이클이 성조기가 국내외적으로 갖는 의미를 순수하게 신봉하기 때문이 아니라 맹목적 애국주의자들이 헌법 수호자들인 양 국기 핀을 꽂고 다니는 걸 반대하기 때문이다. 성조기가 자유의 상징이라고? 웃기는 소리. 이라크, 이란, 키갈리, 라파의 거리에 사는 아이들의 눈에는 성조기가 결코 자유의 상징이 아니다.

하지만 마이클은 성조기가 자유의 상징이 되어야 한다고 말한다. 계속 싸워 나간다면 자유의 개념을 반자동 소총을 장전한 채 바지 허리끈에 꽂고 다니는 권리와 동일시하는 사람들이나 단체에 이 나라를 넘겨주지 않는다면, 우리의 아이들에게 미국은 본질적으로 정의로운 나라라고 계속 가르친다면, 언젠가는 성조기가 우리의 자랑스러운 상징이 될 것이다.

마이클이 쉽게 터득하는 것을 나는 힘들게 배워야 알았다. 마이클은 아이들에게 이러한 이야기를 하면서 이야기의 대부분을 자신도 믿었다. 하지만 나는 미국의 힘과 미국이 하는 말을 불신하는 캐나다 출신의 부모 밑에서 자랐다. 우리 아버지는 30년 동안 뉴저지에서 산 뒤 순전히 조지 부시에게 반대표를 던지기 위해 미국 시민권자가 된 사람이며 항상 이스라엘로 돌아가고 싶어 하셨다. 엄마는 브루클린에서 태어났지만 두 분 모두 몬트리올에서 자랐다.

부모님은 내게 항상 말씀하시기를 미국은 가서 살기는 좋은 나라이지만, 미국 사람들은 마사이족 전사나 라다키족 양치기들과 마찬가지로 우리에게는 낯선 이방인들이라고 하셨다. 부모님들은 자기 아이들에게 미국 정부에 대한 의심뿐만 아니라 미국 사람들에 대한 우월의식을 심어 주셨다. 적어도 뉴욕에 살거나 몇 군데 고등교육 기관에서 가르치는 사람들을 제외하고는 우리가 더 우수하다는 것이었다. 미국인들은 어리석고 미련하며, 교활한 정치인과 텔레마케터들이 쉽게 속일 수 있는 사람들이라고 했다. 미국인들은 매일 몇 시간씩 텔레비전만 본다는 말씀도 하셨다. (우리도 마찬가지였으면서도 미국인들을 깔보았다. 우리는 명화극장과 '매시' M*A*S*H* 를 보는 데 비해 미국인들은 드라마와 게임쇼를 본다는 것이었다.)

우리는 아이들에게 말할 게 있으면 마이클이 하는 게 더 수월했다. 나와 달리 마이클은 애국심을 고취시키는 곳에서 어린시절을 보냈기 때문이다. 그는 1970년대에 메릴랜드주 컬럼비아에서 자랐는데 인종간의 통합이라는 이상이 거의 실현된 유토피아 같은 곳이었다. 컬럼비아에서는 흑인과 백인 가족들이 이웃에 같이 살았다. 흑인과 백인 아이들이 골목에서 같이 자전거를 타고, 동네 수영장에서 같이 수영했으며, 서로 싸우고 화해했다. 서로 친구로 지낸 것이었다.

나는 내 삶의 대부분을 보낸 이 나라에서 이방인도 아니고, 특별히 우월감도 느끼지 않았지만, 내가 자란 곳은 자랑할 게 없는 곳이었고 인종문제에 관한 한 특히 더 그러했다. 나는 뉴저지주의 리지우드에서 자랐다. 그 마을에서는 부동산 중개인들이 수시로 소수민족 가정들을 특정 지역으로 몰아넣었다. 흑인 아이들은 한곳에 고립시켰고, 우리 백인 아이들은 그 구분을 넘어서려는 노력을 전혀 혹은 거의 하지 않았다.

어린 소녀 시절에도 나는 문제가 있다는 것은 알았지만, 내가 어떻게 해볼 수 있는 문제라는 생각은 전혀 들지 않았다. 그것도 내가 우리 동네를 혐오하게 된 이유들 가운데 하나였다. 이제 어른이 되고 보니 그때 행동에 나서지 못한 게 창피할 뿐만 아니라, 그 때문에 입은 피해도 있다. 마이클은 다른 인종의 사람들을 만나면 인종 차별을 하지 않는 척하지 않고 인종 차별이 도처에서 자행된다는 현실을 부정하지도 않는다. 그러면서 그는 어떠한 인종과 관련해 기대나 선입견도 갖지 않는다. 하지만 나는 다양한 인종들과 섞여 자라지 않았기 때문에 마이클처럼 다른 인종들에게 편하게 대하지 못한다. 그들과 대화하다 보면 억압의 역사에 대한 의식을 너무 하게 되어 결국 사람들의 웃음거리가 되기도 하고, 내가 좋은 사람이라는 것을 증명해 보이기 위해 나의 진보주의적인 성향을 드러내 보이려고 한다.

하지만 우리 아이들에게는 이제 그런 일은 더 이상 일어나지 않는다고 가르친다. 미국은 이제 달라졌다고 가르치는 것이다. 이건 틀린 말도 아니고 완전한 거짓말도 아니다. 우리 애들이 사는 미국은 과거와 다르다. 버클리는 이제 리지우드나 인디애나주가 아니며, 컬럼비아도 아니다. 아이들이 다니는 학교는 인종의 다양성을 내세울 뿐만 아니라 실제로 실현하고 있다. 지크의 제일 친한 친구 중 한 명은 부모 두 분이 유대인, 그리스인, 미국 흑인, 그리고 백인 등 모두 네 개의 인종에 속해 있다. 또 한 친구는 허리케인 카트리나의 피해자로 미시시피에서 오클랜드로 이사왔다. 그 셋이 모여 놀면 꼭 베네통 광고를 보는 것 같다.

우리 아이들의 세계에서는 유대인 레즈비언 커플이 중국에서 입양한 소녀라고 해서 아이오와 옥수수 농장 주인의 딸보다 조금도 특별할 게 없다. 어쩌면 더 흔할지도 모르겠다. 2000년에 인구 조사 때 처음으로 혼합인종란을 만들었는데, 캘리포니아주 인구 가운데 거의 5%가 그 난에 표시했다. 미국 전역을 기준으로 보면 어린이 19명 중 1명이 혼합인종인데 캘리포니아주에서는 그 비율이 10명 중 1명에 육박한다.

우리 아이들에게는 상황이 더 좋아진 것 같아 보인다. 하지만 최근 들어서 나는 우리가 애들에게 민권운동과 다양성의 힘이 승리했다고 가르친 말들이 결국 사실이 아닐지 모른다는 의문이 들기 시작했다. 그렇기 때문에 상황이 나아진 게 아닐 수도 있다.

얼마 전 뉴욕타임스를 읽다가 최고급 부동산 전면 광고에 눈길이 멈췄다. 어떤 가족이 서브제로 냉장고, 값비싼 목재 패널과 유럽 카푸치노 커피 메이커까지 완벽하게 갖추어진 높은 천장의 부엌에서 찍은 사진이었다. 광고를 보고 놀라웠던 것은 부부가 너무 젊고 날씬하고 얼굴이 밝아서 예쁜 아이 넷을 둔 사람들 같아 보이지 않는다는 사실이 아니라, 남편은 백인이고 부인은 흑인이라는 사실이었다. 미국식 성공과 고급품이라는 비전을 파는 데 등장시킨 가족이 바로 두 혼합 민족이었던 것이다.

민주당 예비선거 기간 중에 나는 사우스캐롤라이나주 컬럼비아에서 버락 오바마를 위해 자원봉사를 하고 있었다. 투표일 저녁에 나는 수백 명의 군중들 틈에 서서 내가 지지하는 후보가 무대에 오르기를 기다리고 있었다. 기다리는 동안 사람들은 점보트론을 통해 뉴스를 지켜보면서 비치볼을 머리 위로 쳐 날리고 다양한 구호를 외쳤다.

빌 클린턴의 얼굴이 높이가 5피트에 달하는 대형화면에 나타났다. 그는 제시 잭슨도 사우스캐롤라이나주 예비선거에서 이겼다는 말을 했다. 그것은 흑인을 대통령 후보로 선출해 봐야 쓸데없는 짓임을 암시하는 말이었다. 그 말에 흑인 대학생들이 이렇게 외치기 시작했다. "인종은 상관없다, 인종은 상관없다." 외침소리는 순식간에 온 실내를 가득 메웠다.

그랬다. 그날 그곳에 모인 군중은 백인과 유색인종이 대충 반반씩 차지했는데 유색인종의 대부분은 흑인들이었다. 그곳은 아직도 연방기가 휘날리고 있는 곳이었다. 그곳은 투표에 참여하겠다고 나온 흑인들을 살해한 악명 높은 벤저민 틸먼 주지사의 동상이 세워져 있는 도시였다. 당시 그는 이렇게 떠들었다. "우리는 그들을 쏴 죽였다. 우리는 그것을 부끄럽게 생각하지 않는다." 바로 그런 곳에서 우리는 다 함께 "인종은 상관없다"고 외치고 있었던 것이다.

물론 지금도 인종은 문제가 된다. 미국은 여전히 거의 4분의 1에 달하는 흑인들이 가난하게 살고 있고, 대학에 다니는 흑인 남자의 수보다 형무소에 들어가 있는 흑인 남자의 수가 더 많은 나라다. 16년 전 내가 매사추세츠주 케임브리지에 살면서 로스쿨에 교환학생으로 온 호주 원주민 학생과 데이트를 할 때도 인종은 문제

239

가 되었다. 노예제 폐지운동이 시작된 곳이었지만 그곳에서도 사람들은 우리를 쳐다보았고, 손을 들어도 택시는 우리를 태워 주지 않았다. 영화관에 가거나 버스를 타면 사람들이 우리 옆에 앉으려 하지 않았다.

하지만 이제 인종은 문제가 되지 않는다. 그런 게 신문 광고에 실리고, 군중 속에서 그런 구호를 외치는 학생들이 있다. 그리고 자기 입으로 직접 흑백 평등과 인종차별 종식을 그렇게 많이 외치지는 않지만 버락 오바마가 우리 앞에 있다. 그리고 암만, 텔아비브에서 춤을 추는 매트가 우리 곁에 있다. 그리고 우리 아이 넷이 보여주는 증거들이 있었다. 아이들의 친구들 중에는 온갖 종류의 인종과 갖가지 순열조합으로 섞인 혼합 인종의 아이들이 포함되어 있다. 우리 아이들은 더 이상 세상을 흑백으로 나누어서 보지 않는다. 엊그제는 에이브가 두 사람에 대해 이렇게 설명했다. 한 명은 대머리이고 핑크빛 피부색을 가진 사람이라고 했다. 또 한 명은 빨간색 티셔츠를 입고 검은 머리칼과 밤색 피부색을 가진 사람이라고 했다. 피부를 머리카락 색처럼 색깔로 나타내는 것이었다. 그런 식이었다. 인종이나 정치 같은 것은 상관이 없었다. 그냥 색의 차이일 뿐이었다.

하지만 나도 그렇게 순진하지만은 않다. 에이브도 얼마 안 있어 미국 사회에서 지금도 인종간 차이와 차별이 얼마나 심각한지 알게 될 것이다. 하지만 그 애들은 다인종이 광고에 나타나는 이상적인 가정이 된 세상, 흑인 대통령 후보를 선출하는 게 쓸데없는 짓이 아니라고 젊은이들이 앞장서서 선창을 하는 세상, 그게 바로 미국의 미래에 희망을 주는 일이라고 외치는 세상에서 자라고 있다.

나는 아직도 완전히 실감을 못하지만 우리 아이들은 이러한 미국에서 살고 있다. 어쩌면 나는 지금까지 좋은 엄마처럼, 좋은 나라 미국에 대한 진실을 말한 것인지도 모르겠다.

18 이런 엄마가 좋은 엄마

자기가 좋은 엄마인지 나쁜 엄마인지에 대해
너무 신경쓰지 않는 엄마, 양쪽 모두 될 수 있고,
어느 쪽도 아닐 수 있다는 걸 아는 엄마가 좋은 엄마다.

학부모 간담회에 참석할 때마다 꼭 듣게 되는 질문이 있었다. 나는 아이가 넷이다 보니 간담회도 보통 엄마들보다는 훨씬 자주 다녀야 했다. 교실 벽을 꾸며놓은 아이들의 자화상과 생일카드들을 구경하고 나면 교사가 일년 커리큘럼과 학부모 교사 상담일을 알려준다. 그리고 나면 필드 트립에 따라갈 학부모 희망자 명단에 이름 적어넣을 차례가 된다. 그때가 되면 꼭 한 학부모가 한 손을 높이 치켜들고 큰 소리로 이런 질문을 한다.

"특별히 우수한 아이들은 별도로 데려가나요?"

그러면 모든 학부모들의 눈이 도대체 누가 그렇게 똑똑한 자식을 두었단 말인가 하는 투로 그 질문자에게 쏠린다.

대다수의 다른 학부모들은 그런 질문을 들으면 기분이 상할 뿐이다. 모든 부모들이 자기도 천재 아이의 부모가 되어 봤으면 하는 꿈을 한두 번은 꾸어 보았을 것이다. 부엌 서랍에는 안 쓰는 플래시 카드가 꽉 들어차 있고, 베이비 아인슈타인 DVD는 텔레비전 장에 먼지를 뒤집어쓴 채 쌓여 있다. 그리고 장난감 상자 제일 아래쪽 서랍에는 흑백 줄무늬의 다각형 아기 모빌 조각들, 미니 야구 글러브, 부러진 바이올린 활이 어지럽게 들어차 있다. 천재가 아니라는 걸 진작 알았어야 했다. 그런데도 마이클과 나는 지금까지도 소피가 생후 6개월밖에 안 되었을 때 "오리"라는 말을 했다고 맹세코 믿고 있다.

우리가 오랫동안 헛된 기대를 품게 된 것은 소피 때부터 시작되었다. 나는 소피가 유아원에 다닐 때부터 초보 읽기 책인 퍼스트 리더스를 사서 읽히기 시작했다. 몇 달만 지나면 아이가 '나니아 연대기'도 후딱 읽어 내려갈 것으로 확신했다. 일곱 살이 되어서도 소피가 떠듬거리며 책을 읽는 것을 보고 나는 너무도 속이 상해 엄마한테 전화를 걸어 이렇게 하소연했다. "어떻게 된 일인지 애가 읽는 게 일학년 수준밖에 안 돼요!" 나는 거의 울부짖다시피 했다.

반대 편에서 잠시 침묵이 흘렀다.

그러다 엄마는 이렇게 말했다. "얘야, 소피는 지금 일학년이야!"

그 말에 나는 더 히스테리를 부렸다. "하지만 마이클은 네 살 때 읽었단 말이에요. 나도 일찍부터 읽을 줄 알았고요."

"무슨 말을 하는 거니?" 엄마는 이렇게 말했다. "네가 읽기를 못해 얼마나 애를 먹였는지 아니? 네 반에서 제일 꼴찌였어."

뭐라고?

하지만 내가 유치원 다닐 때 그랬다고 해서 우리 딸이 우수하지 못한 데 대한 실망감이 줄어드는 것은 아니다. 아이들이 조금 잘하는 정도로는 왜 성에 차지 않는 것일까? 우리는 자기 자식들이 천재이기를 바란다. 반에서 일등을 해도 만족을 못한다. 반에서 뽑혀나와 미래의 노벨상 수상자 키우기 프로그램에 들어가야 직성이 풀리는 것이다.

소피는 다섯 살 때부터 바이올린을 켜기 시작했다. 더 정확히 말하면, 내가 아이한테 바이올린을 켜도록 만들었다. 그것은 맥스 때문이었다. 맥스는 마이클의 동생이 베이비시터로 돌보던 아이였는데 소피 나이 때 사이즈를 4분의 1로 줄여서 만든 소형 첼로로 천상의 소리 같은 바하의 칸타타 곡들을 연주했다. 나는 소피도 음악에 타고난 재능이 있다고 확신했다. 아니면 그럴 거라고 믿는 간절한 소망이 있었을 것이다. 소피가 4분의 1 사이즈 바이올린을 들고 있는 모습은 너무도 깜찍했다.

소피는 삼촌 결혼식 때 바이올린을 배운 지 일 년 가까이 되었는데, 마지막 달은 스즈키 교본으로 러시아 무곡을 집중적으로 연습했다.

소피는 라벤더색의 긴 태피터 튈 드레스에 장미꽃 화관을 머리에 두르고 무대에 올랐다(그날 소피의 주임무는 화동이었다). 소피가 바이올린을 들어올리고 활을 치켜들자 관중석은 쥐죽은 듯 조용해졌다. 관중석에 앉은 모든 손님들은 자세를 바로잡고 천재소녀의 솜씨를 기다렸다. 흠잡을 데 없는 모차르트의 미뉴에트, 아니면 그보다 좀 더 쉬운 곡인 파가니니의 카프리치오가 연주되기를 기다렸을 것이다. 나는 아이가 쥔 활이 현에 닿기도 전에 자랑스러움과 기대로 가슴이 두근거렸다. 소피가 연주하는 러시아 무곡이 지금까지 들었던 연주 중에서 최고로 예쁘고 감동적인 연주가 될 것이라고 확신했다. 몇 달 동안 아이가 하는 연주를 듣고도 나는 그런 생각을 했다. 소피의 바이올린 연주 소리는 바이올린을 계단 밑으로 집어던질 때 나는 소리와 똑같았다. 높은 음을 연주할 때 나는 소리는 찻주전자 끓일 때 나는 소리와 정확히 일치했다. 어쨌든 그 애가 바이올린 레슨을 하면 나는 불에 올려놓지도 않은 찻주전자의 불을 끈다고 수시로 부엌으로 뛰어들어갔다. 마침내 연주가 시작되고 바이올린 소리에 놀란 이웃의 고양이들이 함께 찢어지는 소리를 내기 시작하자 관중석의 모든 사람들과 마찬가지로 나도 큰 충격을 받고 말았다.

하지만 사진은 아주 잘 나왔다! 소피는 너무도 사랑스러웠다. 머리칼은 화관 아래서 출렁였다. 사진으로 보면 마치 바이올린 솔로를 위한 바하의 파르티타 2번 중에서 알망드를 연주하는 것 같다.

왜 우리는 아이들이 비현실적으로 높은 부모의 기대에 미치지 못하고 보통 아이들처럼 행동한다고 실망하는 걸까? 우리는 아이들을 방과후 과외 프로그램에 보낸다. 일본은 여러 세대 동안 성적을 올리겠다고 아이들을 그렇게 몰아붙이다가 정신병원에 보낸 경우도 부지기수로 많았다. 우리도 지금은 피칭 코치와 체육 강사들을 고용하고 심지어 애들을 체스 캠프에까지 보낸다.

현대에 사는 우리 부모들은 미네소타주의 워비곤 호숫가에 사는 가상의 주민들처럼 자기 아이들은 하나같이 평균 이상이라고 생각한다. 하지만 여기서 문제가 되는 것은 지능은 다른 능력과 마찬가지로 벨 커브를 그린다는 점이다. 중간에 분포된 숫자는 많고, 양쪽 끝에 분포된 수는 극소수인 것이다. 우리 아이들 대부분은 곡선의 두툼한 부분에 느긋하게 자리를 잡고 있다. 아이들에게 거는 기대가 낮은 것보다 더 나쁜 것은 아이들이 도저히 이룰 엄두가 안 날 정도로 기대치를 너무 높게 잡는 것이다. 그리고 그보다 더 안 좋은 것은 그래 놓고 애들이 잘 못한다고 못 살겠다며 가슴을 치는 것이다. 나는 경험해 봤으니 안다. 아이들에게 그처럼 비현실적으로 높은 기대를 했다가 애들이 우수하지도 않고, 뒤처지는 경우에 어떤 일이 일어나는지 나는 안다.

4학년 때 힘든 일년을 보내고 나서 우리는 지크에게 검사를 받도록 했다. 나는 신경심리학과 의사가 "이 아이는 너무 똑똑하고 예민해서 수업시간에 진행되는 수준이 너무 낮아 가끔 돌출적인 행동을 하는 것입니다"라는 식의 이야기를 할 것으로 기대했다. 내가 이런 말을 하면 물론 여러분은 웃을 것이다. 우리 애처럼 복잡한 검사를 받는다고 이리저리 뛰어다녀 본 부모라면 웃을 것이다. 그렇지 않고 "맞아, 불쌍한 우리 애는 학교에서는 필요한 자극을 못 받아요"라는 말을 하는 엄마도 물론 있을 것이다.

나는 우리 아이의 천재성이 확인될 것이라고 확신하며 의사를 만나러 들어갔다. 어쨌든 이 아이는 생후 15개월 때 벌써 행성들을 태양에서 가까운 순서대로 줄줄 외웠다. 텔레비전 프로그램 '내 친구 아서'에 나오는 아서의 반 친구들 이름도 줄줄이 외울 수 있었다. 아이는 장기 기억력이 아주 뛰어났다. 나는 우리 아들에게 ADHD 같은 게 있을 줄은 꿈에도 생각지 못했다. 담당 의사는 그날 오전에 두꺼운 검사 결과 서류철을 앞에 놓고 마주앉아 한장 한장 짚어가며 두 시간 넘게 우리와 이야기를 나누었다. 나는 대화가 시작되자 거의 곧바로 울음을 터뜨렸다. 진찰실 안에 전략적으로 배치되어 있는 휴지통들을 보니 이런 경우에는 대부분 울음을 터뜨리는 모양이었다.

지금 돌이켜보면, 그 일이 있고 나서 며칠 혹은 몇 주 동안 나는 퀴블러 로스 식 '슬픔의 5단계' 같은 것을 겪었던 것 같다. 처음에는 현실을 받아들이지 못하고 부정했다. 우리 아들에게는 아무 이상이 없다고 우겼던 것이다. 망치 눈에는 모든 게 못처럼 보이듯이 신경심리학과 의사 눈에는 모든 행동이 학습장애처럼 보이는 것뿐이다. 검사가 틀렸고, 처방이 잘못되었으며, 진단도 엉터리다. 우리 아들은 과잉행동장애가 있는 게 아니다. 이리저리 미친 듯이 뛰어다니지도 않고, 가구에 올라가 뛰어내리지도 않으며, 접시를 깨트리는 짓도 하지 않았다. 주의력 결핍도 없고, 두 시간 동안 붙어앉아서 전자펜으로 모스라가 고질라와 싸우는 장면을 그렸다. 문제는 지크에게 있는 게 아니라 학교에 있었다. 선생님들은 애를 이해하지 못한다. 아이의 태도가 형편없기는 하지만, 겉으로 드러난 태도 아래 감추어진 천재적인 감수성을 선생님들이 보지 못하는 게 문제다. 더구나 모든 교육 교재는 남자아이가 아니라 여자아이들을 염두에 두고 만들어졌다. 열 살짜리 남자아이들 중에서 한 시간 동안 가만히 앉아서 소수 곱셈을 하고 있을 아이가 과연 얼마나

247

될까? 아마 그런 애는 찾아보기 힘들 것이다. ADHD 진단을 내리는 것도 일종의 유행이며, 정상적인 남자아이들의 행동을 병리화하는 것에 불과하다. 의학계와 교육계가 우리 아이들에게 약물을 투여해 고분고분한 아이들로 만들려고 하는 것이다.

비록 이제 부정의 단계는 벗어났지만, 나는 지금도 내가 처음에 아니라고 한 데 일리가 있다고 생각한다. 학교생활은 얌전하게 가만히 앉아 있는 아이들, 주기적으로 주어지는 쉬는 시간만 되면 놀이터로 뛰어나가 미친 듯이 이리저리 뛰어 돌아다니지 않는 아이, 몇 시간이고 가만히 앉아서 집중할 수 있는 아이들 위주로 짜여졌다. 그리고 우리 지크는 비전문가들이 생각하는 것처럼 활동 과잉은 아니다. 도가 지나칠 정도로 설치는 경우는 거의 없는 아이다.

하지만 아무리 고함을 지르며 항의를 해도 나는 내 말이 억지라는 것도 알고 있었다. 지크는 얌전한 아이라서 방을 부술 듯 설쳐대지는 않지만 '충동조절'에 문제가 있다. 나는 신경심리학과 의사가 그 말을 하는 순간 맞다는 생각이 들었다. 지크가 통제하지 못하는 자극들이 생각났다. 그 아이는 새로 산 주머니칼로 책상 의자와 미니 밴 뒷좌석 덮개를 갈가리 찢어놓는 충동을 이겨내지 못했다. 자기를 놀리는 얄미운 아이에게 달려드는 충동, 동생들이 힘들여 탑 쌓기 같은 것을 해놓으면 확 무너뜨리고 싶은 충동을 결코 이겨내지 못했다.

정보처리 속도가 늦다는 진단도 일리가 있었다. 지크가 야치게임 때 주사위를 굴린 다음 점수계산하는 게 항상 느린 것도 그 때문이었다. 매번 "자, 어서, 지크, 3 곱하기 3이 뭔지는 알잖아"와 같이 애를 닦달하기도 창피할 정도였다. 물론 지크는 그 정도는 할 줄 알았다. 단지 답을 구하는 데 여분의 시간이 몇 초 정도 더 필요할 뿐이었다.

그 다음 단계는 일종의 기절 상태 같은 것이었다. 이 단계를 거치는 동안에는 실제로 아들 얼굴을 제대로 쳐다볼 수가 없었다. 여러 해 동안 여러 면에서 나는 나 자신보다도 아들을 더 잘 안다고 생각해 왔다. 하지만 이제는 아들이 어떤 사람인지, 무엇을 할 줄 아는지에 대해 아는 것이 하나도 생각나지 않았다. 그리고 아들이 이 세상에서 길을 잃어버리지 않을까 하는 생각 때문에 일종의 공황상태에 빠지기 시작했다. 한때는 끝도 없이 뻗어나갈 것이라고 믿었던 아들의 미래가 갑자기 축소되고 한계에 부딪힌 것 같았다. 아기 때부터 아이한테 무엇이든 될 수 있고, 무슨 일이든 할 수 있다는 말을 약속처럼 해왔지만 이제는 아이의 상상력이 스스로를 제약시켜, 내가 해준 약속이 하나도 실현될 수 없을 것 같았다. 아이는 앞으로 어떤 기술도 연마하지 못하고, 어떤 직업도 절대로 가져 보지 못할 것 같았다. 이런 일을 알게 된 초기에 나는 마이클에게 "그 애한테 정보처리 속도 문제가 있다면 절대로 비행기 조종사는 될 수 없잖아!"라는 말을 했다.

웃음이 나오는 걸 억지로 참으며 마이클은 이렇게 말했다. "그 애가 비행기 조종사가 되고 싶다는 생각을 한 적은 없었을걸."

"그건 나도 알아요! 하지만 혹시 되고 싶다고 하더라도 이제는 못 되는 것 아니냐고요."

"NBA 선수로 뛸 수도 없을 거야." 마이클은 이렇게 말했다. "그건 못 돼도 상관없는 거잖아."

솔직히 말해 우리 아들이 프로 농구선수나 어떤 종목의 프로 선수가 못 된다고 해서 내가 단 한순간이라도 잠을 못 자고 고민할 일은 없을 것이다. 마이클의 말이 옳았다. 나는 우리 아이들의 운동 능력이 제한된다고 해서 손끝만치도 걱정을 해 본 적이 없다. 반대로 지크가 상대팀 진영으로 공을 차 날리는 걸 보고는 다른 엄마들이 자기 아이들의 테니스 랭킹 순위를 자랑하는 것처럼 마구 으스댔다.

하지만 우리 아이가 뇌에 어떤 문제가 생겨 제약을 당한다는 사실이 나는 너무 견디기 힘들었다. 이제 일년이 지나고, 내 반응을 분리해 보면서 나는 이 극심한 공포와 두려움의 시간에 두 가지 다른 요소가 있었다는 것을 알 수 있다. 우선 아들이 걱정되었다. 학교에서 잘하려면 얼마나 힘들게 노력해야 할 것인지 걱정이 되었고, 자기가 하고 싶어도 하지 못할 일, 이루고 싶어도 이루지 못할 꿈 때문에 힘들어할 게 걱정되었다. 그보다 훨씬 더 부끄러운 요소가 하나 있었다. 사실은 지금도 나 스스로 인정하기 힘든 요소이기도 하다. 그것은 바로 아이 때문에 걱정이 되었지만 한편으로는 실망스럽기도 했다는 사실이다. 적어도 부분적으로는 내 자신의 자존심 때문에 속이 상한 것이었다. 내 안에는 한쪽 손을 높이 치켜든 그 엄마처럼 이렇게 큰소리로 외치고 싶다는 생각이 항상 자리잡고 있었다. "우리 천재 아이는 어떤 차편으로 이동하게 되나요?" 이제는 이런 말을 전혀 해보지 못하게 될 것 같아 겁이 났다.

여러분도 짐작하시겠지만 나는 이런 기대감 같은 걸 갖고 있었다. 나와 마이클 모두 공부를 잘했기 때문에 우리 아이들은 그냥 똑똑한 정도가 아니라 아주 똑똑하기를 바란 것이다. 나는 우리 아이들을 갖기 전에 벌써 특별히 똑똑한 아이들을 본 적이 있다. 대학 친구의 아들은 네 살 때 이탈리아어로 된 오페라의 긴 대목을 노래로 불렀다. 우리가 아는 또 어떤 사람의 아들은 열 살인데 주말마다 베이 에어리어의 최고급 식당에서 수석 셰프로 일한다. 베를린필하모니에 데뷔한 아이들도 있고, 워싱턴 스퀘어 공원에 앉아서 발뒤꿈치를 벤치에 탕탕 치면서 러시아 체스 그랜드 마스터였던 사람을 스피드 체스에서 혼내준 아이들도 있다. 기저귀를 차고 머릿속으로 2차 방정식을 계산하는 아이들도 있다. 우리 아이도 그랬어야 하는데. 아이들을 갖기 전부터 나는 앞으로 우리 애들은 똑똑할 것이라고 생각했다. 그 애들은 일반반에서 뽑혀나와 천재반으로 들어갈 것이다. 세 살 때 모차르트를 연주할 것이며, 세상의 다른 어떤 아이들보다도 더 밝게 빛나고, 더 잘해 낼 것이다. 내가 공들여 만든 기대의 탑에 ADHD 같은 것은 비집고 들어올 틈도 없었다.

차마 인정하기 싫지만 나는 그 완벽한 천재 아이들 엄마의 반응이 두려웠다. 창피했다. 그리고 당연한 일이지만 나의 이런 걱정을 사실로 만들어 주는 엄마들(그리고 아빠들)이 있었다. 지크의 진단 소식을 듣고는 내 말에 동의하지 못하겠다는 투로 과잉 약물치료의 위험성에 대해 이야기해 준 사람이 얼마나 많았는지 모른다. 그 사람들은 "사내아이들은 다 그렇지요"라는 말도 했다. 두 눈썹을 찡그려 보였고, 의기양양하든지 아니면 연민의 정을 나타내 보였다. 그리고 내가 (혹은 지크가) 털어놓는 말을 듣고는 귓속말로 자기 아들이나 딸도 장애자이면서 학교에 다니는데 지크가 다니는 병원을 소개해 달라는 사람도 적지 않았다.

다른 사람의 집에서 어떤 일이 벌어지는지는 절대로 알지 못하는 법이다. 그리고 다른 사람들보다 더 똑똑하고, 더 우수한 것처럼 보이는 사람들도 알고 보면 자기 나름대로 어려움을 안고 사는 경우가 대부분이다. 겉보기와 같은 경우는 드물다. 수학 천재? 그애는 일곱 살 때부터 저녁마다 술을 한 병씩 마셨다. 그 오페라 가수는 독서 장애가 있고, 아기 체스 마스터는 정말로 똑똑하기는 하지만 자기밖에 모르는 꼬마다.

올해 여름에 캠프에 간 지크가 첫날 우울한 표정으로 집으로 돌아왔다. 이유를 물었더니 다른 애들은 모두 서로 아는 사이라는 것이었다. 모두 같이 몰려다니고, 비밀스러운 악수를 나누고, 자기들끼리만 농담을 주고받고 별명을 부르더라는 것이었다. 누구와 같이 앉는지도 알고, 무슨 말을 해야 하는지도 알았다. 그리고 그 혼자 외톨이였다. 아무리 해도 친구를 사귀지 못할 것 같은 생각이 들었던 것이다.

부모로서 우리는 침착함과 경험을 바탕으로 그에게 겉으로 느끼는 모습이 사물의 진면목인 경우는 드물다는 말을 해줄 수 있다. 네가 불청객으로 갔다고 생각하는 멋진 파티에 모인 다른 사람들 역시 파티가 있다는 사실을 모르고 온 경우가 많다. 그 사람들 역시 너보다 더 우쭐한 생각을 갖고 있지 않을 것이다. 우리는 직접 경험하는 혼란스러운 현실보다 머릿속으로 그리는 이상을 더 중시하는 경향이 있다. 우리는 실제로는 현실이 아름답다는 사실을 제대로 알지 못하는데, 그 이유는 이상과는 아무런 관계가 없다.

현실의 지크는 내가 머릿속에 그리고 있던 아이에 대한 터무니없이 이상적인 모습을 따라오지 못했고, 내가 꿈꾸었다가 체념한 이상적인 좋은 엄마의 상대가 되지 못했다. 하지만 추하고 고통스러운 슬픔의 단계를 넘어서면서 내가 마침내 깨달은 것은 아들은 바뀐 게 아무것도 없다는 사실이었다. 신경심리학 의사의 진단에도 불구하고 지크가 갑자기 환자가 된 것은 아니었다. 의사의 진단은 지크라는 한 인간의 극히 일부분에 불과한 것이고, 지크는 여전히 원래의 지크일 뿐이었다. 그는 달라진 게 하나도 없었다. 그는 여전히 모든 행성의 이름을 줄줄이 외는 작은 사내아이였고, 정치에 대해서도 아는 게 많아 도나 브래질에 대한 농담으로 배꼽을 쥐게 만드는 아이였다. 그리고 여전히 여동생을 데리러 발레 학원까지 가서 한 손으로는 동생의 통통한 손을 잡고, 다른 손에는 작은 핑크 슬리퍼를 들고 함께 집으로 오는 아이였다.

지크는 항상 그랬던 것처럼 창의적이고 매우 똑똑한 아이였으며, 불의에 대한 의식이 남달랐고, 신랄한 재치가 넘치는 아이였다. 지크는 내 두 볼을 두 손으로 감싸쥐고는 내 눈을 지그시 바라보며 최고로 심각하고 확신에 찬 어조로 "엄마, 사랑해요"라고 말하는 아이다. 이 아이에 대한 나의 사랑은 말로 표현할 수 없는 것이다. 그가 어떤 아이인지는 절대로 검사 결과서의 페이지 수로 계량화할 수 없다. 검사서 다발이 아무리 크더라도 마찬가지다.

아이의 잠재적 능력이 제한당한다고 그렇게 울기는 했지만, 지금 생각해 보니 그건 내가 바보 같은 짓을 한 것이었다. 솔직히 말해 지크가 조종하는 비행기를 타고 싶다는 사람은 없을 것이고, 지크가 골드바흐 가설을 푸는 일도 절대로 없을 것이다. 하지만 마이클이 말한 대로 지크는 비행기 조종사가 되겠다는 희망을 가져 본 적도 없고, 수학은 그런대로 잘하는 편이다. 어떤 삶이건 막론하고 삶에 있어서 중요한 것은 자기가 잘하는 게 무엇인지, 어떤 일을 할 때 행복한지를 찾아내고, 그런 다음 운이 아주 좋으면 그런 일을 하면서 일생을 보내는 것이다.

진단이 우리에게 제시해 준 것은 어떻게 하면 우리 아들을 도와줄 수 있느냐 하는 방법이다. 여러 전문 교사와 치료사들의 말을 빌리자면 지크는 이제 학교에서 잘할 수 있도록 도움을 받을 수 있는 기술들이 가득한 연장 통을 갖게 되었다. 수학은 자기 같은 두뇌를 가진 아이들을 위해 고안된 학습 프로그램을 통해 배우는데 잘하고 있다. ('수학공부 잘하기'라는 이름의 프로그램인데 정말 놀랄 만큼 좋은 프로그램이다.) 그리고 교육 치료사가 와서 지크에게 학교 숙제를 어떻게 하는지 직접 지도해 준다. 그리고 학교 갈 때는 리탈린을 복용토록 해서 주변에서 벌어지는 일에 정신을 빼앗기지 않고 교사와 수업에만 집중하고, 충동을 자제할 수 있도록 만든다.

지나친 기대감으로 눈이 멀면 아이들이 보여주는 기적 같은 일들을 제대로 보지 못하게 된다. 로지는 말 배우는 게 아주 늦었다. 다른 형제들은 그 나이에 길고 복잡한 문장으로 말을 했는데 로지는 문장이 아니라 단어만 겨우 나열하는 정도였다. 말할 때는 정말로 귀여웠지만, 옹알이를 하고 새로운 단어를 말하면 예뻐서 어쩔 줄 몰라하다가도 나는 애가 다른 애보다 뒤떨어진다는 생각 때문에 금방 기분이 우울해졌다. 내가 블록으로 탑을 만든 다음 그걸 확 무너뜨리면 로지는 통통한 두 다리를 앞으로 펴고 바닥에 앉아서 까르르 하고 웃었다. 그러면 나는 "로지야, '붐' 이라고 해볼래? '붐' 이라고 한번만 해봐"라며 애한테 애원하다시피 했다.

부모의 과도한 기대에 못 미친다고 아이들에게서 느끼는 사랑과 희열의 감정까지 망쳐 버리지 말자. 그것은 부모가 자녀에게 가하는 가장 무서운 독(毒)이다.

그리고 아이들이 태어나기도 전에 만들어진 높은 기대감에 아이들이 부응하지 못한다고 좌절하는 것이다. 그러한 기대감은 실제로 아이들과는 아무런 관계가 없고, 오로지 부모들의 이기심과 관련 있는 것일 뿐이다.

내가 아주 좋아하는 요가 선생님이 있는데, 나를 제일 열심히 운동하게 만들고, 또한 나를 제일 날씬하게 만들어 주는 사람이다. 그 선생님은 바른 호흡법을 가르치면서 올바른 마음가짐正念에 대해 많은 이야기를 한다. 올바른 마음가짐은 의식을 지금 이 순간에 고정시키는 불교적인 개념으로, 과거나 미래에서 벗어나 오직 지금 이 순간에 의식을 집중시키는 것이다. 올바른 마음을 갖는다는 것은 판단이나 평가를 하지 않고 오직 경험만 하는 것을 의미한다. 주의력을 가질 뿐이다. 찰나에 집중하고, 의미를 헤아리려고 하지 말고 오직 일어나는 그대로 인식할 뿐이다.

내가 불교나 요가에 대해 이런 말을 하는 것 자체가 사실 우습다는 생각이 든다. 가끔 해야 되겠다는 생각에 시도는 해보지만 나는 명상을 규칙적으로 하는 사람이 아니다. 학기 초만 되면 우리 아이들의 머리에 생기는 이처럼 내 머릿속에는 너무도 복잡한 생각들이 우글거린다. 더구나 나는 의식에 관한 말을 하고 다니는 사람들을 싫어한다. 적어도 이곳 버클리에서 만나는 사람들은 그렇다. 소위 자아실현에 힘쓴다는 사람들이 내 눈에는 왜 자기 중심적인 사람들로 보이는 걸까?

나는 불교신도는 아니지만 지각 있는 엄마였으면 좋겠다. 지각 있는 엄마라면 모유 수유에 너무 집착한 나머지 그 지긋지긋한 유축기로 자신과 아이를 고문하지 않을 것이다. 그리고 엄마의 역할이 그냥 아이를 사랑하고 건강하게 돌보는 것이라는 사실을 쉽게 잊어버리지 않을 것이다. 지각 있는 엄마라면 아이들에게 양극성 조울증이 있을까 봐 그렇게 심한 걱정은 하지 않을 것이다. 그래서 딸이 머릿속에서 무슨 소리가 들린다는 말을 할 때 너무 놀라서 웃지도 못하지는 않았을 것이다. 머릿속에서 그런 소리가 들린다는 사실이 웃기는 건 아니다(그렇다고 놀랄 일도 아니지만). 정작 우스운 건 목소리의 주인공이 누구이고, 무슨 소리를 했느냐는 것이다. 2008년 민주당 예비선거가 한창 무르익었을 때였는데 여섯 살짜리 로지가 한밤중에 잠에서 깨더니 "제발 내 머릿속에서 이 소리 좀 치워 줘!"라며 우는 것이었다.

"무슨 소리?"라고 나는 겁이 덜컥 나서 물었다. "그 목소리가 네게 뭐라고 하니?" 순간 우리의 남은 삶이 눈앞을 스쳤다. 요정처럼 예쁜 우리 딸, 총명하던 눈빛은 소라진을 복용한 탓에 흐릿하게 변했고, 구속복의 끈을 벗겨내려고 버둥거리고 있다. 그 옆에서 나는 그저 힘없이 지켜보기만 할 뿐이다.

로지는 두 손으로 제 머리통을 잡고 앞뒤로 흔들며 "힐러리 클린턴이야"라고 울부짖었다. "건강보험, 건강보험, 건강보험, 제발 입 좀 닥치라고 그래 줘!"

아이들에게 잘해 주고, 자신에게 잘하려고 할 때 반드시 기억해야 할 일은 우리가 이상에 부합하기 위해, 혹은 정해 놓은 목표를 달성하기 위해 노력하는 동안에도 우리가 알건 모르건 상관없이 우리 주위의 삶은 계속되고 있다는 사실이다. 너무 바쁘다고, 아니면 너무 걱정이 많아 관심을 가져 주지 않는다면 그 삶은 우리가 미처 알아차리기도 전에 지나가 버릴 것이다.

아이러니한 것은, 지각에 대해 생각함으로써 나는 또 한번 이룰 수 없는 목표를 설정하고 있다는 사실이다. 그것은 실패할 수밖에 없는 도전이다. 지각 있는 엄마는 좋은 엄마다. 그렇다면 지각이 없는 엄마는? 이제 여러분도 알 것이다. 그건 나쁜 엄마다.

하지만 그럼에도 불구하고 그것은 한번 도전해 볼 만한 목표다. 아무리 실패할 수밖에 없다고 하더라도 좋은 엄마가 되기 위한 노력은 한번 해볼 만한 가치가 있다고 나는 생각한다. 아이들이 던지는 엉뚱한 농담과 진지한 질문에 한없이 기뻐하는 엄마가 좋은 엄마다. 이미 지나간 일, 앞으로 예상되는 일에 신경쓰는 대신 지금 눈앞에서 벌어지는 일에 마음을 집중하는 엄마가 좋은 엄마다. 애들이 잘못되고, 웃음거리가 되지 않을까 걱정이 되어 전전긍긍하지 않는 엄마, 자기가 하는 근심과 걱정은 그냥 머릿속의 생각일 뿐이라는 것을 아는 엄마가 좋은 엄마다. 자기가 좋은 엄마인지 나쁜 엄마인지에 대해 너무 신경쓰지 않는 엄마, 양쪽 모두 될 수 있고, 어느 쪽도 아닐 수 있다는 걸 아는 엄마가 좋은 엄마다. 최선을 다하는 엄마. 최선을 다했는데도 나중에 보면 그저 그런 정도에 불과하지만, 그래도 그것에 만족하는 엄마가 좋은 엄마다.

독서 가이드

1. 저자는 앞부분에서 보통 여성들이 도저히 이루기 힘들 것으로 생각되는 '좋은 엄마'의 정의를 소개했습니다. 여러분이 생각하는 좋은 엄마는 어떤 것인가요? 그리고 우리 사회에서 생각하는 좋은 엄마의 정의는 무엇입니까? 저자가 소개한 좋은 엄마의 정의가 정말 실천하기 어려운 목표라고 생각하십니까?

2. 바람직하고 실천가능한 현대적인 엄마상은 무엇이라고 생각하십니까?

3. 책에 소개된 살롱닷컴, 어번베이비닷컴 같은 육아전문블로그들을 이용해 본 적이 있습니까?

4. 저자가 아이들보다 남편을 더 사랑한다고 한 말에 대해 어떻게 생각하십니까? 여러분의 가정에서는 배우자와 아이들, 가정, 자기 자신 사이에 사랑의 우선순위가 정해져 있나요? 여러분은 가족 안에서 애정의 우선순위를 어떻게 매기십니까?

5. 자녀들에게 솔직하게 대하는 것에 대해 어떻게 생각하십니까? 여러분의 가정에서는 어떻게 하십니까? 솔직함에 예외를 둔다면 어떤 경우인가요?

6. 저자는 '좋은 엄마'가 되기보다는 '지각 있는 엄마'가 되자는 말로 결론을 맺고 있습니다. 여러분은 어떤 엄마가 되고 싶은지 간단히 말해 봅시다. 이런 지침을 마련하는 게 도움이 된다고 생각하십니까?

7. 저자는 시어머니와의 관계가 처음에는 질투심으로 얼룩져 있었는데, 아이가 생기면서 나아졌다고 했습니다. 여러분도 이런 과정을 경험하셨나요? 시어머니는 저자가 말하는 것처럼 아무런 악의가 없는 존재라고 생각하십니까?

8. 아들 지크가 주의력결핍 및 과잉행동장애(ADHD) 진단을 받은 것과 관련해 저자는 자녀들에게 비현실적으로 높은 기대치 때문에 실망감을 느끼는 경우가 더러 있다고 말합니다. 여러분은 자녀에게 어떤 기대를 갖고 있나요? 그 기대 중에서 어떤 것이 자녀와 직접 관련이 있고, 어떤 것이 부모의 성품이나 지나친 욕심 때문이라고 생각하십니까? 여러분은 자녀에게 적절한 기대를 하고 있다고 생각하십니까?

9. 아이를 낙태시킨 저자의 경험에 대해 이야기해 봅시다. 이 일을 이처럼 상세히 기술한 이유가 무엇이라고 생각하십니까? 낙태를 하기로 한 게 엄마로서 정당한 결정이었습니까? 저자가 겪은 일과 내린 결정 가운데서 여러분을 놀라게 하거나 도움이 된 것이 있습니까?

10. 이 책은 가정에서의 부부간 가사분담에 대해 많은 분량을 할애하고 있습니다. 그 가운데는 저자 자신의 경험도 있고, 인용하는 통계정보도 있습니다. 여러분의 가정은 어떤가요? 부부간에 이런 문제를 갖고 이야기를 합니까? 아니면 각자 알아서 하는 편인가요? 여러분이 집안에서 맡아서 하는 일은 무엇입니까?

11. 저자는 자신을 페미니스트로 자라게 만든 어린시절과 캘리포니아주 버클리의 진보적인 분위기에 대해 길게 이야기합니다. 그런 분위기가 자신의 모성관 형성에 큰 영향을 미쳤다고 합니다. 여러분의 어린시절 성장환경은 모성관 형성에 어떤 영향을 미쳤습니까?

12. 낙관주의와 비관주의에 대한 저자의 입장에 대해 어떻게 생각하십니까? 각각의 단점과 장점에 대해 말해 봅시다. 낙관주의나 비관주의가 각자가 생각하는 이상적인 '좋은 엄마' 상에 어떤 역할을 합니까?

13. 이 책에서 배우자나 친구들과 공유하고 싶은 문장이 있으면 소개해 보시기 바랍니다.

14. 이 책에서 얻은 교훈은 무엇입니까? 특별히 인상 깊은 문장은? 이 책의 어떤 점이 도움이 되었으며, 저자의 철학에 대해 의견을 말해 보시기 바랍니다.

15. 저자가 이 책을 쓰기로 한 목적이 무엇이라고 생각하십니까? 저자가 그 목적을 이루었을까요?

옮긴이 **김진아**는 오스트리아 빈에서 태어났다. 빈 국립대학교의 동시통역 및 번역과를 졸업하고
같은 학교 대학원을 졸업했다. 현재 음악가인 남편, 두 살 난 아들과 함께 뉴욕에 거주하며
한글, 영어, 독일어, 스페인어로 활발한 번역 활동을 하고 있다.

나쁜 엄마

초판 1쇄 인쇄 | 2010년 4월 10일
초판 1쇄 발행 | 2010년 4월 16일

지은이 | 에일렛 월드먼
옮긴이 | 김진아
펴낸이 | 이기동
편집주간 | 권기숙
홍보 | 노효성
마케팅 | 이동호 유민호
주소 | 서울시 성동구 성수1가 1동 656-410 홍성빌딩 4F
이메일 | icare@previewbooks.co.kr
홈페이지 | http://www.previewbooks.co.kr

전화 | 02)3409-4210
팩스 | 02)3409-4201
등록번호 | 제206-93-29887호

교열 | 오명숙
편집디자인 | 에테르
인쇄 | 상지사

ISBN 978-89-962763-3-3 03300

이 도서의 국립중앙도서관 출판시도서목록(CIP)은 e-CIP 홈페이지(http://www.nl.go.kr/ecip)에서
이용하실 수 있습니다.(CIP제어번호: CIP2010001308)